Lisa Kleypas, que publicó su primera obra de ficción a los veintiún años, es autora de más de veinte novelas románticas históricas, muchas de las cuales han figurado en las listas de best sellers estadounidenses. También ha publicado con éxito novelas románticas de contexto actual. Ha ganado, entre otros premios, el Career Achievement Award del Romantic Times.

www.lisakleypas.com

Papel certificado por el Forest Stewardship Council®

Título original: *The Crystal Cove*

Primera edición con esta encuadernación: diciembre de 2024

© 2012, Lisa Kleypas
© 2013, 2017, Penguin Random House Grupo Editorial, S. A. U.
Travessera de Gràcia, 47-49. 08021 Barcelona
© 2013, María L. Carulla, por la traducción
Diseño de la cubierta: Penguin Random House Grupo Editorial
Imagen de la cubierta: © Getty Images

Printed in Spain – Impreso en España

ISBN: 978-84-1314-916-5
Depósito legal: B-21.234-2024

Impreso en Liber Digital, S. L.
Casarrubuelos (Madrid)

BB 4 9 1 6 5

La cueva de cristal

LISA KLEYPAS

*A Sue y Scott Carlson por ser unos
amigos tan maravillosos y cariñosos,
y por haber creado un lugar magnífico
en el que puedo escribir y dejar
volar libremente mi imaginación.
Os querré siempre,*

L. K.

Agradecimientos

Quiero dar las gracias especialmente a mi amiga Connie Brockway por haberme permitido emplear, en el primer capítulo, una cita de su espectacular novela histórica *The Other Guy's Bride*. Eres una joya, Connie (como era de esperar, tus palabras centellean).

1

Estaba claro como el agua, pensó Justine Hoffman, apenada, al comprobar que tras noventa y nueve hechizos de amor fallidos el número cien no iba a surtir mayor efecto que los demás.

«Muy bien. Me rindo.»

Nunca se enamoraría. Nunca comprendería ni experimentaría el misterio que fundía un alma con otra. En realidad, siempre lo sospechó, pero había procurado mantenerse lo suficientemente ocupada para no mortificarse demasiado. Sin embargo, el problema de mantenerse ocupada es que antes o después uno se queda sin cosas que hacer y entonces aquello por lo que tanto te habías esforzado por olvidar se convierte en lo único en lo que eres capaz de pensar.

Justine había formulado deseos al ver una estrella fugaz y al soplar las velas de su tarta de cumpleaños, había arrojado monedas en todas las fuentes, había soplado el penacho de un diente de león lanzando las semillas al aire en minúsculos paracaídas emplumados. Con cada deseo había susurrado un conjuro evocador: «Estas palabras anuncian tu suerte... no descansarás mientras yo espere... que el destino te encuentre... el amor te ha atrapado... Ven a mí.»

Sin embargo, su alma gemela nunca había aparecido.

Había leído cuidadosamente cada una de las páginas del manual de magia que su madre le había regalado a los dieciséis años. Pero no había ningún rito ni hechizo para una bruja con el corazón vacío. No había nada para una joven que anhelaba algo tan extraordinario, y sin embargo tan normal, como el amor.

Justine había intentado fingir ante todo el mundo, incluso ante sí misma, que no le importaba. Había dicho más de una vez que no quería ataduras, que no las necesitaba. Sin embargo, en los momentos de soledad se quedaba mirando fijamente el pequeño remolino de agua del desagüe de su bañera o las sombras que espesaban en el rincón de su dormitorio y pensaba: «Quiero sentir.»

Anhelaba esa clase de amor que la llevaría al viaje de su vida. Soñaba con un hombre que le arrancara todas las defensas como si fueran prendas de seda, hasta que al fin fuera capaz de renunciar a sí misma. Tal vez entonces el mundo dejaría de parecerle tan pequeño y las noches tan largas. Tal vez entonces su único deseo sería que la noche nunca llegara a su fin.

La triste procesión de pensamientos fue interrumpida cuando su prima Zoë entró en la cocina.

—Buenos días —dijo alegremente Zoë—. Te he traído el libro que me pediste.

—Ya no lo necesito —dijo Justine, sin apenas levantar la mirada de su taza de café. Estaba sentada a la mesa de madera, con la barbilla apoyada en la mano—. Pero de todos modos, muchas gracias.

Una brisa matinal típica del mes de septiembre se había colado en la posada, mezclada con el aroma salado del océano y un toque de gasóleo de los cercanos muelles de Friday Harbor. El olor resultaba agradable y familiar, pero no mejoraba ni un ápice el estado de ánimo de Justine. Llevaba unas cuantas noches durmiendo mal, y la cafeína no le había servido de nada.

—¿No tienes tiempo para leer? —preguntó Zoë, compasiva—. Puedes quedártelo un tiempo. Yo ya lo he leído tantas veces que prácticamente lo tengo memorizado.

Sus rubios rizos se arremolinaron sobre sus hombros cuando dejó la novela romántica frente a Justine. Sus páginas estaban gastadas y amarillentas por el paso del tiempo, algunas de ellas apenas se sujetaban al lomo. En la portada, una mujer envuelta en un salto de cama de satén dorado parecía desmayarse lánguidamente.

—¿Por qué leer algo una y otra vez si ya conoces el final? —preguntó Justine.

—Porque vale la pena leer un buen «Y vivieron felices por siempre jamás» más de una vez.

Zoë se ató un delantal y se recogió el pelo hábilmente con una pinza de plástico.

Justine sonrió a regañadientes y se frotó los ojos, al tiempo que pensaba que nadie se merecía más un «Y vivieron felices por siempre jamás» como la misma Zoë. A pesar de que solo eran primas lejanas y apenas se habían visto a lo largo de su infancia, casi se habían convertido en hermanas.

Hacía más de dos años que Justine le había pedido a Zoë, una talentosa chef, que viniera a trabajar a su posada en Friday Harbor, el Artist's Point. Justine se encargaba de la gestión en general, que incluía toda la parte de oficina, la limpieza y el mantenimiento del edificio, mientras que Zoë se ocupaba del inventario, de las compras y de la cocina. Zoë y sus dotes culinarias habían resultado tan esenciales para el éxito de la posada que Justine le había ofrecido ser su socia.

Su colaboración constituía un equilibrio perfecto: la naturaleza impulsiva y abierta de Justine se veía atemperada por la diplomacia y la paciencia de Zoë. Compartían un fuerte sentido de la lealtad, conocían lo mejor y lo peor la una de la otra y se confiaban mutuamente sus sueños, sus miedos y sus inseguridades. Sin embargo, lo mejor de su relación no eran las cosas en las que estaban de acuerdo; curiosamente, eran los desacuerdos lo que las ayudaba a ver las cosas desde un nuevo punto de vista.

Juntas habían hecho del Artist's Point un lugar de éxito, popular tanto entre los turistas como entre los lugareños. Acogían bodas y fiestas privadas y celebraban actos mensualmente, como clases de cocina y catas de vinos. Durante la temporada turística de la isla, la posada solía estar al completo o casi, e incluso en temporada baja la ocupación era de un treinta y cinco por ciento.

No existía ningún parecido físico que saltara a la vista entre las dos primas: Justine era alta y esbelta, con el pelo y los ojos castaños, mientras que Zoë era un bombón rubio que llevaba a algunos hombres a reaccionar como los antiguos personajes de los dibujos animados. Los tipos a los que los ojos les saltaban de las órbitas y les colgaba la lengua, al tiempo que unos soplos de vapor salían de sus orejas. El encanto voluptuoso de Zoë siempre había atraído a hombres que le habían dedicado terribles frases seductoras y la habían tratado como si tuviera el coeficiente intelectual de una planta de interior.

Con el fin de animar a Justine para que leyera la novela romántica, Zoë le dijo en tono alentador:

—Intenta leer unas cuantas páginas de prueba. La historia te atrapará hasta tal punto que sentirás que te encuentras en otra época y en otro lugar. Y el héroe es maravilloso. —Hizo una pausa que acompañó con un suspiro soñador—. La conduce a una aventura a través del desierto en busca de una antigua ciudad perdida, y es tan protector, sexy y melancólico...

—Me temo que si leo sobre hombres ficticios mis expectativas no harán más que aumentar en un momento en que lo que realmente necesito es rebajarlas.

—No te lo tomes a mal pero, para empezar, nunca he creído que tus expectativas en cuanto a los hombres fueran demasiado altas.

—¡Oh, desde luego que sí lo fueron! Antes solo accedía a salir con un tío si era buena persona, tenía un cuerpo decente y un trabajo. Ahora, en cambio, me conformaría con un hombre que no esté casado ni encarcelado.

—Leer sobre hombres ficticios no aumentará tus expectativas. No es más que una agradable forma de escapismo.

—Y, naturalmente, necesitas una vía de escape —dijo Justine secamente—. Con ese horroroso trol que tienes de prometido.

Zoë se rio. Se podían decir muchas cosas de Alex Nolan, un constructor de la zona, pero «horroroso trol» no estaba entre ellas. Era un hombre particularmente atractivo, esbelto, de pelo oscuro, finos rasgos faciales y unos ojos de un azul glaciar.

Nadie hubiera dicho nunca que pudiera surgir una pareja entre el cínico bebedor de Alex y alguien tan dulce como Zoë. Sin embargo, durante el proceso de remodelación de una casita de campo cerca del lago Dream en la que vivía Zoë el verano anterior, Alex había sorprendido a todo el mundo, incluido a sí mismo, enamorándose perdidamente de ella. Había dejado la bebida y había enderezado su vida. Era evidente para todos que Zoë lo tenía en el bolsillo. Sabía manejarlo con tal delicadeza que él ni siquiera parecía darse cuenta de que era manipulado. Y en cualquier caso, tampoco le importaba.

A pesar de que Justine nunca había experimentado el amor verdadero, sabía reconocerlo cuando lo veía. Cuando Zoë y Alex estaban juntos intentaban mostrarse tranquilos, pero la emoción seguía siendo demasiado reciente y tierna para que ninguno de los dos pudiera sentirse cómodo con ella. La intensa conciencia de la presencia del otro pendía en el aire por muy discretos que fueran. A veces incluso estaba presente en sus voces, como si el amor los hubiera colmado hasta tal punto que tenían que recordarse a sí mismos que también había que respirar.

Uno podía llegar a sentirte terriblemente solo estando cerca de un amor como aquel.

«Levanta ese ánimo —se decía Justine con dureza—. Tienes una vida magnífica. Tienes todo lo que necesitas.»

La mayoría de las cosas que había anhelado al fin se habían hecho realidad. Amigos cariñosos, un hogar, un jardín, un porche con alegrías de casa en macetas y verbenas trepadoras. Incluso había estado saliendo con un tipo durante un año, Duane; un motero de risa fácil con tatuajes y unas enormes patillas.

Sin embargo, Duane había roto con ella apenas unas semanas atrás y ahora, las veces que se encontraban, él se mostraba amablemente distante y nunca permitía que sus miradas se cruzaran. Todo se acabó un día que ella le había dado un susto de muerte involuntariamente.

Bajó su mirada hasta la novela romántica. Alejó el libro como un comensal ahíto que rechaza otro trozo de pastel.

—Gracias por traerme el libro —dijo Justine, mientras Zoë encendía los hornos y se servía una taza de café—. Pero la verdad es que no tenía pensado leerlo.

Zoë le lanzó una mirada de incredulidad por encima del hombro.

—Entonces, ¿qué pensabas hacer con él?

Las comisuras de los labios de Justine se torcieron en una mueca irónica cuando reconoció:

—Quemarlo y luego comprarte un nuevo ejemplar.

Zoë removió una cucharilla en su taza para mezclar la nata con el café. Se volvió hacia Justine y preguntó, sorprendida:

—¿Y por qué ibas a quemar mi novela romántica?

—Bueno, verás, no iba a quemarla por completo. Tan solo una página. —Al ver la confusión en el rostro de su prima, Justine le explicó tímidamente—: Había pensado, ¿cómo te lo diría?, lanzar un conjuro. Y consistía en prenderle fuego a «palabras de amor escritas en un pergamino». Así que pensé que la página de una novela romántica serviría.

—¿A quién pensabas lanzarle un conjuro?

—A mí misma.

A juzgar por el semblante de Zoë, estaba a punto de someterla a un intenso interrogatorio.

—Tienes trabajo en la cocina —se apresuró a decir Justine—, y yo tengo que trasladar el carrito del café al vestíbulo.

—El carrito del café puede esperar —fue la amable pero inflexible respuesta.

Justine suspiró y se reclinó en la silla. Se quedó en silencio y pensó que si bien ella tenía fama de ser la prima mandona y terca, Zoë era quien casi siempre se salía con la suya. Sencillamente hacía menos ruido.

—Ya habías comentado lo de los conjuros otras veces —dijo Zoë—. Y recuerdo que cuando tuve problemas con Alex te ofreciste para echarle un maleficio. Entonces creí que bromeabas, que simplemente intentabas que me sintiera mejor. Pero ahora tengo la impresión de que no bromeabas.

No. Justine no bromeaba.

Nunca había ocultado que la habían educado según las tradiciones paganas. En cambio, lo que no había reconocido abiertamente era que, al igual que su madre, Marigold, era una bruja por transmisión de linaje.

Había tantas variedades de brujería que la palabra en sí apenas tenía sentido si no se le añadía un calificativo. Estaba la brujería clásica, la brujería ecléctica, la brujería monoteísta, la gardneriana, la gótica, la Wicca, etcétera. Sin embargo, la brujería de Tradición Familiar era una rara categoría secular de brujas que habían nacido brujas, aquellas que tenían la magia en su ADN.

A lo largo de su infancia, su madre, Marigold, la había instruido en las costumbres de la Tradición. Se había llevado a Justine a festivales, campamentos, clases, a menudo trasladándola a su antojo, sin respetar horarios escolares. Un año estuvieron viviendo en Oregón, y al siguiente se quedaron en una comunidad pagana de Sacramento. Luego, unos cuantos meses en Nuevo México, Alaska, Colorado... Justine era incapaz de recordar todos los lugares donde habían estado. Pero siempre volvían a Friday Harbor, que era lo más cercano a un hogar que Justine había tenido jamás.

Si el dibujo de hollín en el interior del cristal de un candelero parecía un corazón atravesado por espadas, Marigold solía decir que había llegado el momento de volver a irse. Veía señales en las pisadas, en la forma de una nube, en el sendero de una araña, en el color de la luna.

Justine no recordaba exactamente cuándo había empezado a resentirse del carácter nómada de sus vidas. Solo sabía que, en un momento dado, le había preocupado que fueran capaces de empacar todo lo que tenían en apenas un cuarto de hora.

—Es muy divertido viajar a nuevos lugares —le había explicado Marigold—. Somos libres como los pájaros, Justine. Lo único que nos falta son las alas.

Sin embargo, incluso los petirrojos y los estorninos habían pasado más tiempo en sus nidos que Justine y su madre.

Tal vez las cosas habrían sido distintas si el padre de Justine, Liam, hubiera estado vivo, pero murió cuando ella todavía era un bebé. Por lo que Marigold le había contado,

Justine sabía que Liam había sido agricultor, un horticultor, y cultivaba manzanas, peras y cerezas. Marigold lo había conocido comprando manzanas para el equinoccio otoñal. Liam llevaba un pañuelo alrededor de la cabeza que le sujetaba la larga y oscura cabellera para que no se le metiera en los ojos. Le peló una manzana entera de una sola vez y cuando la piel cayó al suelo había formado las iniciales de Marigold, que se lo había tomado como una señal.

Se habían casado inmediatamente. Liam había muerto antes de que se hubiera terminado el segundo año de su matrimonio. Su relación había sido tan breve e intensa como una tormenta eléctrica. Marigold no conservaba ninguna fotografía de él. Ni siquiera había querido quedarse con su alianza ni con su navaja, tampoco con la guitarra que Liam solía tocar. Habían vendido su huerto de árboles frutales y se habían deshecho de sus pertenencias. Justine era la única evidencia de que Liam Hoffman había existido alguna vez. Tenía su misma cabellera oscura y abundante y los mismos ojos castaños y, según su madre, también tenía su misma sonrisa.

Cada vez que Justine le pedía que le hablara de su padre, Marigold solía mover la cabeza y le explicaba que cuando alguien a quien se había amado se iba, todos los recuerdos acababan en un lugar secreto del corazón. Solo se podían sacar y echarles un vistazo cuando una estaba lista para ello. Al final, Justine se había percatado de que Marigold nunca estaría lista. Lo único que Marigold estaba dispuesta a recordar acerca de su difunto marido era que el amor era lo peor que podía haberle ocurrido. La había llevado a odiar la brisa primaveral, el sonido de una guitarra y el sabor de las manzanas.

Después de reflexionar sobre aquellos años de constante agitación, Justine creía haber entendido por qué su madre era incapaz de quedarse en un mismo lugar. Si uno se quedaba el suficiente tiempo, el amor podría encontrarlo y atraparlo con tal fuerza que le impediría escapar.

Y eso era precisamente lo que Justine deseaba con todas sus fuerzas.

—¿Podríamos olvidarnos de todo esto? —le preguntó Justine a Zoë, al tiempo que se frotaba los cansados ojos—. Porque tú no crees en estas cosas y si te las intento explicar, lo único que conseguiré será que te parezca una loca de atar.

—No importa lo que yo crea. Lo que importa es lo que tú creas. —El tono de voz de su prima se había tornado persuasivo—. Cuéntame qué clase de hechizo querías lanzarte a ti misma.

Justine frunció el ceño y giró un pie, al tiempo que mascullaba algo entre dientes.

—¿Qué? —preguntó Zoë.

Justine lo repitió, esta vez con mayor claridad.

—Un conjuro de amor.

Lanzó una mirada penetrante a su prima, esperando que se mofara o se riera de ella. Pero se trataba de Zoë. Ella simplemente parecía preocupada.

—¿Es por la ruptura con Duane? —preguntó Zoë amablemente.

—En realidad, no. Es más bien... ¡Oh, no sé qué decirte! Solo que ahora Lucy está con Sam, y tú estás prometida con Alex, y... Yo nunca he estado enamorada.

—Hay personas a quienes les cuesta más —dijo Zoë—. Sigues teniendo un año menos que yo, ya lo sabes. A lo mejor para el verano que viene...

—Zoë, el problema no es que no me haya enamorado. El problema es que no puedo.

—¿Por qué estás tan segura?

—Simplemente lo sé.

—Pero eres una persona muy cariñosa.

—Si hablamos de amistades, sí, lo soy. Pero cuando se trata de amor romántico... Nunca he sentido esa clase de amor. Es como si intentara entender cómo es el océano apretando una caracola contra mi oreja. —Miró malhumorada la novela romántica que Zoë sostenía en la mano—. ¿Cuál es tu parte favorita de la novela? La página que me recomendarías utilizar para el conjuro.

Zoë meneó la cabeza y empezó a hojear las páginas del libro.

—Vas a burlarte de mí.

—No pienso burlarme de ti.

Localizó la página con una facilidad que denotaba que la había releído muchas veces. Zoë le pasó el libro abierto al tiempo que se sonrojaba.

—No la leas en voz alta.

—Ni siquiera pienso mover los labios —dijo Justine. Su mirada recorrió la página mientras Zoë se entretenía en una de las encimeras midiendo ingredientes y echándolos en un cuenco.

«Tú —susurró él— eres mi mina de Salomón, mi imperio inexplorado. Eres el único hogar que necesito conocer, el único viaje que deseo realizar, el único tesoro por el que moriría. Eres a la vez exótica y familiar, una droga y un bálsamo, firme conciencia y dulce tentación.»

La escena continuaba con una creciente pasión a lo largo de varias páginas, irresistible en todo su lirismo desvergonzado. Justine quería leer más.

—Pero ¿tú crees que esta clase de emociones son siquiera posibles? —preguntó—. Quiero decir, aunque Alex y tú estéis enamorados... —Agitó el libro—. La vida real no puede ser así, ¿verdad que no?

El rostro de Zoë enrojeció cuando contestó:

—A veces, la vida real es incluso mejor. Porque el amor

está presente no solo en los grandes momentos de romanticismo, sino en todas las pequeñas cosa. La manera en que toca tu cara, o te cubre con una manta cuando te echas una siesta, o te deja una nota en la nevera para recordarte que tienes una cita con el dentista. Creo que estas cosas ayudan a consolidar una relación mucho más que el sexo.

Justine le lanzó una mirada hosca.

—Eres insoportable, Zoë —masculló.

A los labios de su prima asomó una sonrisa.

—Algún día sentirás lo mismo que yo —dijo—. Simplemente no has conocido al hombre adecuado todavía.

—A lo mejor ya lo he conocido —dijo Justine—. A lo mejor ya lo he conocido y lo he vuelto a perder sin ni siquiera darme cuenta.

La sonrisa de Zoë se apagó.

—Nunca te había visto así antes. No me había dado cuenta de que te importara tanto. Nunca me pareció que le dieras demasiada importancia al amor.

—He intentado convencerme a mí misma de que no era importante. Incluso he llegado a creérmelo alguna que otra vez. —Justine dejó caer la frente sobre sus brazos cruzados—. Zoë —preguntó con voz ahogada—, si pudieras añadir diez años a tu vida, pero el precio que tuvieras que pagar fuera no poder volver a amar a nadie de la manera que amas a Alex, ¿tú lo pagarías?

La respuesta de Zoë fue tajante.

—No.

—¿Por qué no?

—Es como intentar describir un color que nunca has visto antes. Las palabras no pueden llevarte a entender cómo es el amor verdadero. Pero hasta que no lo hayas sentido, no habrás vivido realmente.

Justine se quedó en silencio un buen rato. Tragó saliva

para deshacer el nudo que se había formado en su garganta.

—Estoy segura de que algún día encontrarás un amor de verdad —oyó que decía Zoë.

«Y yo estoy igualmente segura de que no —pensó Justine—. Salvo que haga algo.»

Le vino una idea a la cabeza, una idea estúpida y peligrosa. Intentó apartarla de su mente.

Pero aun así sintió cómo el libro de conjuros, a buen recaudo debajo de su cama, la llamaba.

«Yo te ayudaré —le decía—. Yo te mostraré cómo hacerlo.»

2

Mientras retiraba de las mesas los platos y cubiertos del desayuno, Justine se detuvo para charlar con algunos huéspedes. Había una pareja de ancianos venidos de Victoria, unos recién casados de Wyoming en su luna de miel y una familia de Arizona compuesta por cuatro miembros.

La familia incluía a dos chicos que estaban ocupados devorando las tortitas de calabaza de Zoë. Los niños se llevaban un par de años; dos torbellinos que no veían la hora de que los dejaran sueltos.

—¿Qué tal el desayuno? —preguntó Justine a los niños.

—Estaba bueno —dijo el hermano mayor.

—El sirope sabe un poco raro —contestó el pequeño con un bocado de tortita en la boca.

Había llenado su plato de sirope hasta tal punto que las tortitas prácticamente flotaban en él. Un mechón de pelo pegajoso despuntaba en su frente y otro colgaba a uno de los lados de su cabeza.

Justine sonrió.

—Eso seguramente se deba a que es auténtico. La mayoría del sirope que puedes comprar en las tiendas no lleva ni una pizca de arce. No es más que sirope de maíz y condimentos.

—Pues me gusta más —dijo el niño con la boca llena.

—Hudson —le regañó su madre—, ¡compórtate! —Miró a Justine, como disculpándose—. Lo ha ensuciado todo.

—No pasa nada —dijo Justine, e hizo un gesto en dirección al plato vacío—. ¿Puedo cogerlo?

—Sí, gracias.

La mujer se volvió hacia sus hijos mientras Justine le retiraba el plato y el vaso. El padre de los niños, que estaba hablando por el móvil, hizo una pausa en su conversación, lo suficientemente larga para decirle a Justine:

—Puede coger los míos también. Y tráigame un té Earl Grey con leche desnatada. Pero rápido, que pronto tendremos que marcharnos.

—Por supuesto —dijo Justine afablemente—. ¿Quiere que se lo traiga en una taza de plástico para que se lo pueda llevar?

El hombre asintió con un breve cabeceo y un gruñido y retomó su conversación por el móvil.

Cuando Justine se dirigía a la cocina alguien apareció en la puerta del comedor.

—Disculpe.

Quien hablaba era una joven que vestía un ceñido traje de chaqueta negro y unos zapatos de tacón de una altura razonable. Llevaba su cobrizo pelo en una media melena que le llegaba hasta los hombros. Su rostro era de facciones delicadas, y sus ojos de un azul luminoso. No llevaba joyas, salvo por una fina cadena de oro alrededor del cuello. A juzgar por su aspecto, Justine habría esperado un claro acento británico. En cambio hablaba con el típico deje de Virginia Occidental, tan pronunciado y grueso como el aceite de un motor diésel.

—Querría registrarme, pero no hay nadie en la oficina.

—Disculpe —dijo Justine—, en este momento vamos un poco escasos de personal. Mi ayudante durante los desayunos no ha podido venir esta mañana. ¿Forma parte del grupo que tenía que llegar esta mañana?

La mujer asintió cautelosamente con la cabeza.

—Inari Enterprises. Soy Priscilla Fiveash.

Justine reconoció el nombre. Era la *executive assistant* que se haría cargo del registro por adelantado de Jason Black y de su séquito.

—Estaré lista en unos diez minutos. ¿Le apetece una taza de café mientras espera?

—No, gracias. —La joven no parecía antipática sino más bien precavida, y mantenía sus emociones bien amarradas y atadas con un doble nudo—. ¿Hay algún lugar desde donde pueda hacer unas cuantas llamadas en privado?

—Por supuesto, puede utilizar el despacho. La puerta está abierta.

—¿Y mi té? —preguntó irritado el padre de los dos niños desde su mesa.

—Ahora mismo —dijo Justine. Pero antes de abandonar la sala se detuvo un momento para decirle a la mujer—. Fiveash. Es un apellido poco frecuente. ¿Es inglés, o tal vez irlandés?

—Me han contado que proviene de Inglaterra. De una aldea que ya no existe, con cinco fresnos en el medio.

Sonaba como un nombre de la Tradición. Los fresnos eran casi tan poderosos como los robles. Y el número cinco era especialmente significativo para los miembros del convenio, cuyo símbolo era la estrella de cinco puntas envuelta en un círculo. Aunque Justine estaba tentada de seguir haciéndole preguntas, se contuvo y en su lugar sonrió y se dirigió a la cocina.

Poco después oyó unos sonidos alarmantes provenientes

del comedor. El grito de una madre, el estrépito de platos y cubiertos, una silla volcada. Justine giró rápidamente sobre los talones y volvió sobre sus pasos a toda prisa. Dejó la pila de platos de cualquier manera sobre una mesa.

Lo que pasaba era que el pequeño de los chicos se había atragantado. Sus ojos estaban abiertos como platos, llenos de pánico, y se agarraba el cuello con las dos manos. Su madre le golpeaba la espalda con impotencia.

Priscilla ya había llegado al lado del muchacho. Se colocó detrás de él, cerró los brazos a su alrededor y movió su puño hacia arriba y luego hacia dentro en un movimiento brusco. Repitió el procedimiento tres veces más, pero no hubo manera de desalojar la obstrucción. El rostro del niño se había tornado gris, sus labios se movían en espasmos.

—Le está haciendo daño —chilló la madre—. ¡Ya basta, le está haciendo daño!

—¡Se está asfixiando! —espetó el padre. Sus manos se cerraron al mirar a Priscilla—. ¿Sabe usted qué demonios está haciendo?

Priscilla no contestó. Su boca se había contraído, su rostro estaba blanco salvo por dos manchas rojas en lo alto de los pómulos. Su mirada se cruzó con la de Justine.

—No quiere soltarse —dijo—. Es posible que se haya atascado a lo largo de todo el esófago.

—Llame al 911.

Al tiempo que Priscilla se acercaba a su bolso y hurgaba en él en busca de su móvil, Justine la sustituyó y agarró al chico jadeante por la espalda. Lo intentó con un par de tirones en un ángulo inclinado hacia la parte superior de su abdomen y masculló unas cuantas palabras entre dientes.

—Sílfides del aire, os invoco, ayudadle a respirar, que así sea.

El tapón de comida fue expulsado de golpe. El niño dejó

de retorcerse y empezó a inspirar grandes bocanadas de aire. Sus padres corrieron hacia él y lo cogieron en brazos; la madre entre sollozos pero agradecida.

Justine se retiró un mechón de pelo que se le había soltado de la coleta. Soltó un suspiro tembloroso en un intento de calmar la cadencia desbocada de su corazón.

Los zapatos negros de tacón de Priscilla entraron en su campo de visión. Justine alzó la vista con una débil sonrisa en los labios. El alivio la había vaciado de todas sus fuerzas hasta dejarla tan floja como una funda de almohada en un tendedero.

Los ojos azules como una piedra lunar la miraron intensamente.

—Desde luego tienes una extraña manera de realizar la maniobra de Heimlich —dijo Priscilla.

Una vez superada la gran conmoción y retirado el desayuno, Justine se sentó con Priscilla en el pequeño despacho. La posada estaría alquilada al completo durante los próximos cinco días, ocupada por media docena de empleados y compañeros de Inari Gaming Enterprises, un grupo de desarrollo interno de una gran compañía de software. El resto de las estancias de la posada permanecerían desocupadas a pesar de que habían pagado por ellas.

—Jason es muy celoso de su privacidad —le había explicado Priscilla, algo que apenas había sorprendido a Justine. Era público y notorio que Jason Black, creador del videojuego más exitoso jamás lanzado, era una persona esquiva y huidiza. Nunca acudía a actos promocionales. Rechazaba todas las peticiones de entrevista de los medios de comunicación audiovisuales y solo aceptaba ocasionalmente alguna entrevista en la prensa escrita a condición de que no se tocara su vida privada ni se le tomaran fotografías.

De hecho, a Justine, a Zoë y a las dos mujeres que ayudaban en la limpieza se les había exigido que firmaran un acuerdo de confidencialidad por adelantado. Como consecuencia, se les había prohibido legalmente revelar cualquier detalle acerca de Jason Black. Si revelaban aunque solo fuera el color de sus calcetines, se interpondría una demanda tras otra hasta el fin de los tiempos.

Después de introducir su nombre en unos cuantos buscadores de Internet, Justine había encontrado toneladas de información acerca de la compañía de juegos y de sus logros, pero tan solo un escaso puñado de datos acerca del hombre en sí. Se había criado en California y había sido admitido en la USC, la Universidad de San Francisco, gracias a una beca de fútbol. Entrado el segundo año de universidad, había cogido una excedencia y se había ido a vivir, entre todos los lugares posibles, a un monasterio zen, cerca del parque nacional de Los Padres. Estuvo desaparecido durante un par de años y nunca retomó los estudios. Después había solicitado un empleo en la división de desarrollo de juegos de una compañía de software. Tras varios éxitos, aceptó otro empleo en Inari Software para dirigir su división de videojuegos y se convirtió en el jefe de proyectos y de programadores de los videojuegos más vendidos de todos los tiempos.

En cuanto a la vida personal de Jason Black, se sabía que había tenido unas cuantas relaciones discretas, pero nunca había estado prometido ni se había casado. Había algunas fotos inocentes de él en la red, subiendo o bajando de un coche, acompañando a alguien en un acto social, pero en la mayoría de ellas no se veía su rostro. Era evidente que sentía aversión a las cámaras. La mejor de ellas había sido pixelada.

—¿Por qué tiene tanto miedo a exponerse al público? —le preguntó Justine a Priscilla.

—Buena pregunta, pero no te lo sabría decir.

—¿Es guapo?

—Demasiado guapo para su propio bien —dijo una enigmática Priscilla.

Justine levantó las cejas.

—¿Estás liada con él?

El resoplido unido a un repentino brote de risa en la expresión de Priscilla no contenía ni pizca de alegría.

—Desde luego que no. Mi trabajo es demasiado importante para mí, nunca lo arriesgaría por nada en el mundo. Además, él y yo no encajaríamos.

—¿Por qué no?

Priscilla empezó a enumerar las razones con los dedos.

—Está demasiado acostumbrado a salirse con la suya. Y básicamente no me fío de él. —Sacó una tableta electrónica de su maletín y abrió un archivo—. Aquí está la lista actualizada para la habitación de Jason. Repasémosla.

—Ya nos hemos encargado de ello. Me enviaste la lista actualizada por correo electrónico hace un par de días.

—Esta es la lista actualizada.

Jason Black exigía una habitación en la segunda planta con vistas al oeste y con una temperatura constante de veinte grados. Una cama extragrande con sábanas de hilo y almohadas de plumón de ganso. Dos botellas de agua mineral fría cada mañana en su habitación, junto con un batido que fuera saludable. También exigía dos toallas de baño blancas por día. Jabón y champú sin perfume. Una lámpara de LED sobre la mesa de su habitación, Wi-Fi, un arreglo floral blanco y una caja de tapones para los oídos de gomaespuma sobre la mesita de noche. Un surtido de fruta orgánica sin encerar. Nada de diarios ni de revistas, prefería el formato digital. Y cada noche, a las nueve, le llevarían dos chupitos de vodka Stolichnaya a su habitación.

—¿Por qué dos? —preguntó Justine.

Priscilla se encogió de hombros.

—No suelo preguntarle a Jason por qué quiere las cosas. Le pone de mal humor, y de todos modos nunca me lo cuenta.

—Es bueno saberlo. —Justine volvió a centrarse en la lista—. Creo que lo tengo todo. Salvo el arreglo floral. ¿Qué tipo de flores blancas? ¿Margaritas? ¿Azucenas?

—Eso lo decides tú. Aunque nada que huela demasiado fuerte.

—Tengo que hacerte una pregunta más. ¿Sabías que cada una de las habitaciones de la posada está dedicada a un artista? Verás, hay dos habitaciones en la segunda planta que dan al oeste. Una está dedicada a Roy Lichtenstein, y la otra, a Gustave Klimt. ¿Cuál de ellas crees que preferirá el señor Black?

Mientras se retiraba un mechón de pelo cobrizo detrás de la oreja con mucho cuidado, Priscilla sopesó qué sería lo mejor.

—Para mí las dos suenan a alguna cosa por la que tienes que tomar antibióticos —dijo—. ¿Me podrías decir algo acerca de los artistas? No sé nada sobre arte.

A Justine le gustaba su franqueza.

—Roy Lichtenstein era un artista pop estadounidense. Sus cuadros más célebres parecen tiras sacadas de un cómic, con tipografía y bocadillos para los diálogos. Su obra tiene más que ver con la ironía y la técnica que con las emociones. En cambio, Klimt es todo sensualidad. Fue un pintor austríaco del siglo XIX y su estilo pictórico se engloba en el movimiento conocido como *art nouveau* o modernismo, con líneas y curvas inspiradas en las xilografías japonesas. Su cuadro más conocido es *El beso*, hay una reproducción de él en la habitación. Así pues, ¿qué artista crees que se adaptará mejor a los gustos del señor Black? ¿Lichtenstein o Klimt?

Priscilla frunció el ceño, mientras Justine esperaba pacientemente.

—Klimt —dijo al final la mujer, y entrecerró los ojos—. Pero no saques conclusiones precipitadas sobre ello.

—Firmé el contrato de confidencialidad —le recordó Justine—. Pero aunque no lo hubiera hecho, no tendrías nada de que preocuparte. Soy buena guardando secretos.

—Me lo imagino. —Tras una pausa, Priscilla le lanzó una mirada escrutadora y preguntó—: ¿Qué es una sílfide, por cierto?

Así que había oído el conjuro. Justine respondió con aparente indiferencia.

—Un espíritu elemental que representa el aire. Hay otra que representa la tierra; otra, el agua; etcétera.

—¿Eres de esas ecologistas?

Justine sonrió.

—Nunca he abrazado un árbol, si te refieres a eso, pero he descubierto que son buenos oyentes. ¿De qué religión eres?

—Me educaron en la Iglesia de los Ángeles en Llamas.

—No estoy al tanto de esa iglesia.

—Predican la abstención sexual y el Apocalipsis. Y nuestro pastor estaba convencido de que Satanás introdujo fósiles de dinosaurios en la tierra para engañar a la gente. —No sin cierto orgullo, Priscilla añadió—: Fui exorcizada dos veces antes de cumplir los quince.

—¿De veras? ¿Por qué?

—Me pillaron escuchando música rock.

—¿Las dos veces?

—El primer exorcismo no funcionó. —Priscilla se detuvo cuando sonó un tono de llamada desde las profundidades de su bolso. Sacó el móvil y echó un vistazo a la diminuta pantalla—. Tengo algunos correos electrónicos y textos de los que tengo que ocuparme.

—De momento puedes quedarte en el despacho, si quieres. Mientras tanto te prepararé una de las habitaciones.

—Gracias. Si no te importa, me gustaría recoger todas las llaves de las habitaciones en cuanto estén listas.

—De acuerdo. Normalmente acompaño a nuestros huéspedes a sus habitaciones cuando llegan.

—Jason prefiere que de eso me ocupe yo. No le va mucho la cháchara.

—No pasa nada. Me mantendré al margen cuando lleguen.

—Gracias. —Priscilla bajó la cabeza y empezó a escribir en el móvil—. ¿Qué habitación piensas darme a mí? —preguntó sin levantar la mirada.

—Degas —dijo Justine—. Un impresionista francés que pintaba bailarinas de ballet. No es la habitación más grande que tenemos, pero es la más bonita. Montones de encaje blanco, rosas de color rosa y una araña de cristal en el techo.

Priscilla no interrumpió la escritura.

—¿Qué te lleva a pensar que me gustaría una habitación de estilo femenino y delicado?

—Porque vi el salvapantallas de tu tableta. —Justine arqueó las cejas provocativamente—. ¿Una hilera de gatitos sentados sobre un piano? ¿De veras?

Cuando la mirada consternada de la joven se cruzó con la suya, Justine no pudo hacer más que reírse.

—No te preocupes. No se lo diré a nadie.

3

Entrada la tarde, Justine estaba sentada en la cocina tomando té de menta mientras Zoë hacía el inventario del frigorífico y de la despensa.

—¿Tienes todo lo que necesitas para mañana por la mañana? —preguntó Justine—. He acabado de limpiar las habitaciones, así que estoy libre para hacer cualquier recado.

—Estamos abastecidas. —Zoë le pasó un cartón—. Echa un vistazo a esto. La granja de calle abajo ha añadido un par de gallinas araucanas a su gallinero.

Tres huevos de un turquesa pálido destacaban de entre los demás.

—¡Son fantásticos! —exclamó Justine—. Zoë, deberíamos tener nuestro propio gallinero.

—No, desde luego que no.

—Piensa en los huevos que tendríamos gratis.

—Piensa en el hedor y en el ruido. Tendríamos que construir un corral. Los gastos que tendríamos teniendo gallinas contrarrestaría todo el dinero que pudiéramos ahorrarnos con los huevos.

—Una gallina. Sería como tener una mascota.

—Estaría muy sola.

—De acuerdo, pues dos gallinas. Podría llamarlas *Thelma* y *Louise*.

—No vamos a comprar ninguna gallina —dijo Zoë en un tono de voz suave pero inflexible—. Ya tienes más que suficiente con lo que tienes. Apenas das abasto con el huerto tal como está. Y no creo que necesites una mascota. Como solías decirme antes de que conociera a Alex: lo que necesitas es un novio.

Justine bajó la cabeza.

—No vale la pena —dijo, abatida, mientras observaba cómo su aliento a menta se condensaba en el aire—. Acabaría de la misma manera que con Duane. A partir de ahora renuncio a los hombres. Tal vez debería hacerme monja.

—No eres católica.

—Tendré que convertirme —dijo Justine, todavía pensativa. Suspiró cuando le vino a la mente otra idea—. Pero entonces seguramente tendría que ponerme el hábito. Y ese sombrero flexible.

—El griñón —dijo Zoë—. Y no lo olvides: tendrías que vivir en un convento. Todo mujeres y un montón de jardinería.

«Pues entonces tal vez debería unirme al aquelarre», pensó Justine, con aire sombrío.

A esas alturas de su vida, Justine ya debería haber sido iniciada en el Círculo de Crystal Cove, la Cueva de Cristal. Su madre, Marigold, pertenecía a él, y el resto del aquelarre eran parientes honorarios, todas conocían a Justine desde siempre. Sin embargo, por mucho que Justine las quisiera, nunca había querido ser una de ellas. Le gustaba lanzar algún conjuro ocasional o hacer una poción de vez en cuando, pero la idea de centrar toda su vida en el estudio y la práctica de la magia no le resultaba en absoluto atractiva.

Desgraciadamente, la reticencia de Justine había provocado una ruptura entre ella y Marigold, que duraba ya al menos cuatro años y que no tenía visos de arreglarse. Mientras tanto, Justine había recibido el apoyo de Rosemary y de Sage, una pareja de artesanas entradas en años que eran lo más parecido a una familia que tenía. Las dos mujeres vivían juntas en un faro en la isla de Cauldron, donde el difunto marido de Sage había ocupado el puesto de farero.

Se enderezó en la silla cuando oyó ruido de gente que entraba en la posada: voces, el traqueteo de las ruedas de las maletas...

—Los huéspedes están aquí —dijo Zoë—. Iré contigo a darles la bienvenida.

—No, se supone que debemos guardar las distancias. Priscilla los llevará a sus habitaciones. Tiene las llaves.

Zoë parecía confusa.

—¿Estás diciendo que no debemos darles la bienvenida?

Justine asintió con la cabeza.

—El señor Black solo está por sus negocios. No quiere que se le moleste con convencionalismos triviales como saludar, apretones de manos y cháchara. El grupo bajará a desayunar por la mañana, pero él quiere que le subamos un batido saludable a su habitación a las seis. Priscilla me dijo que te enviaría las instrucciones por correo electrónico.

Zoë se acercó al mostrador para coger su teléfono y revisar los correos.

—Sí, aquí está. —Zoë volvió a leer el correo, sorprendida—. Tiene que haber un error.

—¿Por qué?

—Espinacas, proteínas en polvo, mantequilla de cacahuete, leche de soja... No quiero contarte el resto, ya tienes el estómago descompuesto.

Justine sonrió al ver la consternación grabada en el rostro de Zoë.

—Suena como una variación del batido de frutas del Monstruo Verde. Duane los tomaba a todas horas.

—Eso tendrá el aspecto de un batido de barro.

—Creo que se trata de hacerlo tan nutritivo y asqueroso como sea posible.

—Ningún problema. —Zoë arrugó la nariz al tiempo que repasaba la receta—. Creí que iba a conocer al señor Black, puesto que está negociando con Alex. Ahora ya no estoy segura de querer conocerlo.

—Zoë, si ese trato se cierra, tú y Alex ganaréis tanto dinero que querrás ponerle su nombre a tu primer hijo.

El motivo de la visita de Jason Black a la isla era inspeccionar una parcela de veinte acres donde pensaba construir una zona residencial. A pesar de que la crisis inmobiliaria lo había dejado seco desde un punto de vista financiero, Alex había conseguido conservar las tierras de Dream Lake.

El verano anterior, un agente inmobiliario se había puesto en contacto con Alex y le había hecho una oferta por el terreno de Dream Lake. Al parecer, Jason Black tenía intención de fundar un lugar de retiro destinado a la formación, la innovación y la inspiración. Esa urbanización incluiría varios edificios e instalaciones, todos ellos de bajo impacto ambiental. Alex tenía la certificación LEED, es decir, que podía construir de acuerdo con los requisitos medioambientales y de eficiencia energética más estrictos. Por ende, las negociaciones incluían la condición de que, además de venderle la propiedad, Alex sería el contratista y jefe de obra del nuevo proyecto.

Justine esperaba que cerraran el trato, por Alex, pero sobre todo por Zoë. Después de los duros tiempos que Zoë había atravesado, incluida la muerte de su abuela, estaba necesitada de un poco de suerte.

Además, Justine tenía un interés personal en el trato: el verano anterior había comprado y restaurado una casita de campo en la carretera de Dream Lake. Todas las ventanas y puertas estaban cegadas y la casa se caía a pedazos por culpa de décadas de abandono y negligencia. Zoë había querido trasladarse allí con su abuela, a quien le habían diagnosticado demencia vascular. A fin de echarles una mano, Justine compró la casa de campo y pagó las reparaciones, y luego cedió gratuitamente el lugar a Zoë y a su abuela.

Si finalmente el terreno de Dream Lake se convertía en un exclusivo retiro y en centro de formación, el valor de la casita de campo de Justine, que limitaba con la propiedad, subiría considerablemente. Todos ganaban con ello.

—Le dije a Alex que el señor Black debía de ser una excelente persona —le contó Zoë a Justine—, porque la idea de crear un centro de formación es un objetivo muy noble.

Justine le lanzó una sonrisa llena de cariño.

—¿Y qué te respondió Alex?

—Me dijo que no tenía nada de noble. El señor Black lo hace para poder desgravar. Pero sigo intentando concederle el beneficio de la duda.

Justine no pudo más que reír.

—Supongo que es posible que a Jason Black todavía le quede alguna cualidad que le salve de la quema. Aunque yo no pondría la mano en el fuego por ello. —Se bebió el resto de su té de un trago, se levantó y se acercó al lavaplatos para dejar la taza—. Iré a dejar un poco de vino y un tentempié en la sala de estar.

—No, déjame a mí. Ya has trabajado suficiente por hoy, limpiando todas las habitaciones con la única ayuda de Annette. ¿Te has enterado de lo que le pasa a Nita? ¿Sabes si es la típica gripe estomacal?

—Me temo que no será tan pasajero —dijo Justine con una sonrisa—. Me envió un SMS hace un rato. Eran náuseas matutinas.

—¿Está embarazada? ¡Oh, eso es fantástico! Le organizaremos una fiesta *baby shower*. ¿Crees que tendremos que contratar a alguien para que la sustituya pasado el primer trimestre?

—No, estamos a las puertas de la temporada invernal, así que el trabajo bajará. Y yo puedo hacerme cargo de sus tareas perfectamente. —Justine soltó un suspiro—. No se puede decir precisamente que tenga una gran vida privada que se interponga con el trabajo.

—Vete a casa y descansa. Y llévate esto.

Zoë se fue a la despensa y sacó un recipiente de plástico con restos del té de la tarde del día anterior: galletitas cubiertas de arándanos, mantecados, pastelitos de melaza, bollitos al estilo francés y emparedados con capas de mermelada de moras casera. Era un milagro que hubiera quedado algo; las pastas de Zoë eran tan deliciosas que normalmente los clientes que acudían a las meriendas de la posada no mostraban ningún escrúpulo a la hora de meterse alguna pasta en el interior de sus bolsos y en sus bolsillos. Una vez, Justine había visto a un hombre llenar su gorra de béisbol con media docena de galletas de mantequilla de cacahuete.

Sostenía el *tupper* como si contuviera un órgano donado que le salvaría la vida.

—¿Qué tipo de vino es el mejor para acompañar las pastas?

Zoë se dirigió a la nevera y sacó una botella de Gewurztraminer.

—No bebas demasiado. Recuerda: es posible que esta noche tengas que subirle su vodka al señor Black.

—Seguramente querrá que lo haga Priscilla. Pero, por si acaso, estaré atenta.

Zoë la miró con un gesto cariñoso.

—Ya veo que has decidido algunas cosas, pero no puedes

rendirte de esta manera. Cuando ya no hay motivo para la esperanza es cuando más tienes que luchar.

—De acuerdo, Mary Poppins.

Le dio un rápido abrazo a Zoë antes de salir por la puerta trasera.

Atravesó el patio y dejó atrás el huerto de hierbas aromáticas que separaba la casita del edificio principal. Originalmente había servido de retiro para escritores, en los tiempos en que la posada era una residencia privada. Ahora, Justine vivía en esa diminuta vivienda de dos habitaciones.

—Hay suficiente espacio aquí para un gallinero —dijo Justine, aunque Zoë no la podía oír.

La tarde estaba muy avanzada. La luz sesgada atravesaba las rojizas ramas de un solitario madroño y bañaba de oro los corimbos marrones de los alisos. El aroma de los macizos del huerto de hierbas aromáticas atravesaba las barreras que conformaban los vallados para el control de plagas.

Justine se había enamorado de la antigua casa señorial en cuanto la vio y la había comprado a buen precio. Había pintado las habitaciones y había decorado cada una de ellas inspirándose en diferentes artistas, entre ellos Van Gogh y Leonardo DaVinci, y en algún momento sintió que por fin estaba creando su propio mundo, un lugar tranquilo y acogedor donde la gente podía relajarse, dormir y comer bien.

Tras una infancia de constante deambular de un lado a otro, la sensación de tener un hogar le resultaba profundamente satisfactoria. Justine conocía prácticamente a todo el mundo en la isla. Su vida estaba llena de toda clase de amor. Amaba a sus amigos, la posada, las islas, los paseos por los bosques donde abundaban los pinos, los helechos y las mahonias. Amaba la manera en que las puestas de sol sobre Friday Harbor parecían fundirse con el océano. Teniendo todo eso, no tenía derecho a pedir nada más.

Se detuvo en el umbral de la puerta de la casita y una sonrisa arqueó sus labios al ver un decepcionado conejo de color castaño que miraba las plantas que no podía alcanzar a través de la malla de acero.

—Lo siento, amigo. Pero después de lo que le hiciste a mi perejil en junio, no me lo puedes recriminar.

Se disponía a agarrar el pomo de la puerta cuando de pronto vaciló. Sus sentidos habían advertido algo extraño. Alguien la observaba.

Una rápida mirada por encima del hombro le reveló que no había nadie.

Dirigió toda su atención hacia una de las ventanas de la segunda planta de la posada, su mirada se detuvo en la oscura y esbelta silueta de un hombre. Enseguida supo de quién se trataba.

Su inmovilidad tenía algo de depredadora, algo de inquietante pero paciente turbación. El cuello frío y húmedo de la botella de vino dejó caer unas gotas de condensación sobre el círculo que formaban sus dedos apretados. No sin cierto esfuerzo, se sacudió de encima aquella sensación y se volvió. El conejo salió disparado en busca de refugio en su madriguera.

Justine entró en la casita y cerró la puerta principal que había pintado de color azul cielo por ambos lados. Los muebles estaban confortablemente gastados, con capas de pintura que asomaban a través de los rasguños. La tapicería era de lino estampado con clásicos motivos florales. Una jarapa de color rosa y beis cubría el suelo de madera.

Una vez hubo dejado el vino y las pastas sobre una mesa de bistró, Justine se dirigió al dormitorio. Se sentó en el suelo al lado de la cama, sacó el libro de conjuros y lo dejó en su regazo. Un lento y agitado suspiro salió de sus labios.

«¿Qué me pasa?»

Había sentido ese dolor antes, pero nunca tan intenso. Cuando Justine retiró la tela de lino, ascendió un maravilloso perfume, dulce como la miel, de hierbas verdes, de lavanda, de cera de vela. La tela, con su orillo deshilachado y sus antiguas marcas de dedos, cayó y reveló un libro encuadernado en cuero con los bordes de las páginas hechos jirones. La encuadernación de cuero resplandecía como la piel de las ciruelas y las cerezas negras. Había un dibujo de una esfera de reloj grabada en la portada con una pequeña cerradura en el centro.

Siguió las líneas de la palabra que adornaba el lomo del libro: *Triscaideca*. Significaba grupo de trece, un número que une su multiplicidad en una sola unidad. El viejo libro tenía más de dos siglos de antigüedad y estaba lleno de hechizos, rituales y secretos.

Normalmente se solía quemar el grimorio una vez muerta su propietaria, pero unos cuantos, como el *Triscaideca*, eran demasiado poderosos para ser destruidos. Esos volúmenes raros y venerados pasaban de generación en generación. Puesto que un grimorio prefería quedarse con su guardián, era prácticamente imposible robar uno. Pero incluso si alguien conseguía tal proeza, él o ella jamás sería capaz de abrir el libro sin una llave.

—Nunca leas la página trece —le había advertido su madre el día que le había traspasado el libro de conjuros a Justine.

—¿Qué contiene la página trece?

—Es distinta a todas las demás. Te muestra cómo conseguir lo que tu corazón anhela.

—¿Y qué tiene eso de malo?

—Nunca sale como esperabas... —le había dicho Marigold—. La página trece solo te enseña una lección: cuidado con lo que deseas.

Justine había mirado el grimorio con una sonrisa de reprobación y lo había empujado con despreocupación.

—Tú nunca me meterías en líos, ¿verdad?

Y le había parecido que la tapa del *Triscaideca* se había combado, como si le devolviera la sonrisa.

En aquel momento, mientras miraba el libro de conjuros con aires de culpabilidad, sabía que lo que estaba considerando hacer estaba mal. Pero no pretendía hacerle daño a nadie. No pedía nada fuera de lo normal. ¿Realmente era tan terrible querer cambiar su propio corazón?

«Debería dejar las cosas tal como están», pensó, preocupada.

Salvo que dejar las cosas tal como estaban tan solo era una opción siempre y cuando las cosas estuvieran mínimamente bien. Pero en el caso de Justine no lo estaban. Y si no hacía algo al respecto, nunca lo estarían.

Metió la mano por debajo del cuello de su camiseta y sacó la llave de cobre que colgaba de una cadena. Se inclinó hacia delante y abrió el *Triscaideca*. El libro crujió al instante y las páginas se abrieron, echándole el aroma resinoso a pergamino y tinta. Las páginas de papel telado revelaron una profusión de ilustraciones multicolores: amarillo girasol, azul pavo real, rojo medieval, negro de hollín, esmeralda profundo.

El lomo del volumen se hundió abruptamente al llegar a la página trece. A diferencia del resto del libro, esta página estaba en blanco. Sin embargo, ante la mirada curiosa de Justine empezaron a aparecer símbolos aleatoriamente, como burbujas de champán que suben a la superficie. Se estaba formando un hechizo. Justine miró fijamente la página mientras sentía que su pulso golpeaba con fuerza en la base de su garganta.

La primera línea, escrita con una caligrafía compleja y arcaica, la desconcertó:

«Romper un maleficio.»

Justine apenas sabía nada de maleficios, solo que la mayor parte de la veces eran un hechizo de por vida. El esfuerzo que requería romperlo era tan complejo y peligroso que los resultados eran potencialmente peores que el maleficio original. En general, a la infortunada víctima de un maleficio solía convenirle más aprender a vivir con él que intentar romperlo.

—Esto no puede estar bien —dijo Justine, perpleja—. Esto no solucionará mi problema. ¿Qué tiene que ver un maleficio con todo esto?

La página se rizó visiblemente, como para decirle «mírame». De pronto cayó en la cuenta: esta era la respuesta.

Las palabras daban vueltas en su cabeza con extrañas variaciones en el énfasis: esta era la respuesta, esta era la respuesta...

—¿Me han echado una maldición? —preguntó al rato, en medio del silencio protector—. No es posible.

Pero lo era.

Alguien la había condenado a la soledad de por vida. ¿Quién podía haberle hecho algo así? ¿Y por qué? Ella nunca le había hecho daño a nadie. No se lo merecía. Nadie se lo merecía.

De pronto se agolparon demasiados sentimientos en su interior. Su caja torácica era demasiado pequeña para contenerlos, la presión aumentaba detrás de las costillas. Tembló, respiró y esperó, hasta que la conmoción y el dolor quedaron reducidos a un núcleo de furia candente.

Se necesitaban habilidades y poderes considerables para lanzar un hechizo que durase toda la vida. Probablemente, el autor había tenido que sacrificar para siempre parte de su poder, lo que de por sí suponía un freno suficiente para que lanzar un maleficio fuera un acto tremendamente infrecuente.

Eso significaba que quien lo había hecho odiaba a Justine.

Sin embargo, un maleficio no era irrompible. Nada lo era. Y por mucho que le costara, Justine estaba decidida a romper ese.

Y si se pretendía que lo hubiese hecho entre a [...]
[...]

Sin embargo, [...] maleficio no se [...]
y maleficio, a menos que Justine [...]
Por eso [...]

4

A Justine le daba absolutamente igual el precio que tuviera que pagar por deshacerse del maleficio. Haría lo que fuera por conseguirlo. «Y así sea.» Un ardiente sentimiento de injusticia la inundó. Había pasado los últimos años esperando y deseando algo que nunca iba a pasar. Porque alguien ya había tomado la decisión por ella, sin tener en cuenta lo que ella había querido o con lo que ella había soñado.

Descubriría quién era el responsable. Le daría la vuelta al maleficio y se lo lanzaría a él. Le...

Sus planes de venganza se desvanecieron cuando parpadeó con fuerza contra un picor de ojos. Apretó las palmas de las manos contra sus parpados. Un tremendo dolor de cabeza le latía detrás de la frente y las sienes, la clase de dolor que ninguna medicina podía aliviar.

Pensó por un instante en llamar a su madre, aunque llevaban cuatro años distanciadas. A pesar de que sabía que no serviría para nada. Marigold no se mostraría compasiva, y aunque supiera algo respecto al maleficio jamás lo admitiría.

Algunas mujeres ofrecían un amor incondicional a sus hijos. Sin embargo, Marigold le había dado afecto como quien reparte fichas en un juego, reteniéndolo cada vez que Justine no estaba de acuerdo con ella. Puesto que la educación tradicional no interesaba a Marigold, había hecho todo lo que estuvo en sus manos por convencer a Justine de que no fuera a la escuela profesional. Había ridiculizado y criticado el empleo de oficinista que había conseguido Justine en un hotel. Sin embargo, la gota que colmó el vaso fue la decisión de Justine de comprar la posada.

—¿Por qué siempre has sido tan difícil? —se había quejado Marigold—. Nunca has querido hacer la única cosa para la que realmente sirves. ¿De verdad me estás diciendo que tu mayor sueño son las tareas domésticas? ¿Limpiar váteres y cambiar sábanas sucias?

—Lo siento —le había contestado Justine—. Sé que sería mucho más fácil para las dos si hubiera acabado haciendo lo que se suponía que haría. No pertenezco a ningún lado, ni al mundo mágico ni al mundo normal. Pero si tengo que elegir, este me hace más feliz. Me gusta cuidar de la gente. No me importa limpiar detrás de ella. Y quiero tener un lugar que sea enteramente mío, para que no tenga que volver a mudarme nunca más.

—Hay más cosas además de pensar solo en lo que tú quieres —había replicado Marigold—. Nuestro círculo es la hermandad más antigua de la Costa Oeste. En cuanto hayas sido iniciada en él, seremos un total de trece. Ya sabes lo que eso significa.

Sí, Justine lo sabía. Trece brujas en un aquelarre daría como resultado un poder mucho mayor que la suma de sus partes. Y se había sentido terriblemente egoísta por no querer unirse a ellas, por primar sus propias necesidades por encima de las de las demás. Sin embargo, sabía que por mucho que lo intentara nunca sería como ellas. Una vida era tremendamente larga para ser miserable.

—El problema es —había dicho Justine— que no me interesa aprender más de lo que ya sé acerca del arte de la magia.

Con ello se había ganado una mirada desdeñosa.

—¿Estás satisfecha conociendo un puñado de hechizos de botella y de runas de cristal? ¿Teniendo apenas suficientes habilidades mágicas para entretener a unos niños en una fiesta de cumpleaños?

—No lo olvides, también sé hacer animales con globos —había contestado Justine con la esperanza de arrancarle una sonrisa.

Sin embargo, Marigold no se había inmutado.

—Nunca te habría tenido de haber pensado que cabía la posibilidad de que no quisieras formar parte de la hermandad. Nunca he conocido, ni siquiera he oído hablar, de una bruja nata que le haya dado la espalda a la magia.

El punto muerto al que habían llegado fue insalvable. Marigold estaba convencida de que los planes que tenía para la vida de Justine eran infinitamente mejores que cualquiera que esta pudiera elaborar. Justine intentó hacerle comprender que cada ser humano tiene derecho a tomar sus propias decisiones, pero al final se dio cuenta de que si Marigold hubiera sido capaz de entenderlo de entrada, nunca habría intentado controlarla de aquella manera.

Y si Marigold no podía tener la clase de hija que quería, no quería tener ninguna.

Así pues, Justine había desarrollado una relación ambivalente con la magia que era, intrínsecamente, un «o todo o nada». Intentar seguir siendo una diletante de la magia era como intentar estar solo un poco embarazada.

Volvió a leer el conjuro. Si no estaba equivocada y lo había leído bien, había que ejecutar el ritual a medianoche y con la luna menguante. Tenía sentido: la última fase antes de luna nueva era ideal para las desapariciones, las liberaciones, las revocaciones. Si quería romper un maleficio tan fuerte como ese, lo mejor sería que se aplicara a fondo.

Una vez de pie, Justine se acercó al antiguo escritorio frente a la ventana para consultar una web de fases lunares en su portátil.

Quiso la suerte que aquella noche fuera la última del cuarto menguante. Si no intentaba romper el maleficio en ese momento, tendría que esperar un mes entero para poder volverlo a intentar. Justine estaba segura de que no podría esperar tanto tiempo. Cada célula de su cuerpo reclamaba a gritos que entrara en acción. Se sentía fuera de rumbo, como una cometa a punto de escapar de su órbita solar y precipitarse en el espacio.

Llamaría a Rosemary y a Sage para pedirles consejo, aunque tal vez intentaran disuadirla o al menos le pedirían que esperara, y Justine no estaba dispuesta a que la hicieran cambiar de opinión por ningún motivo. Ni siquiera por uno bueno. Tenía que romper el maleficio cuanto antes.

Durante el resto de la tarde, Justine estuvo estudiando el conjuro y hojeando el libro. Si realmente iba a hacerlo, tendría que hacerlo bien. Había muchos factores a tener en cuenta en el arte de la magia. Si cualquiera de los pasos de un conjuro se realizaba de forma desordenada, si las palabras se pronunciaban mal o se dejaba alguna fuera, si la concentración del hechicero se resentía, si sus habilidades mágicas eran pobres, el conjuro podía no funcionar. O podía tener el efecto contrario, o actuar sobre la persona equivocada. Un error aparentemente menor, como utilizar una vela hecha de parafina en lugar de cera de abeja, podía traer consecuencias nefastas.

Justine se concentró con tal fuerza en el libro que cuando sonó su teléfono móvil dio un respingo. Alargó la mano para cogerlo mientras su corazón se desbocaba y leyó el nombre de la persona que la llamaba.

—Hola, Priscilla —dijo—. ¿Qué tal todo?

—Todo bien. Los instalé a todos en sus habitaciones y luego se fueron a cenar al Downrigger. La mayoría ya ha vuelto. Te llamaba para recordarte que tienes que subir el vodka a la habitación de Jason dentro de un cuarto de hora.

—¡Oh! —exclamó Justine, y bajó la mirada hacia su camiseta y sus tejanos, que no se había cambiado desde que limpiara las habitaciones por la mañana. Olía a amoníaco y a cera para suelos. Las rodillas de los tejanos estaban sucias y su cola de caballo se había soltado—. Pensé que tal vez te lo habría pedido a ti —dijo, esperanzada.

—Pues no, quiere que lo hagas tú.

Justine soltó un suspiro inaudible.

—Iré enseguida.

—A las nueve en punto —le recordó Priscilla—. No le gusta que la gente llegue tarde.

—Allí estaré. Adiós.

Cuando hubo finalizado la llamada, Justine se fue directamente al baño, se quitó la ropa y se metió en la ducha. Tras un breve pero concienzudo repaso con el guante de crin, salió de la ducha y se secó el pelo con una toalla.

Rebuscó en el armario hasta que encontró un vestido de punto sin mangas con un cinturón ajustable y unas sandalias planas de color blanco. Se recogió el pelo en una coleta baja, se pasó el bálsamo por los labios y se aplicó un poco de máscara en las pestañas superiores.

Al cruzar el pequeño patio, Justine echó un vistazo furtivo hacia la ventana de la segunda planta, pero estaba vacía. Tenía que reconocerlo: sentía curiosidad por Jason Black, ese hombre que mantenía su vida privada bajo tan estricto control.

Entró en la cocina de la posada por la puerta trasera y sacó la botella de Stolichnaya del congelador. Sirvió dos copitas de vodka helada y las dispuso sobre una pequeña bandeja de plata con bordes altos llena de hielo picado. Después salió con la bandeja y subió la escalera con mucho cuidado.

El silencio que reinaba en la posada solo era interrumpido por algún que otro ruido discreto: un cajón que se abría o se cerraba, el timbre amortiguado de un teléfono. Cuando Justine estaba a punto de llegar a la habitación Klimt, oyó la voz de un hombre en el interior. Parecía que estaba en medio de una conversación telefónica. ¿Debería llamar a la puerta? No quería interrumpirlo, pero eran las nueve en punto. Obligó a sus facciones a adoptar una máscara educada y golpeteó suavemente la puerta con los nudillos.

Unos pasos se acercaron al umbral.

Se abrió la puerta. Justine sintió un breve y mareante impacto al ver unos ojos hostiles acompañados de duros rasgos faciales y un alborotado y sexy pelo negro y corto. La invitó a entrar con un gesto e hizo una breve pausa para decirle a Justine:

—No se vaya todavía.

La miró fijamente.

La mirada se prolongó durante apenas medio segundo, pero casi bastó para hacer retroceder a Justine. Sus ojos insondables, astutos y opacos como la melaza de caña de azúcar, podían haber pertenecido al mismísimo Lucifer.

Justine respondió con un aturdido cabeceo y consiguió dejar la bandeja sobre la mesa sin derramar nada. Sentía tal agitación que tardó un minuto en darse cuenta de que aquel hombre estaba hablando en japonés. Su voz era hipnotizadora, la de un barítono envuelta en sombras.

Perpleja y sin saber qué hacer, se acercó a una de las ventanas y miró al exterior. La luz menguante del atardecer teñía el horizonte del color del melón, mientras más arriba se oscurecía hasta adoptar el tono de una ciruela negra. La fisura de la luna creciente brillaba blanca y clara como un zarpazo en el cielo.

Una noche ideal para la magia.

Volvió a poner toda la atención en Jason Black, que caminaba a paso lento de un lado a otro mientras hablaba. Era un hombre alto, elegante y esbelto. Sus movimientos, relajadamente atléticos, dejaban traslucir su musculatura por debajo de una camisa de un blanco impecable y de unos pantalones caquis. Se inclinó sobre la mesa y garabateó unas cuantas palabras en un bloc de notas. Un reloj de acero inoxidable de la marca Swiss Army relucía en su muñeca.

Su rostro, de pómulos pronunciados, podía haber sido esculpido en ámbar. La erosión en las comisuras exteriores de sus ojos delataba noches de insomnio y días llenos de agitación. A pesar de que las líneas de su boca eran despiadadas, sus labios parecían suaves, como si su superficie hubiera sido moldeada con erótica ternura.

—Discúlpame —dijo, y apagó el teléfono al tiempo que se acercaba a Justine—. Tokio va dieciséis horas por delante de nosotros. Tenía que ocuparme de una última llamada.

Sus modos eran relajados, pero Justine tuvo que combatir el instinto que le pedía a gritos alejarse de él. Aunque sabía que no suponía una amenaza para ella, sus sentidos le decían que era una criatura peligrosa, un tigre detrás de una pared de cristal fino.

—Por supuesto —dijo Justine—. Su Stoli está justo allí.

—Gracias. —Su mirada no se apartó de ella. Le tendió la mano—. Jason.

—Justine. —Sus dedos fueron engullidos por un profundo apretón que envió una oleada de calor hasta su codo—. Espero que la habitación sea de su agrado.

—Sí. Aunque... —Soltó su mano y dijo—: Siento curiosidad por saber una cosa. —Hizo un gesto con la cabeza hacia la maceta de loza que había sobre la mesa. Contenía una orquídea mariposa de dos tallos, cada uno de ellos con una inflorescencia de flores blancas como la nieve—. Pedí un arreglo floral blanco. Pero esto...

—¿No le gusta? Lo siento. Mañana por la mañana le traeré otro.

—No. Yo...

—No es ningún problema.

—Justine. —Jason Black levantó la mano en un gesto apremiante, habitual en un hombre que no está acostumbrado a que lo interrumpan. Ella se calló inmediatamente—. Me gusta la orquídea —dijo él—. Solo quería saber por qué la has elegido.

—Bueno, verá, creo que es más bonita una planta viva en la habitación que un ramo de flores cortadas. Y pensé que una orquídea combinaría muy bien con la obra de Klimt.

—Así es. Limpio, elegante... —Se produjo una pausa apenas perceptible—. Sugerente.

Justine esbozó una sonrisa irónica. La flor de la orquídea, de pétalos afelpados que semejaban labios y pliegues prietos y delicadas aberturas, no se alejaba mucho de ser una flor pornográfica.

—Si no desea nada más —dijo Justine—, me retiro.

—¿Tienes que estar en algún lugar a una hora determinada? Justine lo miró, ligeramente confusa.

—En realidad no.

—Entonces, quédate.

Justine parpadeó y entrelazó los dedos.

—Me han dicho que no le gusta demasiado el hablar por hablar.

—No es hablar por hablar si se trata de alguien con quien quiero charlar.

Justine le lanzó una sonrisa neutra.

—Pero quizás esté cansado.

—Siempre lo estoy. —Jason agarró el respaldo de la silla,

la levantó con una sola mano y la dejó cerca de la cama. Se sentó en el borde del colchón e hizo un gesto hacia la silla—. Toma asiento.

Otra orden. Justine estaba medio divertida, medio molesta; era evidente que Jason estaba demasiado acostumbrado a decirle a la gente lo que tenía que hacer. ¿Por qué quería hablar con ella? ¿Acaso esperaba averiguar algo acerca de Zoë o de Alex, algo que pudiera utilizar durante las negociaciones por la urbanización de Dream Lake?

—Solo unos minutos —dijo Justine, y se sentó—. Ha sido un día muy largo.

Juntó las rodillas y posó las manos en el regazo, dispuesta a escucharle.

Jason Black era de una belleza tan oscura, tan sorprendente en su fría confianza en sí mismo, que parecía ser más bien una figura salida de la fantasía que un ser humano. Parecía tener unos treinta y pocos años y gastaba un aire de desencanto a prueba de balas. «Demasiado guapo para su propio bien», fue como lo había expresado Priscilla, cuando, en realidad, sería más acertado decir que era demasiado guapo para el bien de los demás.

—¿Por qué se aloja aquí? —preguntó Justine, sin ambages—. Podía haber fletado un yate de lujo y haberlo atracado en el puerto. O haberse alojado en el ático de un hotel de Seattle y haber volado hasta aquí sin tener que pernoctar.

—No me van los yates de lujo. Y la posada me pareció el lugar adecuado para unas vacaciones mientras negociamos las condiciones para el proyecto de Dream Lake.

Justine no pudo más que sonreír.

—Usted no está de vacaciones.

Una de sus oscuras cejas se levantó levemente.

—¿No lo estoy?

—No, unas vacaciones consisten en pasar días enteros sin

hacer nada productivo. En tomar fotos del paisaje, o comprar cosas que no necesitas, en comer y beber demasiado, en irse a dormir tarde.

—Eso suena... —Jason se detuvo a fin de buscar la palabra adecuada—. Grotesco.

—No le gusta relajarse —estableció Justine, no era una pregunta.

—No le veo la gracia.

—Tal vez la gracia esté en que de vez en cuando debería tomarse un descanso y echar la vista atrás para disfrutar de lo que ha conseguido.

—No he conseguido lo suficiente para ser capaz de disfrutarlo.

—Está a la cabeza de una gran compañía y es inmensamente rico. La mayoría de la gente no se quejaría de estar en su lugar.

—Lo que quise decir —aclaró él, sin levantar la voz— es que no es mérito mío que la compañía sea exitosa. Tengo un buen equipo. Y hemos tenido algo de suerte. —Cogió una de las copitas de vodka y le acercó la bandeja de plata—. Por favor.

Justine parpadeó.

—¿Me está pidiendo que tome una copa con usted?

—Sí.

Justine soltó una risa de desconcierto.

Los ojos de Jason se entrecerraron.

—¿Le parece gracioso?

—Normalmente, cuando se invita a una persona a hacer algo, no se le dan órdenes. Siéntate aquí, haz esto, toma aquello...

—¿Cómo quieres que te lo diga?

—Podría intentarlo con un: ¿Le gustaría tomarse la otra copita de vodka?

—Pero si te lo preguntara de esa manera, a lo mejor me rechazarías.

—¿Alguna vez lo han rechazado? —preguntó Justine, escéptica.

—Alguna vez ha ocurrido.

—Me cuesta creerlo. En cualquier caso, no se me da bien obedecer órdenes. Necesito que me pidan las cosas.

La mirada de Jason estaba puesta firmemente en Justine.

—¿Quieres quedarte para tomar una copa conmigo? —preguntó al rato.

Un intenso calor inundó las mejillas de Justine hasta que sintió que su piel se tersaba y adoptaba un leve brillo.

—Sí, con mucho gusto. —Justine alargó la mano para coger la copita de vodka—. ¿Suele tomarse las dos?

—A veces me basta con una. Me ayuda a desconectar al final del día. Si sigo sin poder dormirme, me tomo una segunda.

—¿Alguna vez lo ha intentado con una infusión? ¿O un baño caliente?

—Lo he probado todo. Pastillas, relajación progresiva, música para dormir, libros de golf. He contado ovejas hasta que incluso las ovejas eran incapaces de mantenerse despiertas.

—¿Cuánto tiempo hace que sufre de insomnio?

—Desde que nací. —En sus labios se dibujó una delicada sonrisa—. Pero tiene sus ventajas. Soy un as del Scrabble *online*. Y he podido disfrutar de unos maravillosos amaneceres.

—A lo mejor tiene la suerte de poder dormir mientras esté aquí. La isla es muy tranquila, sobre todo de noche.

—Eso espero. —Sin embargo, no sonaba muy convencido. No eran precisamente los factores externos los que lo mantenían en vela.

Justine se llevó la copita a la nariz, inspiró con cautela y detectó un olor ligeramente dulce, como a heno recién cortado.

—Nunca había tomado vodka a secas antes. —Un sorbito del líquido helado prendió fuego a su labio superior—. ¡Guau! Esto quema.

—No lo sorbas. Tómalo de un solo trago.

—No puedo —protestó Justine.

—Sí que puedes. Suelta el aire, bébetelo y espera entre diez y quince segundos antes de respirar. Así evitas que arda.

A fin de demostrarlo, se tragó el chupito rápidamente. Justine vio cómo el trago bajaba por la parte delantera de su garganta, donde su piel bronceada era fina y delicada.

Justine apartó la mirada y se concentró en la copita que tenía en la mano.

—Allá voy —dijo, y soltó aire. Después de tragar el vodka intentó contener la respiración, pero sus pulmones se contrajeron como si estuvieran a punto de explotar. Se rindió, resolló y se arrepintió al instante, pues un frío ardor le había dejado la garganta chamuscada. Se estaba asfixiando y sus ojos se llenaron de lágrimas.

—Has respirado demasiado pronto —dijo Jason.

Se le escapó una tos entremezclada con la risa antes de poder responder.

—Tengo la costumbre de necesitar coger aire a intervalos regulares. —Justine movió la cabeza y se secó los ojos—. ¿Por qué vodka? El vino es mucho más agradable.

—El vodka es eficaz. Con el vino se tarda mucho más tiempo.

—Tiene razón —dijo Justine—. El Cabernet es repugnante e ineficaz. No entiendo que haya podido perder el tiempo de esta manera.

Jason prosiguió, sin darse por enterado.

—El vodka también hace que la comida sepa mejor.

—¿De veras? ¿Cómo es eso?

—El alcohol etílico es un disolvente de saborizantes. Si se

come algo justo después de tomar un sorbo de vodka, el sabor se intensifica y dura más tiempo en las papilas gustativas.

Justine estaba intrigada.

—Me gustaría probarlo.

—Funciona sobre todo con la comida picante y salada. Como el caviar y el salmón ahumado.

—No tenemos caviar. Pero casi siempre estamos en disposición de organizar un plato frío. —Justine observó su rostro inescrutable—. Me imagino que no fue a cenar con los demás, ¿verdad? Apuesto a que se quedó en la habitación haciendo llamadas.

—Me quedé aquí —admitió.

—¿Tiene hambre?

Por lo visto, la pregunta merecía ser estudiada a fondo.

—Podría comer algo —dijo, finalmente.

Sin duda, era la persona más precavida que había conocido jamás. ¿Alguna vez se relajaba y se dejaba llevar? Resultaba difícil imaginárselo. Justine se preguntó cómo sonaría su risa.

—Me preguntaba —dijo con cautela, siguiendo un repentino impulso—, ¿cuándo fue la última vez que saqueó una despensa?

—No lo recuerdo.

—¿Por qué no me acompaña abajo? Yo también tengo hambre. Encontraremos algo para comer. Además, le debo una segunda copita de vodka.

Para su sorpresa, y sin duda para la de él, aceptó.

5

Jason estaba sentado a la gastada mesa de madera, echando una ojeada a la cocina. Era una estancia espaciosa y alegre, con armarios pintados, empapelada con estampados retro de cerezas y con las encimeras de sílice. La gran despensa estaba llena de ingredientes para hacer pasteles, guardados en grandes tarros de cristal, y los productos enlatados estaban apilados hasta en tres y cuatro hileras.

Observaba a Justine mientras esta sacaba frascos de conservas llenos de encurtidos y los llevaba a la mesa.

Sacó una botella de vodka Stolichnaya del congelador y la dejó frente a Jason, junto con dos copas.

—Sírvase —dijo, y se puso a cortar una *baguette* en delicados óvalos. Jason, apenas era capaz de apartar la mirada de ella el tiempo necesario para obedecer sus órdenes.

Hasta el momento, en el poco tiempo que hacía que se conocían, Justine Hoffman se había burlado y lo había ridiculizado de una manera en la que nadie había osado antes. No tenía ni idea de las libertades que le daba, lo fácil que hubiera sido para él aplastarla. Pero la verdad era que ella le interesaba más que cualquier otra persona desde hacía muchísimo tiempo.

Era una mujer bella y esbelta, de largo cabello oscuro y piel fina, con un rostro de delicadas facciones. Gesticulaba al hablar. De haber tenido una pizarra delante en ese momento, a esas alturas ya habría sido borrada y vuelta a llenar varias veces. A él le habría resultado molesto, si no fuera porque no podía dejar de imaginar miles de maneras de ralentizarla con su boca, sus manos, su cuerpo.

Una previa revisión de antecedentes había revelado a una mujer nada dada a los excesos. Se había criado sin un padre, lo que debería haberla hecho más propensa a tener problemas de conducta, a dejar la escuela prematuramente, a abusar del alcohol y de las drogas. Sin embargo, no había encontrado nada que lo corroborara. Ningún problema de solvencia. Ningún historial sexual prolífico, tan solo un par de relaciones tranquilas que no habían durado, ninguna de ellas, más allá de un año. Ningún antecedente de arrestos, ningún problema médico ni ninguna adicción. Únicamente una multa de aparcamiento expedida por el servicio de seguridad de su campus. Así pues, ninguna de las cosas que solían motivar a la gente, como el deseo, la codicia, el miedo; ninguna de ellas parecía estar presentes en Justine Hoffman.

Sin embargo, todo el mundo tiene algo que esconder. Y todo el mundo quiere lo que no tiene.

En el caso de Justine, Jason sabía qué era lo primero. En cambio, lo segundo era una incógnita abierta.

De pie, frente a la mesa, Justine dispuso la comida sobre un plato grande con compartimentos.

—Eres vegetariano, ¿verdad?

—Cuando puedo sí.

—¿Empezaste a serlo cuando ingresaste en el monasterio zen?

—¿Cómo es que sabes lo del monasterio?

—Aparece en tu página de Wikipedia.

Jason frunció el ceño.

—He intentado cerrar esa página. Los administradores se resisten a borrarla. Por lo visto, no les importa el derecho a la privacidad de una persona.

—Si ya es difícil para una persona normal conservar la privacidad hoy en día, debe de ser imposible para alguien como tú.

Justine desenvolvió un trozo de queso y lo dispuso sobre una tabla de cortar. Empezó a cortarlo en finas rodajas translúcidas.

—Entonces, ¿te hiciste vegetariano por razones kármicas? ¿Te dio miedo que pudieras reencarnarte en un pollo o algo parecido?

—No, era lo que nos daban de comer en el monasterio. Y me gustó.

Justine le mostró un huevo duro.

—¿Los huevos y los productos lácteos te parecen bien? —le preguntó.

—Sí, los como.

Justine llenó el plato con judías amarillas y coliflor encurtidas, almendras saladas marcona, olivas verdes españolas, rodajas finas de salmón curado casero del color del coral, triángulos transparentes de queso manchego, un tajo grueso de queso Brie, un puñado de higos secos. Acompañó el plato con una cesta de rodajas de *baguette* y galletitas saladas al aroma de romero.

—*Bon appetit* —dijo con jovialidad, y se sentó a su lado.

Mientras comían y charlaban, Jason se sorprendió disfrutando de la compañía de Justine. Era encantadora, de risa fácil, el tipo de mujer que cuestiona las tonterías. Su rostro estaba estructurado de manera tan limpia como un haikú, sus ojos eran de un castaño aterciopelado, su boca tan afelpada y rosa como la flor de un cerezo. Pero había algo en ella intrigantemente falto de sensualidad, una delicada escarcha de lejanía. Sentía deseos de atravesar aquella virginal frialdad.

—¿Cómo es que te decidiste a abrir una posada? —preguntó Jason, al tiempo que colocaba una rodaja de rábano en medio de una galletita untada de mantequilla—. A simple vista, no parece algo que una mujer soltera de tu edad quiera hacer.

—¿Por qué no?

—Es una vida muy tranquila —dijo él—. Aislada. Vives en una isla con tan solo ocho mil habitantes con residencia fija. Debes de aburrirte mucho.

—Nunca. Toda mi infancia transcurrió moviéndome de un lugar a otro. Tenía una madre soltera incapaz de quedarse quieta en un mismo sitio. Me encanta la comodidad de las cosas familiares: los amigos que veo cada día, la almohada que se amolda a mi cabeza a la perfección, mi huerto de hierbas aromáticas, mi bicicleta de montaña. He corrido por los mismos senderos y paseado por las mismas playas hasta tal punto que estoy segura de detectar cualquier alteración mínima en el paisaje. Me encanta estar ligada a un lugar como este.

—Comprendo.

—¿De veras?

—Sí. Los japoneses creen que no elegimos el lugar, sino que el lugar nos elige a nosotros.

—¿Qué lugar te ha elegido a ti?

—Todavía no ha sucedido.

A esas alturas de su vida, seguía sin pasarle. Tenía un apartamento en la bahía de San Francisco, un piso en Nueva York y una cabaña en el lago Tahoe. Cada uno de ellos era precioso, pero ninguno le había trasladado la sensación de pertenecer a él cuando entraba por la puerta.

Justine se lo quedó mirando, reflexiva.

—¿Por qué ingresaste en el monasterio zen?

—Necesitaba encontrar la respuesta a una pregunta.

—¿Y la encontraste?

El comentario le provocó una débil sonrisa que no fue más allá de los labios.

—Encontré la respuesta. Pero también unas cuantas preguntas más.

—¿Adónde fuiste después?

Jason levantó las cejas en una expresión burlona.

—¿No aparece en la página de Wikipedia?

—No. Tu vida es un gran vacío durante un par de años. Así pues, ¿qué estuviste haciendo?

Jason vaciló. Le resultaba difícil abandonar la costumbre de proteger su vida privada, incluso queriendo hacerlo.

—Firmé un sólido acuerdo de confidencialidad —dijo Justine—. Puedes desahogarte con tranquilidad, yo no diré absolutamente nada.

—¿Qué pasa si rompes el contrato? —preguntó Jason—. ¿Prisión? ¿Una indemnización?

—¿No lo sabes? El contrato es tuyo.

—Tenemos tres versiones con diferentes letras pequeñas. Quiero saber cuál te dio Priscilla.

Justine se encogió de hombros y sonrió.

—Nunca llegué a leer la letra pequeña. Siempre trae malas noticias.

Su espontánea sonrisa lo atravesó como un rayo a cámara lenta.

No había esperado que ella pudiera provocar tal efecto en él. Nunca había sentido nada parecido antes. Había algo en ella que lo ponía en estado de alerta, que hacía que afloraran sentimientos hasta entonces desconocidos para él. Cerró los dedos alrededor de la segunda copita de vodka y se la bebió de un trago.

Justine ladeó la cabeza y lo estudió.

—¿Por qué entraste en el negocio de los videojuegos?

—Empecé como probador de juegos cuando era estudiante y desarrollé un par de juegos sencillos en 2D. Más tarde, un amigo de un amigo estaba montando un estudio y necesitaba a alguien que le echara una mano en el diseño y la programación. Finalmente fui contratado para poner en marcha la división de juegos de Inari.

—Eso explica cómo te metiste en el negocio —dijo Justine—, pero siento curiosidad por saber el porqué. ¿Qué tienen los videojuegos para ti?

—Soy una persona competitiva —admitió él—. Me gusta la estética de un juego bien diseñado. Me gusta crear mundos ficticios, fijarme retos, superar obstáculos. —Hizo una pausa—. ¿Te gusta jugar?

—No es lo mío —respondió Justine. El par de juegos que he probado son complicados y violentos, y no me gusta el sexismo implícito en ellos.

—No en los juegos que yo desarrollo. No permito las líneas argumentales que incluyen prostitución, violaciones o lenguaje degradante hacia las mujeres.

Justine no parecía estar impresionada.

—He visto algunos anuncios de Skyrebels. Es uno de los vuestros, ¿verdad? Pues la mayoría de los personajes femeninos van vestidos como putas del espacio. ¿Por qué tienen que vestir minis de cuero y botas con tacones de doce centímetros para repeler un ataque de soldados con armadura?

No carecía de razón.

—A los adolescentes masculinos les gusta —admitió Jason.

—Ya me lo imaginaba —dijo ella.

—Pero por mucho que vistan así, los personajes femeninos son tan duros como los masculinos.

—El sexismo es también presentación y tono, no solo hay que entenderlo como acciones.

—¿Eres feminista?

—Si con feminista te refieres a alguien que quiere que la traten con igualdad y respeto, pues sí, lo soy. Pero hay gente que acostumbra a pensar en las feministas como mujeres rabiosas, algo que yo no soy.

—Yo me enfadaría bastante si alguien me enviara a la guerra con botas de tacón de doce centímetros y una mini de cuero.

Justine estalló de risa y sirvió más vodka. Dio un sorbo a su copa y un mordisquito a una enorme oliva. Cuando Jason observó los movimientos de su boca, sus labios frunciéndose alrededor del fruto rollizo, tuvo una profunda y desconcertante reacción.

—¿Alguna vez has jugado a verdad o consecuencia? —preguntó Justine, al tiempo que dejaba el hueso a un lado.

—No desde el colegio —dijo Jason—. No puedo decir que lo haya echado de menos.

—Yo tampoco. Aunque... ¿Quieres que juguemos un par de rondas?

Jason se reclinó en la silla y le lanzó una mirada escrutadora. No cabía duda de que estaba convencida de que eso lo desarmaría, lo obligaría a darle un par de respuestas que, de otro modo, nunca le hubiera dado. Sin embargo, sería recíproco.

—Nunca acepto consecuencias —dijo.

—Muy bien, entonces para ti solo verdad. Pero, sobre los límites, creo que deberíamos...

—Sin límites. Si no, no vale la pena jugar.

—Sin límites —resolvió Justine, en un tono de voz ligeramente más afilado y receloso—. ¿Qué me dices de las penalizaciones?

—El que pierda una ronda tendrá que quitarse una prenda de ropa.

Tuvo la satisfacción de ver cómo los ojos de Justine se ensanchaban.

—De acuerdo —dijo ella—. Empiezo yo. Cuéntame la idea que tienes de la verdadera felicidad.

Jason alargó la mano para coger una servilleta de papel y la dobló en diagonal, utilizando la uña de su pulgar para afilar el pliegue.

—No creo en la felicidad. —Le dio la vuelta a la servilleta y la dobló en un pequeño cuadrado—. La gente cree que es feliz cuando algo así como una caja de donuts, la victoria de los Lakers sobre los Spurs o una postura sexual con algún nombre en latín hace que ciertas sustancias químicas se adhieran a unos receptores en el cerebro y provoquen impulsos eléctricos en las neuronas. Pero no es duradero. Es pasajero. No es real.

—Menudo bajón —dijo Justine, entre risas.

—Me lo has preguntado. —Jason dobló los lados de la servilleta hacia dentro a fin de formar una base triangular—. Siguiente ronda: ¿verdad o consecuencia?

—Verdad —dijo Justine rápidamente, mientras observaba los minuciosos movimientos de sus manos.

—¿Por qué rompiste con tu último novio?

Jason empezó a plegar las solapas del triángulo.

Una rápida marea rosa subió hasta el nacimiento de su cabello.

—Simplemente no funcionó.

—Eso no es una respuesta. Cuéntame por qué.

—A veces no existe un motivo definido para que dos personas rompan.

Jason se detuvo cuando se disponía a doblar las puntas de la figura de papel y le lanzó una mirada burlona.

—Siempre hay un motivo.

—Pues entonces no sé cuál es.

—Lo sabes muy bien. Sencillamente no quieres contarlo. Lo que significa que has perdido la ronda.

Jason la miró, expectante.

Con el ceño fruncido, Justine sacó el pie de una de sus delicadas sandalias blancas y la empujó hacia la silla en la que estaba sentado Jason.

La visión de su pie desnudo y precioso de largos dedos y con las uñas pintadas de un esmalte azul pálido atrapó toda la atención de Jason.

—Te toca a ti —la oyó decir, y volvió la mirada a regañadientes hacia su rostro—. ¿Dónde estuviste durante los dos años que siguieron a tu estancia en el monasterio?

Jason retiró los bordes del papel de la figura que había doblado hasta darle la forma de unos pétalos de flor.

—Me fui a vivir a casa de unos familiares en Okinawa. Mi madre era medio japonesa. Nunca había conocido a un familiar suyo, pero siempre quise hacerlo. Creí que me serviría para sentirme más cerca de ella.

Antes de que le diera tiempo a Justine a contestar, Jason le dio el *origami* acabado. Lo aceptó extrañada y un poco vacilante, con una mirada perpleja.

—Un lirio.

—*Yuri* —murmuró Jason—. El nombre viene de una palabra japonesa que describe cómo las flores se mueven al viento. ¿Verdad o consecuencia?

Justine parpadeó, su pregunta la había cogido desprevenida.

—Verdad.

—¿Qué fue lo que provocó la ruptura con tu último novio?

Justine no pudo más que abrir la boca, sorprendida.

—Ya me lo has preguntado antes.

—¿Y sigues sin querer responder?

—Así es.

—Entonces dame otra prenda de vestir.

Indignada, Justine se quitó la otra sandalia y se la dio.

—Piensas seguir preguntándome lo mismo una y otra vez, ¿verdad?

Jason asintió con la cabeza.

—Hasta que me hayas respondido o estés desnuda.

—¿No se te ocurre otra cosa que te gustaría saber de mí?

—Me temo que no. —Intentó sonar compungido—. Tengo cierta tendencia a centrarme en una sola cosa. Soy un poco obsesivo.

Justine le lanzó una mirada fulminante.

—Siguiente ronda. Dijiste que ingresaste en el monasterio zen para conocer la respuesta a una pregunta. ¿Qué descubriste?

—Descubrí —dijo Jason, sin prisa— que no tengo alma.

6

Justine lo miró atónita.

—¿Quieres decir como cuando no sabes bailar?

—No, de ser así habría dicho que no tengo ritmo. Lo que también es cierto. Pero lo dije en sentido literal, no tengo alma.

—Si no la tuvieras, no podrías estar aquí sentado hablando conmigo. No estarías vivo.

—¿Tú qué crees que es el alma?

—Lo que hace que el corazón lata y que el cerebro trabaje y que el cuerpo se desplace.

—De hecho, el cuerpo humano funciona con energía termoeléctrica. Unos cien vatios, el equivalente a una bombilla estándar.

—Sí, lo sé —dijo Justine—. Pero siempre pensé en el alma como en la fuente de energía.

—No. El alma es otra cosa.

Justine se había quedado mirando con creciente desconcierto y preocupación a Jason, que tamborileaba distraídamente el dedo índice contra la punta de su nariz. De pronto preguntó:

—¿Qué piensan los budistas acerca del alma?

—Que esa reflexión es inútil... Que cuando te centras en la idea de ti mismo y en el placer de ti mismo en el cielo, bloqueas tu visión de la verdad y de lo eterno.

—¡Oh! —Su frente se suavizó—. Entonces, al parecer, es posible que tengas un alma.

Jason le lanzó una mirada neutra y no contestó.

—Eres un tipo interesante —dijo Justine, en un tono de voz que no sonó, ni remotamente, como un cumplido.

—Siguiente ronda. Ya conoces la pregunta.

Justine había empezado a parecer molesta, incómoda.

—¿Vas a volver a preguntarme lo mismo acerca de mi novio?

—Podrías mentirme —sugirió él.

—Soy muy mala mintiendo. Pregúntame otra cosa.

Jason negó con la cabeza.

—Entonces que sea consecuencia. —Justine se detuvo y añadió con dificultad—: Por favor.

Jason volvió a negar con la cabeza. Y vio cómo cada pulgada visible de su piel se tornaba rosa.

—¿Por qué te resulta tan difícil contestar? —preguntó.

Aunque estaba bastante seguro de saberlo ya.

Justine se levantó, se acercó al armario más cercano y sacó un rollo de film de cocina. Arrancó varios trozos de film con movimientos nerviosos y cubrió los platos con ellos.

—Tu pregunta tiene que ver con algo de lo que odio hablar y, por tanto, es normal que me muestre reacia a hacerlo.

—A mí me parece que se trata de algo más que simple desgana —dijo él, y metió la mano por debajo del film para coger una última oliva—. Se parece más a algo de lo que no puedes hablar.

Justine cogió el plato, lo llevó a la nevera y lo dejó en uno de los estantes.

—Me voy a casa. Tengo que levantarme temprano y todavía tengo un par de cosas que debo hacer esta noche.

—¿Como por ejemplo?

—No es asunto tuyo —dijo secamente—. Sal de la cocina, por favor, para que pueda apagar las luces.

Jason se levantó y trasladó la botella de vodka y las dos copitas a la encimera.

—¿Te rajas antes de acabar el juego? Me debes una respuesta, o tendrás que aceptar el castigo.

—Bueno, no puedo contestarte. Y puesto que no me he vestido por capas y ya tienes mis zapatos, no puedo aceptar la penalización. Es una situación sin salida.

Ambos sabían que ella quería que la liberara del compromiso. Un caballero lo hubiera hecho.

—Acordamos las reglas —le recordó él.

—Sí, pero el propósito de todo esto era saber algo el uno del otro y pasar un rato agradable.

—¿Qué querías que te preguntara? Me interesa lo que te hace sentir incómoda.

—En este momento, eso serías tú.

Jason se acercó a ella y su mirada se clavó en su pulso que latía fuertemente en la base de su cuello.

—Si no quieres darme una respuesta, cumple con el castigo —dijo en voz baja.

Justine lo encaró y se apretó contra la encimera como si la necesitara para mantener el equilibrio. El profundo y agridulce castaño de sus ojos, abiertos de par en par, se desbordaba en una mezcla de terror y curiosidad. Puesto que Jason estaba muy cerca, se dio cuenta de que estaba temblando.

—Tócame y te denuncio —dijo Justine con brusquedad.

—No pienso coger tu vestido.

Jason levantó lentamente la mano y pasó las puntas de sus dedos por su cuello. Su piel era sedosa e increíblemente fina.

Con mucho cuidado hundió el pulgar en la concavidad de la parte delantera de su cuello, donde latía el pánico.

Justine se puso rígida; el rostro turbado y encendido.

—Lo haré —masculló. Era evidente que había llegado a algún tipo de conclusión. Metió la mano por debajo del hombro del vestido sin mangas, agarró el fino tirante blanco del sujetador con el pulgar y lo retiró. Con un rápido movimiento metió el codo por el tirante. Después de repetir la misma operación en el otro lado, hurgó por debajo del escote de su vestido, desabrochó el cierre frontal y se sacó el sujetador blanco.

—Aquí tienes —dijo, con un destello desafiante en los ojos al darle el sujetador—. *Game over*.

Jason lo cogió automáticamente y su mano se cerró alrededor de la tela elástica. Los tirantes colgaban entre sus dedos. La prenda seguía impregnada del calor de su cuerpo.

Jason no era capaz de apartar la mirada de la parte delantera de su vestido donde sus pezones se apretujaban visiblemente contra la fina tela de algodón. El pequeño acto de destapar algo privado, sosteniendo una prenda de vestir que hacía un instante la había envuelto de manera íntima, revolvió los más soeces pensamientos en su interior. Quería tocarla, provocarla. Quería tenerla debajo de su cuerpo, ruborizada y retorciéndose. La excitación dilató sus venas, sus carnes se hincharon. En breves segundos sería evidente si no le ponía remedio rápidamente.

Se acercó a la mesa, se agachó para recoger las sandalias desechadas y se las llevó junto con el sujetador y la flor *origami* que había plegado.

—Solo pretendía soltarte el pelo —dijo mansamente, lo cual era cierto. Ella, que tenía las mejillas encendidas, le lanzó una mirada huraña.

—Buenas noches —dijo, y señaló la puerta que conducía

al vestíbulo—. Tendrás que encontrar tu habitación por ti mismo.

Jason contuvo una sonrisa, disfrutaba de su evidente incomodidad.

—¿Me traerás mi batido mañana por la mañana?

—No, se lo daré a Priscilla. —Se detuvo al llegar a la puerta trasera con la mano puesta sobre los interruptores de la luz—. Vete.

Jason se dirigió amablemente al umbral opuesto.

—Buenas noches —dijo, justo en el momento en que se apagaron las luces y la puerta trasera se cerraba con firmeza.

Jason comenzó a subir la escalera a paso lento. Su mente estaba ocupada con las revelaciones de Justine Hoffman.

Él ya sabía más de Justine de lo que ella jamás se hubiera imaginado, sin duda mucho más de lo que a ella le hubiera gustado. Había resultado fácil destapar la información básica: fecha de nacimiento, anteriores lugares de residencia —había muchos—, nivel de formación —una diplomatura en gestión hotelera de una escuela profesional—, situación financiera —modesta y llevada con gran cautela.

Pero el esqueleto de conocimientos fácticos no alcanzaba para explicar la singularidad de una mujer como Justine. Vivaz, radiante, con el espíritu abierto de una aventurera. Y sin embargo aquella mujer transmitía una sensación de solidez, había encontrado su lugar en el mundo y se sentía feliz allí.

Feliz, pero no del todo satisfecha. Él quería, por instinto, llenar ese espacio que había entre lo que ella tenía y lo que necesitaba.

La irresistible atracción que sentía por ella era una complicación del todo indeseada. Le llevaba a reflexionar acerca de la necesidad que tenía de utilizarla, de arrebatarle lo que ella más quería.

Sin embargo, Jason necesitaba la magia en su sentido más literal, y esa solo podía venir de una bruja, de un libro de conjuros y de una llave.

Justine se sentía perturbada y vacía cuando entró en su casa. No estaba del todo segura de lo que acababa de suceder, tan solo sabía que había puesto en marcha un juego trivial y que Jason lo había convertido en algo amenazador. Algo sexual.

Su mirada se fue hacia el reloj de pared. Faltaba un cuarto de hora para la medianoche.

Justo el tiempo suficiente para preparar el hechizo.

Los pensamientos acerca de Jason Black abandonaron su mente cuando echó una ojeada al espacio oscuro debajo de su cama donde la aguardaba el *Triscaideca*.

«¿Realmente voy a hacerlo?»

Tenía que intentarlo. No tenía elección, ahora que conocía la existencia de un maleficio, no podría descansar hasta que lo hubiera roto.

Se acercó al armario de su habitación para sacar una escoba con el palo de cedro. Un perfume a canela ascendió cuando empezó a barrer el suelo en el sentido de las agujas del reloj, «a contramano», como se solía llamar en el culto. La escoba ritual se llevaría las energías negativas.

Tras unos minutos de vigoroso barrido, Justine devolvió la escoba al armario y se puso de puntillas para coger algo del estante superior. Bajó un frasco de cristal lleno de una mezcla de piedras y cristales: cuarzos, calcitas, piritas, obsidianas, ágatas, turquesas y demás variedades que distribuyó alrededor de una vela. Después de encender la vela, Justine dejó el frasco en el suelo. El último elemento, necesario para lanzar un conjuro, consistía en crear una zona protegida. Sacó un rollo de cuerda de cáñamo del armario y desenrolló lo justo para formar un gran círculo en el suelo.

Retiró el *Triscaideca* de debajo de la cama. El libro estaba caliente y vibrante al tacto. Después de sacar el libro de su envoltorio, lo trasladó al centro del círculo y se sentó con él en el regazo.

Agarró la fina cadena que llevaba alrededor del cuello, sacó la llave de debajo de su camisa y abrió el libro de conjuros. Se abrió inmediatamente en la página trece. Justine pasó los dedos por el papel de pergamino a medida que aparecían las palabras. Siempre se había preguntado por qué alguien lanzaba un maleficio que estaba destinado a acabar en catástrofe, y de pronto lo comprendió: a veces uno quiere algo con tanto fervor que dejan de importarle las consecuencias.

Se concentró en la llama de la vela, en la oscilación azul de su centro, la resplandeciente capa amarilla alrededor, la cumbre blanca y danzante. Tenía la boca seca. Estaba nerviosa. No porque temiera que no fuera a poder romper el maleficio, sino porque sabía que lo lograría. Y ya nada volvería a ser igual.

Leyó el ritual de eliminación una vez, dos veces, tres.

Pero no era suficiente. Su corazón seguía siendo un nudo apretado y seco. Nada había cambiado.

Se necesitaba algo más.

Una lágrima rodó por su mejilla mientras mecía el libro de conjuros en su regazo. Recordó haber observado a Marigold en medio de un acto particularmente delicado de un conjuro. «Este es el meollo de la magia —le había contado Marigold en una ocasión, al tiempo que hundía la mano en un cuenco lleno de piedras y cristales—. Todo cogido de la tierra: piedras, fibras, raíces, estas son las herramientas de nuestro arte. Deja que su energía te guíe. Cuando un conjuro no funciona, significa que no te estás centrando con claridad en tu objetivo. Usa los cristales tal como indican los espíritus.»

Justine siguió su instinto y apagó la llama de la vela de un soplo, vertió el contenido del tarro en un montón en el suelo y lo peinó con los dedos. Cerró los ojos y eligió uno que parecía especialmente vibrante, dejando que su energía le cantara.

Una hematita de superficie plateada y suave. Era una piedra fácil de magnetizar, ideal para mejorar la circulación de la sangre y para convertir la energía negativa en amor.

Apretó la hematita contra el centro de su pecho, sobre su corazón. Lo cubrió firmemente con la palma de su mano.

—Ayudadme, espíritus —dijo humildemente, y tragó saliva para deshacer el nudo que se había formado en su garganta—. Necesito amar a alguien. Aunque sea por poco tiempo. Porque un solo día de algo maravilloso es mejor que una eternidad de nada en especial.

Poco a poco, un resplandor blanco se fue densificando al otro lado de la ventana. Luz de luna. Se rompió en varios rayos, finas franjas plateadas que atravesaban el cristal y bajaban por la pared y se extendían por el suelo. La luz se movió hacia sus dedos separados y se deslizó a través del círculo.

Justine se sentía mareada, como si no pudiera seguir el ritmo de su propio latido. Sus pensamientos se alejaron a toda prisa y quedaron fuera de su alcance, raudos como colibríes. Cerró los ojos para apartar esa sensación de caída lenta. Una voltereta entre las nubes, la medianoche y los delicados sueños de amor.

Podía llevar echada allí minutos o quizás horas. Al final, la luz de la luna la había despertado, bailando sobre sus párpados y jugando con sus pestañas hasta que despertó. Descubrió que estaba echada de lado, en el suelo, su cabeza descansaba sobre el libro de conjuros. Sentía en sus mejillas el tacto suave de las páginas, que desprendían un fresco aroma a clavos. Tenía frío, pero era una sensación agradable, como inspirar aire fresco después de haber estado atrapada bajo una asfixiante manta. Se sentía vulnerable. Se sentía... libre.

Abrió los dedos y miró fijamente la hematita plateada que guardaba en la palma de la mano.

Un maleficio contenido en una piedra.

7

Justine empezó el día dando un paseo que la llevó hasta el muelle de Spring Street. La neblina matinal había dispersado el alba en capas de color rosado y melocotón. El repunte de marea había detenido el agua, atravesada por el reflejo de los mástiles. Un barco cargado de nasas para pescar centollos estaba saliendo del puerto, seguido por una pareja de gaviotas que rompían el silencio con sus graznidos.

Justine se fue hasta la última rampa con la hematita en la mano. Echó el brazo hacia atrás y arrojó la piedra lo más lejos que pudo. Cuando desapareció bajo la superficie del agua llevándose consigo el maleficio, respiró hondo y expulsó el aire lentamente.

Ya no quedaban excusas. Nada que se interpusiera entre ella y lo que la vida quisiera darle.

Se sentía capaz de saltar al sol que empezaba a despuntar en el cielo y dejarse atrapar por una nube. Se sentía frágil y tierna. Como una recién nacida.

De pronto apareció una brisa díscola de la nada, cargada de promesas de lluvia. Amusgó los ojos contra el frío soplo y descubrió que el cielo se había oscurecido cerca del horizonte. Las olas golpeaban contra los pilotes del muelle, como los lametazos de un perro en su tazón.

Cuando Justine entró en la cocina del Artist's Point, Zoë ya había llegado y estaba ocupada con los desayunos. El aire estaba impregnado del olor a café y el aroma a mantequilla tostada y a hornos calientes.

—Buenos días —dijo Justine, eufórica—. ¿Qué tenemos esta mañana?

—*Brioche* francés con compota de frutos rojos.

—¡Mmm!

Toda la atención de Justine se desvió hacia la licuadora, medio llena de un vívido lodo verdoso.

—El batido saludable del señor Black —dijo Zoë con una mueca.

Justine se sirvió un poco en un vaso y lo probó. El sabor era fresco y frutal; la textura, ligera.

—¿Te has acordado de añadirle la proteína en polvo?

—Sí, ¿por qué?

—Porque se supone que un *smoothie* del tipo Monstruo Verde es un mejunje pegajoso, y esto está delicioso.

—Puedo haber ajustado los ingredientes ligeramente —dijo Zoë. Frunció el ceño al ver la reacción de Justine—. Ya lo sé. Pero era asqueroso.

Justine sonrió.

—Se supone que tiene que serlo. ¿Priscilla ya le ha subido un vaso a Jason?

—Sí. —Zoë empezó a cortar rebanadas del *brioche* casero, doradas y esponjosas, con la parte superior abombada y brillante—. Nunca había visto a nadie haciendo tantas cosas a la vez como Priscilla. Se tomó un café solo triple mientras hablaba por dos móviles y escribía un SMS en un tercero. Al mismo tiempo.

—Según Jason, todos están de vacaciones de trabajo —dijo

Justine secamente—. Eso me lleva a preguntarme cómo debe de ser una jornada normal para ellos.

—Alex y su abogado pasarán gran parte del día con él.

—Muy interesante —dijo Justine—. Me encantaría ver cómo se enfrenta Alex a él.

—¿Llegaste a coincidir con él ayer noche? ¿Qué te pareció?

—Mi primera impresión fue que es un narcisista engreído, demasiado seguro de sí mismo y manipulador... y con unos pómulos espectaculares.

Ambas dieron un pequeño respingo cuando una nueva voz se unió a la conversación.

—No estoy de acuerdo —dijo Priscilla, que en aquel momento entraba en la cocina con el vaso con el batido de color verde.

Justine le lanzó una mirada contrita, pero antes de que le diera tiempo a disculparse, Priscilla prosiguió:

—Una vez lo conoces, los pómulos no dejan de estar un poco por encima de la media.

Zoë se adelantó para quitarle el vaso lleno.

—¿No le ha gustado? —preguntó, preocupada.

Priscilla negó con la cabeza meneando su brillante cabellera cobriza.

—Dice que sabe demasiado bien —dijo—. Me juego lo que sea a que se quejaría si alguien lo colgara con una soga nueva.

—Me tomé libertades con la receta —confesó Zoë tímidamente—. Lo siento, le prepararé otro.

—Ya lo hago yo —empezó a decir Priscilla, pero se vio obligada a dejarlo cuando sonó su teléfono móvil—. Disculpadme.

Se retiró a un rincón de la cocina mientras mascullaba algo con furia dirigido al teléfono móvil.

—Toby. —Una breve pausa—. Ni te atrevas. ¿Realmente

crees que a Jason le servirá una excusa tan pobre? El parche que enviamos para arreglar el problema de frecuencia de cuadro lo ha empeorado todo y ahora la gente está montando un escándalo porque tienen armas que no funcionan y dragones volando hacia atrás. Será mejor que te inventes algo nuevo para arreglarlo, o... Un segundo. —Sonó otro teléfono móvil y Priscilla lo sacó de un bolso que llevaba colgado del hombro—. Sí —dijo en el segundo móvil—. Tengo al mamón en el otro teléfono intentando convencerme de que todo funciona a las mil maravillas.

Justine atrapó su mirada, hizo un gesto hacia la licuadora y dijo en voz baja:

—Ya me ocupo yo.

Priscilla asintió con la cabeza y siguió hablando con intensidad contenida.

Zoë sacó un colador lleno de hojas de espinacas limpias y las echó en la licuadora.

—Puedo volver a intentarlo —dijo, y soltó un suspiro.

—No, déjamelo a mí —objetó Justine—. Tienes que hacerles el desayuno a los demás. ¿Dónde está la receta?

—La he impreso —dijo Zoë, y le acercó una hoja de papel.

En menos de cinco minutos, Justine mezcló los ingredientes en la licuadora hasta convertirlos en un batido cuyo color se acercaba al de un aguacate oxidado y lo vertió en un vaso. Al ver que Priscilla seguía hablando por teléfono y tomando furibundas notas, dijo:

—Yo se lo llevo yo.

La asistente le lanzó una mirada de agradecimiento y gruñó al teléfono:

—¿De veras? Porque alrededor de un millón de frikis han enviado un mail sobre la versión PS3 diciendo que se cuelga cada diez o quince minutos. Se me ocurre una idea. ¿Por qué no hacemos bien el maldito juego antes de empezar a venderlo?

Justine abandonó la cocina sin hacer ruido y se llevó el batido arriba. Por el camino pasó por delante de un par de tipos que bajaban de la primera planta.

—Buenos días —saludó Justine—. El carrito del café está en el vestíbulo.

—Fantástico —dijo uno de ellos, con unos ojos amables tras unas gafas de montura fina—. Me iría bien un poco de cafeína.

El otro, bajo y fornido y de mediana edad, repasó a Justine de arriba abajo y dijo:

—A mí me iría bien un poco de servicio de habitaciones.

Los dos hombres se rieron entre dientes.

Justine estaba de tan buen humor que no pudo más que sonreír y dijo:

—Confíe en mí, usted prefiere tomar el desayuno en la planta baja, se lo aseguro.

De camino a la habitación Klimt vio que la puerta estaba entornada. Llamó al quicial.

—Priscilla —se oyó una voz ruda—. Necesito el informe del grupo de mercados emergentes. Y quiero saber a quién vamos a enviar a la Expo E3. Consígueme también una copia en papel de la lista de expositores y un plano del *stand*.

—Ahórrate la saliva —dijo Justine—. Soy yo. Te traigo el batido.

Se produjo un breve silencio.

—¿Entras?

—¿Estás decente?

La puerta se abrió de par en par y descubrió a un Jason vestido con unos tejanos y una camiseta blanca con el logo de Inari Game Studios, la «I» con la forma de un dragón estilizado.

—Estoy vestido —dijo—. En cuanto a la decencia, estoy abierto a discutirlo.

Su pelo negro estaba húmedo después de una reciente ducha, se había afeitado. Justine se obligó a mirarlo a esos fríos ojos del color del café y sintió cómo su corazón se atascaba contra las costillas hasta que cada latido se convirtió en un pequeño y agudo dolor. A pesar de que seguía mirándolo directamente a los ojos, Justine era consciente de cada detalle: su boca carnosa; su largo cuerpo, perfectamente moldeado. Aquella amenaza indefinible seguía presente y ponía el vello de sus brazos y su nuca de punta. Era una amenaza física, sombría.

Erótica.

Justine le ofreció la bebida, procurando que sus dedos no se tocaran.

—¿Quién lo ha hecho esta vez? —preguntó Jason.

—Yo —respondió ella, con una sonrisa dubitativa.

Jason dio un sorbo al batido y asintió con la cabeza, aprobándolo.

—Justo como a mí me gusta.

—Qué alivio —dijo Justine—. Porque si llego a tener que subirte un tercero es posible que le hubiera añadido un toque de cicuta.

—Tú nunca me envenenarías —aseguró Jason, y dio otro sorbo a la bebida.

—¿Tanto confías en mi integridad?

—No. Sencillamente te supondría demasiadas molestias tener que arrastrarme afuera y enterrarme en el jardín.

Justine sonrió de mala gana.

Jason la miró de aquella manera perturbadora, tan suya, asimilando cada detalle.

—Te hice sentir incómoda ayer por la noche —dijo.

La sonrisa de Justine se desvaneció al instante.

—No pasa nada.

—Entonces, volvemos a ser amigos.

—No, sigues sin caerme bien.

Asomó un destello de jovialidad en sus ojos.

—Justine, tienes que admitir...

Jason se detuvo, aparentemente para pensar mejor lo que se disponía a decir.

—¿Qué?

Jason dejó el batido sobre la mesa, al lado de su portátil.

—Tú fuiste quien sugirió que jugáramos a verdad o consecuencia.

—Y tú fuiste quien lo convirtió en el juego del gato y el ratón.

Jason no se molestó en contradecirla. Ambos sabían que tenía razón. Y él no parecía ni mucho menos arrepentido.

—Debería haberte advertido que no se me da bien jugar con los demás.

—Ya, ahora lo tengo claro —masculló Justine, y apartó la mirada—. Avisa a Priscilla si quieres el resto del batido que queda en la licuadora. Ten por seguro que nadie más querrá tocarlo siquiera.

—Espera —dijo Jason cuando ella se disponía a abandonar la habitación.

Justine se volvió hacia él a regañadientes.

—¿Sí?

Jason se acercó lentamente, sosteniéndole la mirada. Un pulso visceral se despertó en cada rincón sensible de su cuerpo. No pudo hacer más que quedarse allí, impotente, al tiempo que se preguntaba cómo sería sentir sus labios contra los suyos, si sus besos serían duros o suaves, si sus manos serían impacientes o dulces. Respiró hondo y fijó la mirada en el logo de su camiseta. No podía evitar preguntarse cómo sería con un hombre como él. Estaría a su merced como nunca lo había estado con Duane ni con ningún otro hombre. Él le exigiría la rendición total. Lo sabía.

—¿Te gustaría salir a cenar conmigo esta noche?

La pregunta pilló a Justine con el paso cambiado y lo miró, sorprendida.

—¿Tú y yo solos?

Jason asintió con la cabeza, el semblante insondable.

No debería. Jason era un hombre de gran complejidad que estaba más allá de las habilidades de Justine, no podría zafarse. Guardaba secretos como si se tratara de una sustancia volátil. Si era lo bastante estúpida como para tener algo que ver con él, se merecería cualquier cosa que pudiera sucederle.

—No, gracias —dijo Justine, vacilante—. Aunque si quieres compañía, conozco a algunas mujeres estupendas que podría conseguirte.

—No quiero otra mujer. Te quiero a ti.

—No siempre puedes tener lo que tú quieres.

—Pues la verdad es que lo consigo casi siempre —dijo Jason.

Sus palabras le arrancaron una sonrisa reacia.

—Veo que ha obrado maravillas en tu personalidad. ¿Qué me dices de tus novias? ¿Siempre tienen que satisfacerte y dejar que te salgas con la tuya?

—Mis favoritas así lo hacen.

La sonrisa de Justine se tornó triste.

—En cuanto a la pregunta que me planteaste ayer por la noche, lo único que puedo decirte es que estuvimos juntos casi un año. Es un buen tipo. Tuve suerte de estar con él. Pero rompimos porque... No se me dan bien los tipos majos.

—Bien —dijo Jason rápidamente—. Entonces puedes salir conmigo.

Justine sacudió la cabeza.

—Justine —la reprendió con un destello malévolo en sus ojos de color café—. ¿Qué tengo que hacer para ablandarte?

—Lo siento. De veras. Cualquier mujer estaría encantada con la idea de salir a cenar contigo. Pero tú y yo no solo venimos de mundos completamente diferentes, sino también de realidades opuestas.

—En estas cuestiones he aprendido a no tener en cuenta la realidad —dijo Jason—. Resulta muy restrictiva.

—Es inútil. Yo no tengo aventuras de verano ni rollos esporádicos, ni tampoco albergo sueños de Cenicienta, ni pierdo la cabeza por algún ricachón. Así pues, gracias por pedírmelo, pero creo que será mejor para los dos si rechazo tu invitación.

—Lo único que pretendo es pasar un rato contigo —dijo Jason suavemente—. Sin juegos. Podemos hablar de lo que tú quieras. O no hablar. Solo tú y yo en un lugar tranquilo con una botella de vino y tal vez alguna vela. —Al registrar la duda en su mirada, se apresuró a añadir—: No me digas que no. Porque esto nunca me había pasado antes.

—¿Qué es lo que no te había pasado nunca?

Jason sonrió ante su perplejidad con una sonrisa inesperadamente encantadora.

—Todavía no soy capaz de ponerle palabras. Pero es posible que nunca haya estado tan cerca de tener un alma.

8

En cuanto Justine hubo accedido a salir con Jason, supo que había sido un error. Sin embargo, ahora que se había comprometido a ello, ya no había marcha atrás. «Es posible que nunca haya estado tan cerca de tener un alma.» ¿Cómo rechazarlo después de decir eso?

Tras haber despejado las mesas del desayuno y de dejar los platos en la cocina cogió un cubo lleno de productos de limpieza. Annette y Nita, dos lugareñas que ayudaban en la limpieza de la posada, en ese momento estaban ocupadas deshaciendo las camas.

—Nita, ¿cómo te encuentras? —preguntó Justine cuando entró en la habitación Degas, al tiempo que dejaba el cubo en el suelo.

La joven menuda, cuya herencia indígena de la costa noroeste era más que evidente a juzgar por su brillante cabellera negra y su suave piel del color de la canela, sonrió y se dio una palmadita en el vientre, todavía plano.

—Bastante bien. Aunque me sentiría mucho mejor si no tuviera que tomar vitaminas del tamaño de una pastilla para caballos.

—Procura no excederte en el trabajo hoy, Nita —dijo Justine—. Y tómate un descanso cuando lo necesites.

—Annette y yo ya lo hemos resuelto. Ella se encargará de todo lo que sea levantar pesos y yo me ocuparé de sacar el polvo.

Annette sonrió y le dijo a Justine:

—Nita estaba decidida a venir a trabajar hoy, fuera como fuera. Quería echarle un vistazo a Jason Black.

—¿Y lo has conseguido? —preguntó Justine.

Nita asintió con la cabeza y su rostro adquirió una expresión soñadora.

—Es un bombón.

—Es bastante guapo —admitió Justine con una sonrisa triste en los labios.

—Está bueno... —dijo Annette con fervor—. La gente de Inari dejaba la posada justo cuando nosotros entrábamos y el señor Black nos sostuvo la puerta. Y durante el segundo que me miró sentí que mis ovarios estallaban y entonces la canción de Seal *Kiss from a Rose* empezó a sonar en mi cabeza.

—Jason Black es mío —dijo Nita, al tiempo que echaba una solución de amoniaco al espejo de la habitación—. Somos como los personajes de una de esas películas en que el destino quiere que nos encontremos, pero no hacemos más que cruzarnos. Y cuando finalmente nos encontramos, resulta que estoy prometida con John Corbett. Pero John Corbett me libera del compromiso porque él nunca se interpondría al amor verdadero.

Pasó el limpiavidrios por el cristal con movimientos expertos.

—Nita —dijo Annette—, estás felizmente casada y, además, embarazada.

—Yo mataría a mi marido con este limpiavidrios por Jason Black ahora mismo. —Nita se detuvo, pensativa—. Incluso podría matarlo por John Corbett.

Justine reía.

—Asesinado con un limpiavidrios. ¿Cómo se hace eso, Nita?

—Bueno, básicamente tienes que...

—No, déjalo. No necesito saberlo. Tengo que barrer y fregar abajo —dijo, y se dio a la fuga mientras Annette y Nita seguían discutiendo cuál de las dos acabaría junto a Jason.

Después de trabajar toda la mañana y hasta bien entrada la tarde, Justine se metió en el despacho y cerró la puerta para procurarse un poco de privacidad. Cogió su teléfono móvil y marcó el número del faro de la isla de Cauldron donde vivían Rosemary y Sage.

Solía llamar con cierta frecuencia para interesarse por ellas, por si necesitaban algo. Cuando hacía buen tiempo, cogía su kayak y cruzaba la milla náutica que separaba el norte de la isla de San Juan y la de Cauldron para visitarlas una vez por semana.

Las ancianas, que llevaban casi cuarenta años viviendo juntas, se negaban siquiera a considerar la posibilidad de mudarse a un lugar menos aislado. La isla de Cauldron medía unas dos millas cuadradas y apenas tenía un puñado de habitantes con residencia permanente. La única manera de llegar allí era con un barco de propiedad o aterrizando con una avioneta en una pista de césped cortado.

En aquel faro se celebraban aquelarres unas seis veces al año. Marigold acudía a las reuniones, naturalmente y, según Rosemary y Sage, le iba bien. Había puesto en marcha una tienda por Internet que vendía productos mágicos, entre ellos hierbas, piedras, velas, herramientas para sortilegios e incluso algunos productos de baño y cosméticos.

—¿Alguna vez os habla de mí? —había preguntado Justine a Rosemary recientemente.

—Pregunta cómo estás —le había respondido Rosemary—. Pero sigue tan terca como de costumbre. Dice que hasta que no te avengas a unirte al Círculo no tendréis nada de que hablar.

—¿Qué crees tú que debería hacer?

—Creo que tú debes decidir qué es lo mejor para ti —le había dicho Rosemary—, y no permitas que nadie, ni siquiera tu madre, te presione para que te comprometas con algo para lo que no estás preparada. Ya se lo he dicho a Marigold. Si no te sientes preparada para ello, no deberías unirte.

—¿Y qué pasa si nunca llego a sentirme preparada para hacerlo?

—Entonces el Círculo seguirá como siempre. Tal vez sea la manera que tiene el destino de decirnos que no estamos preparadas para el poder de trece.

Sage había estado de acuerdo.

—Nadie puede decirte cuál es el camino que debes tomar —le había dicho a Justine—. Pero algún día lo descubrirás. Y no será como tú te lo habías imaginado.

A los veinte, Sage había conocido y se había casado con Neil Winterson, un farero, y se había ido a vivir a la isla de Cauldron con él. El faro fue construido con el cambio de siglo para guiar los barcos en las activas aguas del estrecho de Boundary, entre el estado de Washington y la Columbia Británica. Cada noche, Neil trepaba a lo alto de la escalera de caracol hasta la cúpula de cristal y encendía la lámpara de queroseno Fresnel, hecha con cuarenta pedazos de cristal francés. Una vez encendida, se podía ver desde una distancia de catorce millas. Cuando la niebla era espesa, Neil y Sage se turnaban para hacer sonar la campana de media tonelada de peso del faro y así alertar a los barcos que se acercaban.

El matrimonio de Sage y Neil había sido feliz, a pesar de la decepción por no tener hijos. Cinco años después de la boda, Neil salió a navegar en un pequeño Dory de madera mientras hacía un tiempo apacible, pero nunca volvió. Encontraron su embarcación zozobrada y, más tarde, encontraron su cadáver, todavía con el chaleco salvavidas puesto. Lo más probable era que una ráfaga de viento hubiera volcado el Dory y que Neil no hubiera sido capaz de enderezarlo.

Todos los miembros del Círculo habían ayudado a Sage a superar su duelo, algunos instalándose en el faro durante breves períodos de tiempo. Sage asumió el empleo de su marido y también dio clases a media docena de niños en la escuela de una sola estancia de la isla.

Aproximadamente un año después de la muerte de Neil, Rosemary apareció en el faro con la intención de quedarse una semana. Sage le pidió que se quedara una semana más, y luego otra, y de alguna manera aquella visita se convirtió en una convivencia para siempre.

—Algún día, el amor te romperá el corazón —le había dicho Sage a Justine en una ocasión—. Pero el amor también puede sanarlo. Hay pocas cosas en la vida que sean a su vez causa y curación.

El teléfono sonó dos veces y alguien lo descolgó.

—¿Hola? —dijo la voz familiar de Sage, dulcemente rasgada, como el encaje antiguo y las rosas marchitas.

—Sage, soy yo.

—Estaba esperando tu llamada. ¿Qué pasa?

—¿Por qué das por sentado que me pasa algo?

—Estuve pensando en ti ayer por la noche. Y vi sangre en la luna. Cuéntame qué es lo que ha pasado.

Justine parpadeó y frunció el ceño. Una luna envuelta en una neblina roja era una mala señal. Quiso contradecir a Sage y decirle que no había pasado nada, y que la señal no tenía nada que ver con ella. Sin embargo, estaba un poco más que preocupada porque tal vez así fuera.

—Sage —preguntó con cautela—, ¿sabes algo acerca de un maleficio que alguien lanzó sobre mí?

El silencio era tan denso como el alquitrán derretido.

—¿Un maleficio? —repitió finalmente Sage en un tono de voz reflexivo—. ¿Qué te ha llevado a creer algo así, cariño?

—A mí no me engañas, Sage. Mientes incluso peor que yo. Cuéntame lo que sabes.

—Hay ciertas conversaciones —observó Sage— que no deben volar a través del aire entre teléfonos. Se supone que deben tener lugar de una manera civilizada, con la gente hablando cara a cara.

A veces, Justine encontraba la esquivez de Sage encantadora. Sin embargo, esta vez no.

—Algunas conversaciones tienen que llevarse a cabo por teléfono porque hay gente que está ocupada trabajando.

—Hace tiempo que no te vemos por aquí —dijo Sage, melancólica—. Hace meses que no nos visitas.

—Hace tres semanas. —La ansiedad se extendió en su interior como una mancha de tinta—. Sage, tienes que contarme lo del maleficio. ¿De qué se trata exactamente? ¿Y qué pasaría si intentara romperlo?

Justine oyó el susurro de un suspiro.

—No hagas nada precipitado, Justine. Hay cosas que no sabes.

—Evidentemente.

—Eres una novicia en el arte de los conjuros. Si intentaras anular un maleficio podrías saltar de la sartén y caer en las brasas.

—Pues verás, eso es precisamente lo que me cabrea. ¿Por qué solo puedo elegir entre «la sartén» y «las brasas»? ¿Por qué me lo has ocultado? ¿No se te ha ocurrido alguna vez que tenía derecho a saberlo?

—Para empezar, ¿de dónde has sacado la idea del maleficio?

Aunque Justine estuvo a punto de dejarse llevar y contarle que se había enterado a través del *Triscaideca*, consiguió contenerse.

El silencio se prolongó hasta que Sage preguntó:

—¿Has hablado con Marigold?

Los ojos de Justine se abrieron como platos.

—¿Mi madre también sabe algo? ¡Maldita sea, Sage, cuéntame qué está pasando!

—Espera un momento. Rosemary acaba de volver del jardín.

Justine oyó una conversación ahogada. Se movió intranquila y tamborileó con los dedos contra la mesa.

—¿Sage? —dijo impaciente, pero no hubo respuesta. Se levantó, empezó a pasear por el pequeño despacho con el teléfono móvil pegado a la oreja.

Finalmente oyó la voz de Rosemary.

—Hola, Justine. Me dicen que preguntas por un maleficio. Qué palabra tan alarmante.

—Es más que una palabra, Rosemary. Es una maldición.

—No siempre.

—¿Me estás diciendo que un maleficio puede ser bueno?

—No. Pero no es necesariamente algo malo.

—Solo dime sí o no. ¿Alguien me ha lanzado un maleficio?

—No puedo confirmar ni negar nada hasta que podamos hablar cara a cara.

—Eso quiere decir que sí —dijo Justine amargamente—. Siempre significa que sí cuando alguien no quiere confirmar o negar algo.

Saber que Rosemary y Sage habían conocido la existencia del maleficio dolía más de lo que Justine jamás hubiera esperado. Todas las veces que había estado sentada a la mesa de su cocina, confiándoles sus secretos, explicándoles lo sola que estaba, lo mucho que ansiaba encontrar el amor, y el miedo desolador que sentía ante la posibilidad de que no fuera a ocurrir nunca. Aun así, ellas no habían dicho nada, a pesar de que conocían la verdad: nunca ocurriría porque le habían lanzado un maleficio.

—Ven a la isla y hablamos —dijo Rosemary.

—Por supuesto, lo dejo todo y voy. Porque no tengo un negocio del que ocuparme, claro.

El tono de voz de Rosemary estaba cargado de reproches cuando dijo:

—El sarcasmo no te sienta bien, Justine.

—Tampoco un maleficio para toda la vida. —Se quitó la goma de un tirón, se pasó los dedos por el pelo y apretó la palma de la mano contra su frente tensa—. Iré mañana por la mañana, después del desayuno. Se supone que hará buen tiempo. Cogeré mi kayak.

—Aquí te esperamos, tenemos muchas ganas de verte. Almorzaremos juntas. —Se produjo una pausa crispada—. No has intentado nada, ¿verdad?

—¿Como qué? ¿Como romper el maleficio? —preguntó Justine con una especie de apatía fingida—. ¿Acaso existe un conjuro capaz de conseguirlo?

—Sin duda sería una difícil proeza conseguirlo por cuenta propia. Sobre todo para alguien que solo ha practicado la magia en contadas ocasiones, como es tu caso. Sin embargo, si alguien lo consiguiera, las consecuencias podrían ser terribles. Un maleficio es un encantamiento muy poderoso. Se paga caro crear o romper uno.

—¿A qué te refieres?

—Hablamos mañana —dijo Rosemary.

El rostro de Justine se arrugó en un gesto de desaprobación cuando finalizó la llamada.

Una cosa era pagar un precio por un error que había cometido una misma, pero era increíblemente injusto tener que pagar por algo que le había hecho otra persona.

Para deleite de Zoë, Alex entró en la cocina mientras ella y Justine estaban preparando unas bandejas para la merienda. Vestía de forma informal con unos tejanos y una camiseta y sus botas de montaña estaban cubiertas de una capa de barro, después de pasar gran parte del día caminando por el terreno sin edificar de Dream Lake.

—¡Mi suelo! —chilló Justine al ver las pisadas en los tablones de madera del suelo que había fregado aquella misma la mañana.

—Lo siento. —Alex se había ido directamente hacia Zoë, que estaba organizando unos platos con tartas de frutas en miniatura sobre una bandeja de plata. La abrazó por la espalda, con un brazo sobre su pecho y el otro alrededor de su cintura—. Lo lavaré antes de irme —le dijo a Justine por encima del hombro, y le lanzó una sonrisa de arrepentimiento. Agachó la cabeza y besó a Zoë en el cuello.

—¿Quieres una tartita? —preguntó Zoë, al tiempo que se reclinaba contra él.

—Sí. —Alex miró por encima del hombro hacia la bandeja y añadió—: También cogeré uno de estos.

Zoë se rio e intentó golpearle, y él apretó sus labios contra los de ella en un beso ardiente. Cuando Zoë intentó dar el beso por finalizado, él introdujo la mano entre sus rubios rizos para sujetarla al tiempo que sellaba sus bocas con aún más firmeza.

—¡Por Dios, chicos! —dijo Justine—. Buscaos una habitación.

Sin embargo, estaba contenta de verlos a los dos tan felices.

Alex era conocido por la calidad de su trabajo, y por su capacidad para acabar un proyecto dentro del plazo fijado, pero también tenía fama, por otro lado bien merecida, de ser un solitario cínico y disoluto, al borde del alcoholismo. No iban mal encaminados los que decían que el cambio que se había producido en él había sido un milagro.

Cuando iniciaron la relación, Justine había sido sincera con Zoë y le había planteado sus dudas, aconsejándole que no intentara salvar a un hombre como Alex, que ya se había divorciado una vez y que parecía ir de mal en peor. Zoë le había dado la razón, era imposible salvar a un hombre así. Pero podía estar allí para él, por si intentaba salvarse a sí mismo.

Solo el tiempo diría si la transformación de Alex duraría. Aunque estaba claro que estaba decidido a convertirse en un buen hombre para Zoë. La clase de hombre que creía que ella se merecía.

—¿Cómo te fue hoy? —preguntó Zoë, apenas sin aliento cuando Alex apartó su boca.

Alex le lanzó una sonrisa y cogió una de las tartas de la bandeja.

—El acuerdo tiene buena pinta. Soy prudentemente optimista.

Justine sabía que para Alex «prudentemente optimista» equivalía a entusiasmo desenfrenado para cualquier otra persona.

—Entonces, ¿qué te han parecido Jason Black y su séquito? —preguntó.

—La verdad es que es un grupo relativamente raro —dijo Alex—. Todos ellos un poco demasiado tensos. Todos hablan rápido y son muy nerviosos; es evidente que se esfuerzan por impresionar a Jason. —Alex devoró la tartita de un solo bocado y se detuvo para saborearla con los ojos cerrados—. ¡Dios mío, está deliciosa! —le dijo a Zoë.

Zoë le sonrió.

—¿Te pongo un café?

—Gracias, amor.

—Y prueba uno de estos bizcochitos de chocolate —añadió Zoë—. Normalmente los glaseo, pero esta vez...

—Deja de darle de comer —le ordenó Justine—. Quiero que me cuente algo más sobre Jason Black.

Alex cogió un bizcocho de chocolate, desafiándola con la mirada a protestar.

—Para él solo existen los negocios —dijo—. Es muy inteligente, muy directo. Cuando le parece que una idea es penosa te lo hace saber. Y cuando toma una decisión, ya está. Nada de consensos, nada de ceder, simplemente lo lleva a cabo. Al igual que la mayoría de tipos de su categoría, es controlador y obsesivo.

—A lo mejor acaba cayéndote bien —dijo Zoë, al tiempo que le daba una taza de café.

Su optimismo le hizo sonreír y dio un sorbo al café.

—Me gusta su proyecto —dijo—, y me gusta su dinero. No es un mal comienzo. —Lanzó una mirada divertida a Justine, que en ese momento estaba llenando un samovar de acero inoxidable con agua—. A lo mejor te interesa saber que quiere comprar la casa de campo de Dream Lake.

—¿Quiere comprarla? —preguntó Justine, al tiempo que levantaba las cejas.

Alex asintió con la cabeza.

—Celebramos la reunión allí y nos trajeron emparedados para el almuerzo. Y entonces me preguntó por qué la casa no formaba parte de la parcela de Dream Lake. Así que le conté que no era mía, que tan solo la alquilo. —Alex hizo una pausa para acabar el último bocado de su bizcocho de chocolate y lo regó con un poco más de café—. Me preguntó de quién era, momento en el que todo el mundo sacó sus teléfonos y tabletas. Porque sea lo que sea que quiera, todos se aseguran de que lo tenga.

Una amplia sonrisa iluminó el rostro de Justine.

—¿Qué pasó cuando le contaste que era mía?

—Me miró como si de pronto me hubiera convertido en un mono de dos cabezas. Parece que la inversión que hiciste en el lugar está a punto de dar sus frutos. No aceptes la primera cantidad que te ofrezca.

—Es posible que no la venda —dijo Justine—. Con esa ubicación, después de que hayan construido el instituto, podría pedir una fortuna de alquiler.

Alex sonrió y le dijo a Zoë:

—Parece que ha llegado la hora de que nos mudemos.

Justine sacudió la cabeza y se rio.

—No, mientras Zoë quiera quedarse allí será vuestra. Pero me imagino que algún día querréis iros.

Alex volvió a agarrar a Zoë, agachó su oscura cabeza y le susurró al oído:

—¿Quieres que te construya una casa? ¿Una de esas pequeñas casas victorianas que parecen un pastel de boda?

Zoë se volvió para besar sus labios y sonrió al tiempo que cogía la bandeja.

—Durante el próximo par de años estarás más que ocupado construyendo el complejo de Dream Lake.

—Deja que la lleve yo —dijo Alex.

—No, solo ábreme la puerta. Pero eso sí, coge el samovar de Justine, pesa mucho.

Alex se apresuró a obedecer. Cuando se acercó para quitarle el recipiente lleno de agua a Justine, ella le dijo:

—Gracias, Alex.

Él se detuvo para descansar el samovar sobre la encimera y dijo:

—Sobre la casa de campo, no dejes de venderla por Zoë y

por mí. Seremos felices vivamos donde vivamos. Y sería un inesperado pero bien merecido dinero, después de todo lo que has hecho para ayudar a Zoë.

Justine le sonrió.

—Me lo pensaré. Voy a cenar con Jason esta noche. Estoy segura de que sacará el tema.

La sorpresa asomó en los ojos de Alex.

—No me lo comentó. —Tras un breve titubeo añadió—: Ándate con cuidado, Justine.

—¿Por qué?

—Después de pasar gran parte del día junto a Jason puedo garantizarte que es el tipo de hombre que organiza el juego de manera que él salga victorioso siempre. Pienso seguir adelante con el acuerdo comercial, pero también te digo que si me parara a pensarlo un poco más, no estaría tan seguro.

—Yo tampoco —confesó Justine, avergonzada.

Alex se la quedó mirando con la ceja levantada. Cogió el samovar.

—Entonces, ¿por qué has accedido a cenar con él?

—Dijo que yo le gustaba.

—¿Y?

—Justo después de que lo hubiera dicho tuve la sensación de que, en cierto modo, o casi, a mí también me gustaba él.

—¡Mujeres! —exclamó Alex efusivamente, y se llevó el samovar.

9

La mayoría de las relaciones sentimentales de Jason habían surgido por razones de proximidad y conveniencia: una ejecutiva que había conocido en una conferencia que trataba sobre el desarrollo de juegos, o una periodista que lo había entrevistado, o quizás una actriz de doblaje a la cual había tenido que dedicarle dos mil horas de grabación a un juego de Inari.

Nunca permitía que le organizaran una cita a ciegas, pues había aprendido que era la manera más segura de acabar con una amistad. De hecho, a Jason le disgustaba la idea en sí de una cita, pues equivalía a comprometerse por toda una noche con alguien que no conocías y que probablemente no quisieras volver a ver nunca más.

Sus relaciones solían ser cortas. Siempre las terminaba regalándole a la mujer en cuestión una joya a modo de compensación por haber herido sus sentimientos, y normalmente funcionaba, salvo en un par de casos en que la mujer le había dicho que el regalo de despedida parecía el pago por servicios prestados. «Una pulsera de vete a la mierda», lo había llamado la última agriamente, al tiempo que deslizaba la pulsera de diamantes de Tiffany's alrededor de su fina muñeca. A pesar del insulto, no se la había devuelto.

Justine Hoffman era la primera mujer que había conocido en mucho tiempo de la que sospechaba que podría decirle por dónde metérselo si le daba un regalo de despedida.

Quizá fuera porque estaba tan acostumbrado a recibir la atención admirativa de las mujeres, a salirse con la suya con demasiada facilidad y demasiado a menudo, que le resultaba una novedad encontrarse con una mujer que no tenía ni el más mínimo deseo de comprometerse con él. Sin embargo, era incapaz de dejar de pensar en Justine. No hacía más que recordar la manera que tenía de reír, ronca y natural, hasta reducir su risa a una sonrisa luminosa. Irresistible.

Jason ya había roto una de sus reglas personales: la mujer siempre tenía que acercarse a él. Puesto que era evidente que Justine no lo haría, él tendría que encargarse de la persecución. Otra regla que tenía era que, cuando estaba interesado en una mujer, recopilaba toda clase de información sobre ella, al tiempo que procuraba revelar la menor información posible sobre sí mismo. Justine le exigiría reciprocidad, tanto en riesgos como en honestidad. No estaba seguro de hasta qué punto podía bajar la guardia, o en qué medida sería capaz de abrirse a otra persona. Sin embargo, si la quería tendría que intentarlo. Debería abrir puertas que llevaban cerradas tanto tiempo que tendría problemas para incluso encontrar la llave.

Sería mucho más fácil abandonar. Se le daba bien apartarse de aquello que quería, ignorando la tentación, dejando que el lado racional de su cerebro anulara los sentimientos. Sin embargo, alguna que otra vez, por rara que fuera, se encontraba con algo o alguien a quien deseaba demasiado para abandonar.

Jason se dirigió a la casita detrás de la posada a las siete menos un minuto y llamó a la puerta.

Justine abrió, toda seda y esbeltas curvas.

—Hola.

Su mirada y su sonrisa lo arrollaron.

—Entra.

Jason obedeció, tan fascinado que a punto estuvo de tropezarse con el umbral. Justine llevaba un vestido corto sin mangas ni espalda, de punto fino en un tono beis melocotón que le daba una breve y deslumbrante sensación de desnudez. Iba descalza y las uñas de sus pies estaban pintadas con un esmalte de reflejos rosados. Llevaba el pelo recogido en una sencilla cola de caballo con un mechón que envolvía el pasador.

—Solo me falta ponerme los zapatos —dijo Justine.

Incapaz de retirar la mirada de ella, Jason contestó asintiendo con la cabeza cuando ella se metió en la habitación contigua. Un diminuto broche en lo alto de la cremallera de su vestido estaba suelto. Jason no pudo evitar imaginarse bajándole la cremallera, el sonido deslizante al abrirse la tela y separarse de la suave piel de su espalda.

En un intento por alejarse de los pensamientos eróticos se centró en la casa. Era pequeña y estaba impoluta. Las paredes y los muebles estaban pintados en tonos pastel; el sofá regordete, repleto de enormes cojines con fundas de telas a rayas o con flores estampadas, algunos con borlas. Era indiscutiblemente la habitación de una mujer, pero la pintura de las paredes y los toques aquí y allá, de hallazgos hechos en tiendas de antigüedades, le daban un aire confortable y acogedor.

Justine volvió con unas sandalias de tiras finas como una telaraña y tacones de aguja bajos.

—Estás preciosa —dijo Jason.

—Gracias.

—Me he fijado en que... —Se vio obligado a interrumpirse, las palabras se le habían atragantado—. El broche de la espalda de tu vestido, si quieres puedo...

Volvió a detenerse al ver que ella se sonrojaba. No se trataba de un rubor normal, sino de una profunda infusión de color que se extendía desde el escote de su vestido hasta el nacimiento de su pelo. Jason quería seguir el visible acaloramiento con su boca y las puntas de sus dedos, besarla por todo el cuerpo.

—Sí, gracias —dijo Justine en un intento, no del todo conseguido, de sonar relajada—. No llego.

Se dio la vuelta lentamente, al tiempo que se recogía la brillante cola de caballo en toda su extensión y la levantaba por encima del hombro. La mirada de Jason se paseó por la fina musculatura de su espalda, la delicada nuca con su fino y apenas visible vello. Tenía el cuerpo de una bailarina, esbelta, elegante y flexible.

La espalda del vestido dibujaba un frágil arco. Jason titubeó, luchando por recuperar el control sobre sí mismo. Cuando estuvo listo, alargó la mano para cerrar el diminuto corchete con la cautela de un hombre que se dispone a desactivar una bomba.

Sus nudillos rozaron su espalda sedosa mientras se peleaba con el broche. Sintió cómo ella se tensaba y la excitación se abrió paso a través de su cuerpo como la crepitación del metal que se ha calentado demasiado rápido.

—Ya está —dijo con voz ronca.

Justine soltó su cola de caballo y dejó que se acomodara sobre la espalda. Jason quería agarrar aquella lustrosa coleta con sus manos, enrollarla alrededor de ellas.

Justine lo miró de frente con unos ojos del color del chocolate agridulce. El calor acentuaba el silencio en un oscuro y dulce pulso.

—¿Adónde vamos? —preguntó Justine.

Jason tardó un instante en convertir los pensamientos en palabras.

—Al Coho Restaurant, si te parece bien.

—Sí, es uno de mis favoritos.

El restaurante estaba a un paseo de la posada, a tan solo tres manzanas del muelle del ferry. Jason acomodó el paso al de Justine mientras avanzaban por las silenciosas calles, sin prisa y relajados.

Entraron en el restaurante, una antigua casa reformada de finales del siglo XIX, que apenas tenía un puñado de mesas. El suave titileo de las velas se reflejaba sobre los blancos manteles. Los camareros lograban mantener el equilibrio perfecto entre solicitud y moderación, y acudían a la mesa cuando se les necesitaba para luego volverse invisibles de nuevo durante el tiempo justo.

—¿Tuviste una buena reunión con Alex? —preguntó Justine después de que les sirvieran el vino.

Jason asintió con la cabeza.

—Parece el hombre perfecto para el trabajo.

—¿Por...?

—Es evidente que se preocupa de que todo esté correcto, hasta el último detalle. Trabaja bien y termina los proyectos dentro del plazo fijado. Y no se asusta fácilmente. Acabamos el día hablando con los abogados de la posibilidad de añadir una cláusula de transferencia de riesgos financieros en el contrato. Si el proyecto no está acabado en la fecha acordada, perderemos un millón de dólares de crédito fiscal y, en tal caso, Alex se encontraría en una situación difícil. A él le parece bien. Sabe que es capaz de cumplir los plazos y me gusta este tipo de confianza en sí mismo.

Justine parecía preocupada.

—Pero si pasa algo, Alex estará arruinado. No es capaz de juntar un millón de dólares.

Jason se encogió de hombros.

—Grandes riesgos, grandes recompensas.

Justine levantó su copa de vino y dijo:

—De acuerdo, entonces. Porque consigas tu crédito fiscal.

Su semblante era inocente, pero Jason sabía detectar cuándo alguien se burlaba de él.

—Yo hubiera sugerido un brindis un poco más emotivo —dijo.

—Adelante.

Un momento después Jason dijo:

—Cada día es un viaje y el viaje en sí mismo es el hogar.

Justine lo miró, cautivada.

—¿Quién lo escribió?

—Matsuo. Un poeta japonés.

—¿Tú lees poesía?

—A veces.

—No sabía que los hombres lo hicieran.

—Una de las ventajas de padecer insomnio es que lees mucho.

Entrechocaron las copas y bebieron, saboreando el ahumado aroma de frutos rojos de un Willamette Pinot Noir.

—Alex me comentó que eres la propietaria de la casa del final de la carretera de Dream Lake —dijo Jason.

Un destello de placer asomó en los ojos de Justine, como si hubiera estado esperando el comentario.

—¿Por qué? Sí, es mía.

—¿Cómo acabó siendo tuya?

—Hasta el pasado verano ni siquiera conocía la existencia de la casa. Era de la abuela de Zoë, Emma, pero llevaba años deshabitada. Estaba en un estado lamentable. —Justine miró su copa de vino y agitó el líquido brillante—. A Emma le habían diagnosticado demencia vascular y empeoraba rápidamente. Zoë quiso cuidar de ella los últimos meses de su vida. Así que me ofrecí para comprar la casa y restaurarla, lo que les proporcionó un poco de dinero a Zoë y a Emma, y también un lugar donde estar sin tener que pagar un alquiler.

—Muy generoso por tu parte.

Por lo que podía deducir del informe de solvencia y antecedentes que había encargado, Justine no nadaba precisamente en dinero.

—No fue gran cosa —dijo Justine—. Y Alex se superó a sí mismo con las reformas, aportó un montón de materiales de construcción que no tuvimos que pagar. —Una breve sonrisa iluminó su rostro—. No sé por qué, pero creo que tuvo más que ver con Zoë que conmigo.

—No parece que sientas demasiado apego al lugar.

—Pues ahora lo tengo, después de saber que lo quieres —dijo Justine con coqueta timidez, y dio un sorbo a su vino.

Jason sonrió y dijo sin alterarse:

—Es posible que me interese.

Los finos dedos de Justine se deslizaron por el tallo de la copa y Jason siguió el movimiento detenidamente.

—¿Te preocupa que haya un pedacito de terreno junto al lago que no sea tuyo?

—No me gustan los cabos sueltos —admitió Jason—. ¿Has pensado en tasar el valor de la casa?

—Ni siquiera había pensado en venderla.

—Te ofrezco medio millón por ella —dijo Jason, saboreando la estupefacción que se podía leer en el rostro de Justine.

—No lo dices en serio. —Justine se dio cuenta de que sí—. Dios mío. No.

Jason la miró de soslayo.

—Es una oferta generosa.

—Es una oferta estúpida. ¿Por qué ibas a ofrecerme un precio por encima del valor de la casa?

—Porque puedo. ¿Por qué te ofendes?

Justine suspiró, exasperada.

—Tal vez porque una oferta como esta podría interpretarse como una manera de comprar a alguien.

El comentario caló inmediatamente en Jason, cuyo cinismo nunca estaba demasiado lejos de la superficie, y se sorprendió a sí mismo diciendo:

—No me vas a negar que todo el mundo tiene un precio.

—No, eso está claro. Pero tú no te puedes permitir el mío.

—Tengo mucho dinero —replicó Jason.

—Mi precio no tiene nada que ver con el dinero. —Justine lo miró con una solemnidad herida que lo conmovía—. Y no hagas eso.

—¿Que no haga qué?

—No intentes impresionarme con tu cartera abultada. Me resulta irritante. Y tampoco es justo, ni para ti ni para mí.

Jason se la quedó mirando un buen rato.

—Pido disculpas —dijo amablemente.

El semblante de Justine se relajó.

—Está bien. Disculpas aceptadas.

La conversación se interrumpió cuando el camarero apareció con sus platos. Ambos habían pedido rodaballo sobre un lecho de patatas, bañado con salsa Chardonnay y aromatizado con unas crujientes hojas de albahaca frita.

Mientras disfrutaban de la comida fresca y perfectamente preparada, dirigieron la conversación hacia sus respectivas familias. Pronto descubrieron que tenían algo en común: ninguno de ellos tenía una. En respuesta a las preguntas vacilantes de Justine, Jason le habló del momento en su vida en que todo se había desmoronado, a mitad del segundo año de universidad en la USC.

—Empezó cuando me di cuenta de que nunca llegaría a ser más que un jugador de fútbol medianamente bueno —dijo—. No poseía el instinto que convierte a un jugador competente en un gran jugador. —Esbozó una sonrisa irónica—. Y como si fuera poco, me había obsesionado con el diseño de juegos. Cada vez que salía a correr o hacía ejercicios de repetición, lo único en lo que pensaba era cuándo podría irme al laboratorio de multimedia del campus. —Jason cogió el tallo de su copa de vino entre los dedos y los deslizó por todo lo largo lentamente mientras recordaba—. Así pues, volví a casa por Navidad para contarles a mis padres que pensaba abandonar el programa de fútbol. Yo mismo sufragaría mis gastos. Por entonces, ya había desarrollado y vendido un juego 2D, así que ya tenía un pie dentro. Pero en cuanto vi a mi madre me olvidé de toda mi mierda personal. En apenas dos meses se había convertido en un esqueleto viviente.

—¿Por qué? —preguntó Justine con delicadeza.

—Le habían diagnosticado un cáncer en el hígado. No me lo había contado. Rechazó cualquier tipo de tratamiento. Esa clase de cáncer avanza como un tren de mercancías. Murió una semana después de mi visita.

Después de lo ocurrido, la universidad ya no importaba. De allí en adelante ya nada le importó. Dejó los estudios, su casa y cualquier cosa que le resultara familiar en un intento de encontrarle algún sentido a la vida.

—Lo siento mucho —dijo Justine.

Jason movió la cabeza, rechazando su compasión.

—De eso hace ya mucho tiempo.

La mano de Justine se movió hacia la de él. Jason abrió la mano, con la palma vuelta hacia arriba. Su caricia era vacilante, cálida.

—¿Y qué me dices de tu padre? —preguntó Justine—. ¿Alguna vez lo ves?

Jason meneó la cabeza, todavía con la mirada fija en sus manos.

—Y si lo hiciera, lo mataría.

Los dedos de Justine se detuvieron en la palma de su mano.

—¿Fue un mal padre? —preguntó, en un tono neutro.

Jason titubeó antes de contestar. Solo se podía describir a un hombre como su padre con cien mil palabras o con una sola.

—Violento.

Siendo como era fontanero a domicilio, Ray Black nunca se quedaba corto de herramientas a la hora de disciplinar a un hijo revoltoso: llaves inglesas, tuberías, cadenas, tubos flexibles. Jason había soportado no pocas visitas a urgencias, donde había bromeado con enfermeras y médicos acerca de lo torpe que era porque siempre acudía con contusiones y fracturas. Lesiones jugando al fútbol en el instituto de bachillerato. Constantes conmociones cerebrales, eso era lo que los deportes de contacto suponían para él.

«Tu padre sabe que ha ido demasiado lejos. Ha prometido que no volverá a repetirse. Sonríe y di que fue un accidente.»

Y Jason hacía lo que su madre le pedía. Sonreía y mentía a sabiendas de que no sería, ni mucho menos, la última vez. A sabiendas también de que la manera de conseguir ser distinto a Ray en todo era no perder nunca el control.

—Antes de que muriera mi madre —se oyó decir a sí mismo—, me pidió que perdonara y olvidara. Pero de momento no he conseguido hacer ni lo uno ni lo otro.

No tenía ni la más mínima intención de perdonar. Los detalles de su infancia eran tan indelebles como los grabados de una lápida. Recordaba cosas que no quería recordar. A pesar de que nadie sería capaz de comprenderlo sin conocer al menos algunos de esos detalles, Jason nunca había podido confiarse a nadie. Su pasado no era algo que pudiera ser utilizado como moneda de cambio para forzar la compasión de nadie. Y, hasta la fecha, no había apreciado ninguna ventaja en que alguien lo comprendiera.

Los dedos de Justine se deslizaron por el interior de su muñeca y la frotó suavemente, como si pudiera sentir sus latidos.

—Yo tampoco lo he conseguido —dijo Justine—. Mi madre y yo estamos distanciadas. Nos culpamos de ello la una a la otra. Ella no puede perdonarme... —una pausa desvalida— muchas cosas. Sobre todo no puede perdonarme que no desee vivir como ella.

—¿Y cómo es su vida?

—Oh... —Justine se encogió de hombros y apartó la mirada con una sonrisa evasiva. Cuando volvió la mirada hacia él, parecía mirarlo a través de un seto de secretos—. Ella es... diferente.

—¿Cómo diferente?

—Está muy comprometida con lo que podríamos llamar una religión alternativa. —Otra pausa calculada—. Basada en la naturaleza.

—¿Es wiccana?

—En cierto modo, va más allá de eso.

Jason la miró, alerta a lo que pudiera decir.

Justine quiso apartar la mano, pero Jason cerró los dedos sobre los suyos con suavidad.

—Me educaron en las creencias paganas —dijo Justine—. Gran parte de mi infancia la pasé en festivales psíquicos, reuniones de espíritus, encuentros de artes mágicas, Círculos de Tambores, incluso participé en un par de Marchas del Orgullo Pagano. Estoy convencida de que debió de parecer una locura para alguien de fuera. También parecía una locura desde dentro. —Justine sonrió e intentó sonar despreocupada. Sin embargo, una vena había aparecido en la superficie de porcelana de su frente, una delicada longitud de tensión azul—. Siempre fui diferente —dijo—. Lo odiaba.

Jason quería tocarle el rostro, apartar los signos de angustia. En su lugar, dejó que su pulgar acariciara sus nudillos en pasadas reconfortantes.

—Por Halloween, en la víspera del Día de Todos los Santos —prosiguió Justine—, nunca pude disfrazarme y salir a pedir truco o trato. En su lugar, estaba obligada a asistir a una cena Samhain y a sentarme al lado de platos vacíos, dispuestos para los espíritus de familiares difuntos.

Jason alzó las cejas levemente.

—¿Alguna vez apareció alguno?

—No puedo contártelo, si lo hiciera perderías la compostura y saldrías corriendo de aquí.

—No antes del postre. —Jason hizo una pausa—. ¿Estoy equivocado o es cierta la impresión que tengo de que tu paganismo incluía ciertos elementos de, digamos, brujería?

Justine palideció y guardó silencio.

Para su asombro, los ojos de Jason desprendían un destello de humor irreverente.

—Entonces —preguntó él—, ¿eres una bruja buena o una bruja mala?

Justine reconoció la cita del Mago de Oz e intentó sonreír, aunque no lo consiguió.

—Preferiría que no me etiquetaras.

Le había contado demasiado. Y aun peor, todo lo que había dicho era verdad. ¿Qué tenía ese hombre para que soltara la lengua tan alegremente? Sintió un ligero malestar e intentó retirar las manos, pero Jason no se lo permitió.

—Justine —dijo en voz baja—. Espera. ¿Puedo decirte una cosa más? He pasado los últimos diez años creando complejos mundos fantásticos, llenos de dragones y ogros. Es el tipo de trabajo que una persona normal sería incapaz de hacer. Un par de mis amigos más íntimos, que casualmente trabajan para mí, se distinguen por llevar orejas puntiagudas de látex o pies de hobbit en las reuniones. Y como ya te había contado, soy un adicto patológico al trabajo y un insomne que carece de alma. Así que el hecho de que coquetees un poco con las artes negras en tu tiempo libre difícilmente puede suponer un problema para mí.

Justine tenía miedo de creerle. Pero dejó de intentar retirar las manos. Y el malestar parecía remitir. Sus dedos estaban atrapados firmemente entre los de él y no pensaba soltarse.

Ninguno de los dos pensaba hacerlo.

10

Durante el resto de la cena, Justine se sintió bastante más embriagada de lo que las dos copas de vino podrían justificar. La conversación había adoptado su propio ritmo y fluía sin esfuerzo. Tenían gustos musicales parecidos: Death Cab For Cutie, The Black Keys, Lenny Kravitz. Jason intentó explicarle los dibujos animados japoneses como una disciplina artística, sus exageraciones estilísticas, su naturaleza lineal derivada de la caligrafía japonesa. Justine le prometió que vería «El castillo ambulante» de Hayao Miyazaki con la mente abierta.

Había hombres que eran tan atractivos que no necesitaban ser sexys. Y luego había hombres que eran tan sexys que no tenían por qué ser atractivos. El caso de este hombre, que era ambas cosas, probaba que la vida es esencialmente injusta. Era uno de los ganadores de la lotería genética, creados aleatoriamente por la naturaleza.

«Nadie me reprocharía nada si me acostara con él. Ese bello rostro, esas manos... Ni siquiera yo misma me lo reprocharía.»

Compartieron un sorbete de naranja y jengibre, de gusto

ácido y textura crujiente. Se deshacía instantáneamente en la boca.

«Quiero besarle», pensó Justine, incapaz de despegar la mirada del firme contorno de sus labios.

En un intento de distraer la atención de ellos, le hizo algunas preguntas más acerca de su familia, de su madre, y él las contestó amablemente. Su madre se llamaba Amaya, cuyo significado en japonés es «lluvia nocturna». Había sido una mujer amable, pero fría. Tenía la casa limpia y ordenada y siempre había un jarrón con flores cortadas sobre la mesa.

«Quiero estar en la cama con él y sentir sus manos sobre mi cuerpo. Quiero sentirlo por todos los lados. Quiero sentir su aliento contra mi piel.»

—¿Alguna vez tus padres estuvieron enamorados? —se oyó a sí misma preguntar—. ¿Al menos empezaron así?

Jason sacudió la cabeza.

—Mi padre creía que casándose con una medio japonesa tendría una mujer obediente. En su lugar acabó con una mujer infeliz.

«Quiero sentir cómo se mueve dentro de mí y ver el placer en su rostro. Quiero que me provoque hasta suplicarle que me dé más.»

—¿Por qué se casó con él?

—Creo que se reduce a una cuestión de coordinación. Ella estaba sola y él se lo pidió. Así que llegaron a un acuerdo.

—Yo nunca haría algo así —dijo Justine.

—Tú nunca has estado tan sola como estaba ella. Era una marginada y una extraña. Gran parte de su familia estaba en Japón.

—Pues es exactamente lo sola que he estado yo. No mantenía ni el más mínimo vínculo con nada. Ha habido noches en las que he sentido que me iba a morir en cualquier momento. Estás tan desesperada que ni siquiera eres capaz de atraer al tipo de persona que juraste que nunca aceptarías. Así pues, te mantienes ocupada trabajando y haces los tests de personalidad de las revistas femeninas, e intentas no odiar a las parejas que visten camisas a juego y parecen felices solo por hacer juntos la cola del supermercado.

De pronto Justine se interrumpió a sí misma y parpadeó cuando Jason cogió una de sus manos entre las suyas. La miró fijamente al tiempo que su pulgar dibujaba círculos en la palma de la mano de Justine, que se había tornado intensamente sensible y sentía un hormigueo en el centro, donde la piel era más fina.

Se dio cuenta, horrorizada, de que su voz había subido de tono. Había estado hablando demasiado alto en aquel pequeño restaurante. Vociferando. Sobre la soledad.

«Espíritus, os suplico que me matéis ahora mismo.»

Una humillación como esa era insoportable. Tendría que abandonar el país y cambiar de nombre. La autodeportación era la única salida.

—Normalmente lo hago mejor en una primera cita —susurró Justine.

—Está bien —dijo Jason amablemente—. Cualquier cosa que hagas, digas o sientas. Está bien.

Justine no pudo más que mirarlo. ¿Cualquier cosa que hiciera estaría bien? ¿Qué clase de hombre decía algo así? ¿Qué posibilidades cabían de que realmente pensara lo que había dicho?

Jason ya había pagado la cuenta. Se levantó y la ayudó a levantarse retirando su silla de manera eficiente.

Salieron. El cielo estaba nublado y tenía un color gris pálido; el aire, saturado de neblina que sabía a espuma de mar. El estruendo del ferry de las diez atravesó la calle, reverberando contra las oscuras puertas de las tiendas y los silenciosos edificios.

El dentado graznido de un cuervo rasgó los nervios de Justine. Vio sus deshilachadas alas agitándose en el aire cuando el pájaro levantó el vuelo desde lo alto del tejado del restaurante. Un mal augurio.

Jason la cogió del codo y se la llevó hasta el muro lateral del edificio con un movimiento lento y deliberado.

Justine cogió aire rápidamente cuando los brazos de Jason la estrecharon. Las sombras los envolvieron en un frío que olía a piedra y la fina gravilla rasgaba las finas suelas de sus sandalias. Por un momento, la oscuridad la desorientó. Una de las manos de Jason se deslizó por detrás de su nuca en un gesto electrizante. Su otra mano se fue a su espalda y la atrajo contra su cuerpo firme. La lana de su cazadora y el perfume de su piel junto con el olor a jabón natural se mezclaron en una fragancia limpia y embriagante.

Jason inclinó la cabeza y su boca encontró la de Justine con una presión mordaz. Justine jadeó y él persiguió el silencioso jadeo, como saboreándolo, y acarició sus labios con los suyos. Besos calmados y lentos, calor fundente envuelto en frescura.

Jason retiró un mechón de pelo que se había soltado de su cola de caballo, se lo colocó detrás de la oreja con delicadeza y su boca se fue hacia su nuca desnuda. Tan dulce, como si su piel mantuviera la textura delicada de los pétalos del jazmín. Jason encontró un tierno punto donde se sentía el latido del corazón de Justine y esta se estremeció y arqueó su cuerpo contra el suyo. El placer corrió hacia abajo y se acumuló en la parte inferior de su vientre, en sus pezones y entre sus muslos.

Justine temblaba demasiado para soportar su propio peso y se apoyó contra él. El brazo de Jason la sostuvo por la espalda y la ayudó a recuperar el equilibrio. Sus labios se apretaron contra los suyos y los separaron. Jason sabía a naranjas, su lengua destilaba dulzura. La respiración de Justine se tornó gemidos e intentó tragárselos, intentó ahogarlos en el silencio.

Los besos, cada vez más duros, cada vez más profundos, la llevaron poco a poco al éxtasis, hasta dificultarle la respiración y el pensamiento. Lo único que era capaz de sentir era cómo su cuerpo absorbía las sensaciones que la inundaban. No tenía conciencia del paso del tiempo, varios minutos pasaron hasta que Jason aflojó. Su boca, indolente a la hora de retirarse, volvió a robarle un beso, rozó su mejilla, como si fuera incapaz de dejar de saborearla.

La noche había refrescado y la oscuridad caía sobre ellos como si fueran flores de medianoche. Jason se quitó la cazadora y le cubrió los hombros con ella. Agradecida, Justine pasó los brazos por sus mangas forradas de seda y el calor y el perfume de Jason la envolvieron. Cogió su mano.

Hablaron poco mientras paseaban de vuelta a la posada. Se habían dicho muchas cosas durante las últimas horas, habían renunciado a su privacidad voluntariamente. A Justine no se le ocurría de qué se habría retractado de haberlo podido hacer. Intentó determinar el momento en que había cruzado la línea, en que había ido más allá, revelando demasiado. Sin embargo, no había habido ninguna línea. Seguía sin haber ninguna línea.

Cuando enfilaron un sendero de piedras que discurría por la parte de atrás de la posada y conducía a la casita, Justine sintió cómo su estómago se elevaba y quedaba suspendido, como si subiera en un globo aerostático. Todo encajaba demasiado bien, todo resultaba demasiado delicado.

¿Era eso lo que se suponía que tenía que sentir, esa dolorosa atracción que a la vez aturdía, asustaba y excitaba? Quizás eso fuera lo que normalmente sentía la gente.

«Dios mío, ¿cómo lo soportan?»

Cuando ya estaban muy cerca de la casa, la luz de una lámpara brilló a través de una ventana, esparciendo rectángulos amarillos por el suelo. Justine se volvió para enfrentarlo en el umbral. Los nervios habían convertido su interior en un pinball, todo tintineo y campanas y muelles.

—¿Qué haces mañana? —preguntó Justine.

—Me levantaré temprano para cerrar un acuerdo con un agente de alquiler de barcos.

—¿Qué tipo de barco piensas alquilar?

—Un Bayliner de veintidós pies. Pienso llevarme a un par de los chicos a pescar y a dar un paseo.

—No hay mucho espacio para pescar en una embarcación de ese tipo.

—Para la manera que tenemos nosotros de pescar —dijo Jason secamente—, no creo que importe.

—El agua es poco profunda y hay muchas rocas en esta zona.

—Sé interpretar una carta náutica.

—Eso está muy bien. —Justine se preguntó si debería decir algo sobre el beso, los besos, frente al restaurante. Jason permaneció en silencio. Después de pelearse torpemente con el pomo, finalmente entreabrió la puerta unos centímetros y volvió a encararlo—. Gracias por la cena. La he disfrutado más de lo que esperaba. Es decir, no esperaba nada. Quiero decir, no creía que tú y yo...

Así pues, Jason no tenía intención de dar el paso. Justine esperaba sentir cierto alivio. Sin embargo, solo sintió la decepción de enfrentarse a otra noche larga y vacía.

—Estaré fuera gran parte de mañana —dijo Justine—. Iré a ver a un par de amigas en la isla de Cauldron. Viven en el viejo faro.

—¿Cogerás un taxi bote?

—No, tengo mi propio kayak.

El rostro de Jason mudó, de pronto su entusiasmo parecía haberse desvanecido.

—¿Irás sola?

—No está muy lejos. Máximo un par de millas. Y es un trayecto muy familiar para mí. Tardaré una hora, o incluso menos.

—¿Tienes un equipo de señalización?

—Y un equipo de reparación.

—Aun así, no deberías ir sola. Te llevaré en el Bayliner.

Justine le lanzó una mirada escéptica.

—¿Y cómo voy a volver a casa?

—Te recogeré más tarde. O si lo prefieres, te enviaré un taxi bote.

—Gracias, pero no me gusta esperar a que me recojan, ni tener a nadie pendiente de mí. De verdad, no hay nada de lo que preocuparse. Me gusta remar hasta la isla de Cauldron. Lo he hecho muchas veces, y nunca he tenido problemas.

—¿Desde dónde saldrás?

—Roche Harbor.

—¿Llevarás puesto un traje de neopreno?

Su preocupación por su seguridad le resultaba tanto halagadora como vagamente irritante. No estaba acostumbrada a responder por sus decisiones.

—No, nadie los lleva en trayectos tan cortos como este. La gente de aquí que sale en kayak se viste de acuerdo con la temperatura del aire, a no ser que sepan que se enfrentarán a duras condiciones climáticas.

—No puedes saber de antemano si te encontrarás en una situación difícil o no. Y en cualquier caso podrías zozobrar. Ponte un traje de neopreno.

—¿Que me ponga un traje de neopreno? —exclamó Justine—. ¿Ya volvemos a dar órdenes?

Aunque presentía que Jason quería seguir discutiendo, mantuvo la boca cerrada. Hundió las manos en los bolsillos y dio media vuelta, dispuesto a marcharse.

¿Realmente se iría sin decir nada más?

—Te traeré tu vodka en un par de minutos —dijo Justine.

Jason se detuvo.

—Gracias, pero esta noche no quiero —dijo, sin volverse.

—No me cuesta nada. Y no pienso arriesgarme a que Priscilla me dé una bofetada mañana por saltarme sus instrucciones.

Jason se volvió hacia ella, parecía irritado.

—Puedes olvidarte del vodka, si yo te lo digo.

—Dejaré una bandeja frente a tu puerta. Puedes tomarlo o no, pero allí estará.

Jason le lanzó una mirada fría.

—¿Por qué te empeñas en hacer algo que acabo de decirte que no hagas? Sobre todo, si no hace falta.

—No rechazas el vodka para ahorrarme trabajo —replicó Justine—. Lo rechazas porque te has cabreado al saber que saldré en mi kayak mañana.

Jason entró en la casa, arrastrándola consigo. La cazadora cayó de sus hombros al suelo. Jason la cogió de los brazos y la levantó hasta que ella se vio forzada a ponerse de puntillas. Su cuerpo estaba pegado todo a lo largo de él, tenerlo así resultaba electrizante.

Jason se dobló sobre ella de manera que no podía ver su rostro. El tono áspero de su voz le puso el vello de punta.

—El motivo por el que no quiero que me traigas nada a mi habitación, Justine, es que no creo que sea capaz de controlar tanta tentación. Por si todavía no lo has entendido —dijo Jason, y la empujó con tal fuerza que Justine no pudo reprimir un jadeo—, te deseo. Cada vez que te miro con ese maldito vestido, te imagino desnuda. Quiero... —Jason se interrumpió y la estrechó contra su cuerpo con fuerza, intentando recuperar el aliento—. No vengas a mi habitación esta noche —concluyó— o acabarás en mi cama, y entonces te follaré hasta la Edad de Piedra, ida y vuelta. ¿Te queda claro?

Justine asintió con la cabeza, aturdida. Las finas capas de su ropa no contribuían a ocultar su carne excitada, su agresiva dureza y su fuego. Era una sensación tan agradable sentirse atrapada contra su cuerpo, que Justine se quedó paralizada. Podía oler su piel: sal, ámbar y aire nocturno.

Tras una pausa sofocante, el pecho de Jason subió y bajó, tembloroso.

—Tengo que soltarte —dijo, dirigiéndose más a sí mismo que a ella.

Justine se aferró a él.

—Podrías quedarte —logró susurrar.

—Esta noche no.

—¿Por qué no?

—No estás preparada.

—Haz que lo esté.

Jason se quedó sin aliento. Su mano se desplazó en una caricia nerviosa por su columna vertebral.

—Justine, ¿alguna vez te has acostado con alguien en la primera cita?

—Sí —se apresuró a decir ella.

Jason levantó su mentón, obligándola a mirarlo. Tras intentar mantenerle la mirada durante unos segundos, Justine se sonrojó.

—No, pero, aun así, quédate conmigo.

Jason siguió mirándola a los ojos. La luz de la lámpara resaltaba los pronunciados ángulos de su cara, dejando un lado en la sombra.

—Es demasiado pronto —dijo desapasionadamente—. Hay gente capaz de follar sin sentirse mal a la mañana siguiente. Tú no eres una de ellos. Por bueno que fuera el polvo, mañana te arrepentirías.

—No es cierto —protestó Justine.

—Todo en ti te delata. Así que vamos a tomárnoslo con

calma. —Cuando ella abrió la boca para replicarle, él añadió—: No es por mí, sino por ti.

El cuerpo de Justine era un amasijo de anhelos dolientes. Apenas era capaz de pensar más allá del deseo que había fundido su interior. El deseo de toda una vida la llevaba hasta ese momento, hasta ese preciso momento.

—Pero yo te deseo —dijo Justine, horrorizada por el lastimero tono de su propia voz.

Algo en el rostro de Jason se suavizó. Se acercó a ella lentamente con los brazos extendidos. Sus manos se deslizaron por su cuerpo, la tocaban a través de la sedosa tela de punto, la agarraban por las altas curvas de sus caderas. Justine alzó el rostro sin ver nada, al tiempo que la boca de Jason descendía y sus pensamientos se diluyeron en una avalancha de deseo. Un gemido escapó de su garganta y él la lamió como si pudiera saborear el sonido. Desplazó la mano desde su vientre hasta su pecho y se cerró alrededor de su firme curva, mientras su pulgar se movía sobre el pezón en una espiral excitante. El sudor afloró en la superficie de su piel hasta que la tela sintética de su vestido se pegó a ella, incomodándola, y lo único en lo que era capaz de pensar era lo mucho que deseaba arrancárselo.

Jason alargó la mano por detrás de sus caderas y la introdujo por debajo de la falda, y con las puntas de los dedos agarró la cinta elástica de su tanguita. Ejerció apenas la suficiente tensión para tirar de la diminuta ropa interior. Justine se estremeció cuando el retal de seda vibró con una dura y vehemente palpitación.

—Yo sé lo que necesitas —susurró Jason.

—¿Has... has cambiado de opinión? —preguntó Justine. Sentía los labios hinchados.

Jason soltó la tira de su tanguita, le subió la falda un poco más y deslizó la mano por debajo. Acarició la sensible curva de su cadera.

—No. Pero te haré sentir bien. Aquí y ahora. —Su pulgar se deslizó por debajo de la tira elástica el tanguita—. Lo único que tienes que hacer es agarrarte a mí. Dime que quieres hacerlo. Solo dímelo.

Cuando su mano se deslizó por sus nalgas, Justine echó la mano atrás y lo cogió por la muñeca.

—Espera. No vamos a acostarnos, pero ¿tú quieres... quieres llegar a la tercera base?

La frase provocó un fruncimiento en los labios de Jason.

—No recuerdo qué implica exactamente la tercera base —dijo secamente—. Pero podríamos decir que así es, más o menos.

—Pero ¿entonces yo sería la única en darme el lote?

—Sí.

—No. —Justine frunció el ceño y se alejó un poco de él—. Eres un capullo condescendiente. Me rechazas sexualmente porque has decidido que soy demasiado inmadura para...

—Inexperta.

—Es lo mismo.

—No, no lo es.

—Demasiado inmadura —prosiguió Justine, acaloradamente— para decidir lo que quiero hacer con mi propio cuerpo.

—No es un insulto cuando un hombre quiere ir poco a poco contigo.

—Entonces, ¿qué es?

—Un cumplido.

—Pues a mí no me lo parece. —En algún lugar de su interior sabía que debería reconocerle su intento de mostrarse como un caballero, pero en ese momento se sentía demasiado frustrada sexualmente para molestarse. Se acercó a la puerta con el ceño fruncido y la abrió—. Vete. Y no te molestes en volver a invitarme a salir. Yo no concedo segundas oportunidades.

Jason sonrió y la apartó, al tiempo que se agachaba para recoger su cazadora del suelo. Antes de desaparecer se detuvo en el umbral de la puerta.

—No deberías descartar las segundas oportunidades. A veces aparecen con interesantes ventajas —dijo.

Tras una noche intranquila, llena de interrupciones del sueño, Justine se despertó temprano e inició el día como de costumbre, rellenando y poniendo en marcha la cafetera industrial de la cocina, montando las mesas en el comedor y precalentándole el horno a Zoë.

Cuando llegó Zoë, con un aspecto tan fresco como la luz del sol y las margaritas, lanzó una mirada a Justine y preguntó:

—¿Qué pasó?

—Nada —refunfuñó Justine.

Estaba sentada a la mesa de la cocina con un tazón de café entre las dos manos. Se lo llevó a los labios y vació su contenido de un solo trago.

Después de remover crema de leche y azúcar en un nuevo tazón de café, Zoë se lo ofreció.

—¿La cita no fue bien?

—La cita fue fantástica. La comida y el vino increíbles, la conversación muy amena y, además, con el hombre más maravilloso que haya conocido jamás. Al final de la cena estaba lista para acostarme con él sobre el capó del coche más cercano.

—Entonces, ¿por qué...?

—No quiso. Me dijo algo así como que «es demasiado pronto» y «por tu propio bien», lo que todo el mundo sabe que en el lenguaje masculino significa que «no eres follable». Y luego se marchó como si estuviera saliendo del jardín cubierto de abejas.

—Estás exagerando —dijo Zoë con una risa trémula en la voz—. Es posible que te respete lo bastante como para no precipitarse contigo.

—Los tíos no piensan así. Su idea de una gran primera cita no es: «¡Oh, realmente me encantaría ver a esta mujer comer y luego volver a casa solo!» —Justine sacudió la cabeza, malhumorada—. Mejor así. Es demasiado rico. Demasiado controlador. Demasiado de todo.

—¿Qué puedo hacer por ti? —preguntó Zoë con los ojos llenos de afecto.

—¿Te importaría estar un poco pendiente del trabajo de Annette y Nita? Pensaba coger mi kayak y hacerles una visita a Rosemary y Sage en la isla de Cauldron.

—Por supuesto. Me alegro de que vayas a verlas. Siempre parece sentarte bien ir allí.

Resultaba prácticamente imposible vestirse para una combinación de veinticuatro grados de temperatura ambiental y los diez del agua. El equipamiento para salir en kayak que procuraba un calor aceptable en el agua resultaría insoportable e impracticable en cuanto se pusiera a remar. Ante una elección como esta, la mayoría de los aficionados a los kayaks optaban por sacrificar el traje de neopreno y arriesgarse. Justine se decidió por un término medio: se pondría una camiseta de manga corta de Goretex y unos pantalones pirata de neopreno. No sería tan cómodo como vestirse con una sencilla camiseta y unos pantalones cortos, pero si zozobraba necesitaría la protección adicional.

Una súbita inmersión en aguas frías era peligrosa, incluso para nadadores y remadores experimentados. Justine lo había sufrido un par de veces en el pasado, tomando una clase de kayak. Incluso estando preparada para ello, el *shock* del agua helada era tan desagradable como insoportable. Te obligaba a abrir la boca involuntariamente, lo que suponía un problema si tenías la cabeza debajo del agua. E incluso estando fuera del agua, tu laringe podía cerrarte las vías respiratorias, lo que solía llamarse muerte por «ahogamiento seco».

El día estaba nublado; la superficie del agua, agitada, y el viento era fresco. Se estaba acercando un sistema de bajas presiones, lo que podía resultar en ligeras lluvias y vientos más fuertes. Puesto que había manejado este tipo de condiciones meteorológicas con facilidad en el pasado, Justine no estaba preocupada.

—Si yo fuera tú, no saldría demasiado tiempo —le dijo un marinero en el muelle de Roche Harbor mientras Justine plegaba la plataforma rodante de su kayak y la guardaba. El anciano tenía una taza de café en una mano y un donut en la otra—. Está entrando un frente.

Justine agitó su teléfono móvil en el aire antes de meterlo en una bolsa impermeable.

—Mi aplicación meteorológica dice que hará buen tiempo.

—Aplicación —se burló el anciano, y le dio otro bocado al donut—. Las nubes de ayer parecían escamas de caballa. Eso significa que se avecina una tormenta. ¿Ves esas gaviotas que entran volando bajo? ¿Ves los pejerreyes en la superficie? Son todas señales. La Madre Naturaleza es la aplicación que llevo utilizando los últimos cincuenta años, y ella nunca se equivoca.

—Esos pejerreyes no han consultado el Doppler local —dijo Justine con una sonrisa—. El pronóstico es bueno.

El anciano movió la cabeza como un marinero experimentado que raras veces hace caso a jóvenes insolentes.

—Las previsiones y los peces muertos, ambos se ponen malos rápidamente.

Después de ajustarse el chaleco salvavidas, Justine salió a

la mar con eficientes paladas, procurando coger el ritmo que debería mantener durante la travesía de una hora. El viento amainaba el calor y la mantenía cómoda y a gusto. Con la pala entre sus manos, se concentró en plantar las hojas detrás de cada ola que le venía de frente.

El viento cambió, forzando a Justine a avanzar en zigzag. Inclinó el cuerpo hacia delante para disminuir la resistencia del viento y empezó a empujar el agua con fuerza. Era un ejercicio muy intenso. El impulso que había cogido se vio interrumpido al verse obligada a apuntalar la pala constantemente para evitar que el kayak se pusiera en paralelo con las olas.

Las ráfagas de viento, de pronto cargadas de lluvia, la golpeaban cada vez con más fuerza. Los vientos rasantes la empujaban en una dirección mientras que el agua la empujaba en la contraria. Las olas se habían alargado y levantaban crestas de espuma líquida. Justine entornó los ojos y alzó la mirada, sorprendida de lo oscuras y espesas que se habían tornado las nubes cuyo borde era grueso y anormalmente alto.

Todo estaba pasando demasiado rápido. No tenía sentido.

«Esto no es normal», pensó, con un punto de miedo.

«No intentes engañar el Destino», le había advertido Rosemary.

Llevaba remando al menos una hora, a esas alturas ya debería haber alcanzado la isla de Cauldron. Cuando intentó hacerse una idea de su posición, se sorprendió al darse cuenta de que el acantilado de cincuenta pies de la isla de Cauldron estaba, como mínimo, a una milla de distancia y que la corriente la había empujado fuera de curso. Si no avanzaba pronto, se hallaría en medio del violento oleaje del estrecho de Haro, sacudida de un lado a otro como si fuera el juguete de un niño.

Las olas rompían con fuerza por encima de la proa y se

llevaban cosas que había metido debajo de la red elástica de cubierta. Una botella de Gatorade, su kit de señales.

Su corazón latía con esfuerzo. Si hubiera tenido una mano libre, habría agitado un puño contra el cielo. Atacó el agua con renovada furia y se abrió camino a través de la montaña rusa de olas. Un par de minutos más tarde venció el sentido común y Justine intentó guardar las fuerzas manteniendo un ritmo de palada bajo y utilizando los músculos del tronco. Su mente ya no pensaba en otra cosa que no fuera la supervivencia.

El mundo entero era agua. Lluvia y océano, por arriba y por abajo, que la rociaban y la agitaban, que la impulsaban y tiraban de ella.

Los torbellinos empujaban el kayak de costado. Justine se inclinaba con cada ola para evitar zozobrar y remaba para virar hacia las olas cargadas de espuma. Otra ola la embistió, pero esta vez no pudo reaccionar a tiempo.

El kayak zozobró.

11

Negritud fría y abrasadora. Dolor por todos los lados, de golpe, como si le hubieran prendido fuego. Intentó darle la vuelta, pero el kayak había volcado hacia su lado más débil y no conseguía terminar el movimiento. Suspendida boca abajo, desorientada por el *shock* de frío, luchó por soltar la manilla del faldón impermeable que la sujetaba a la bañera del kayak. El frío ya había empezado a confundirla, no conseguía encontrar la manilla y el pánico se estaba apoderando de ella.

Consiguió abrirse paso de costado hasta que su rostro rompió la superficie del agua durante la fracción de segundo necesaria para coger aire. Cuando volvió a hundirse, buscó la manilla y finalmente la encontró. Tiró de ella desesperadamente y el faldón se soltó. Luchó para salir del kayak. Cuando llegó a la superficie, se agarró a la embarcación volcada y llenó sus pulmones de aire antes de que una nueva ola rompiera contra ella.

El frío era indescriptible. Tenía la piel y los músculos entumecidos, y su presión arterial se había disparado. La pala del kayak flotaba a apenas un metro de ella, todavía enganchada a la proa por una correa sujeta con un mosquetón. Entre jadeos maniobró hasta la proa y se agarró a la cubierta elástica para no perder el contacto con el kayak. Cogió la correa y tiró hasta que tuvo la pala a su alcance. Le costó cerrar la mano alrededor de la pértiga.

Tenía que salir del agua. Su psicomotricidad fina había desaparecido. En unos diez minutos, la sangre dejaría de llegar a los músculos secundarios.

Introdujo la mano por debajo del kayak, encontró el flotador de pala de gomaespuma que guardaba debajo de la cuerda de resorte en la cubierta y lo sacó. Necesitaba el flotador de pala para volver a subir al kayak. Sus manos eran tan torpes como si llevara puestas unas manoplas. Intentó introducir un extremo de la pala en el bolsillo de nailon de la parte de atrás del flotador.

Antes de que hubiera terminado la maniobra, una ola rompió contra ella. Fue como chocar contra una pared de hormigón y el impacto a punto estuvo de dejarla fuera de combate. Entre jadeos y a punto de ahogarse, vio que la ola se había llevado el flotador de pala. Agarró la pala que todavía estaba unida al kayak a través de la correa.

Consiguió volver al kayak, agradecida por la flotabilidad de su chaleco salvavidas.

Ahora que ya no disponía del flotador, la única opción que le quedaba era darle la vuelta a la embarcación e intentar subir por la popa gateando. Sin embargo, cuando quiso agarrarse a la red se encontró con que apenas le quedaban fuerzas para hacerlo.

Todo estaba ocurriendo demasiado rápido. El frío era cada vez más cortante, sus músculos estaban anquilosados como si se estuviera petrificando. Estaba asustada, pero era una buena señal. Cuando uno deja de sentir miedo, cuando todo deja de importarle, es cuando está realmente en peligro.

Intentó pensar en algún conjuro, alguna plegaria, cualquier cosa que tuviera sentido, pero las palabras flotaban en su cabeza como letras en un plato de sopa de letras.

La superficie de plástico amarillo del kayak le golpeó la cabeza, impulsándola a actuar.

La elección era muy sencilla: sube al kayak y vive; quédate en el agua y muere.

Resollando, gruñendo de esfuerzo, le dio la vuelta al kayak y consiguió llegar a la popa. Las olas la empujaban en violentas sacudidas, hacia arriba, hacia abajo, de un lado a otro.

Cada momento requería de una fuerte voluntad y concentración. Sabía lo que tenía que hacer: introducir la pala entre el cordaje. Bajar la popa con el peso de su cuerpo. Mover los pies para subir a la cubierta de popa. Meterse en la bañera.

Sin embargo, Justine no estaba segura de si realmente estaba haciendo aquello o si simplemente lo pensaba. No, seguía en el agua. La proa de la embarcación se había levantado, debía conseguir hundir la popa en el agua. No sabía si sus piernas se estaban moviendo, si sería capaz de dar una patada lo suficientemente fuerte para lanzarse sobre la embarcación. Si metía la pata, no tendría otra oportunidad.

De pronto se encontró a sí misma espatarrada sobre la popa, a horcajadas sobre el kayak. «Gracias, espíritus.» Al tiempo que luchaba por mantener la embarcación equilibrada, empezó a avanzar a gatas hacia el centro.

Pero estaba a punto de llegar una nueva ola. Una pared de metro y medio de agua rodaba directamente contra el costado del kayak. Justine vio cómo se acercaba con un extraño sentimiento de resignación, sabía que iba a volver a volcar. Se acabó. Cerró los ojos y contuvo la respiración mientras el mundo giraba. La ola le arrancó el kayak y la pala y Justine se sumergió en un infierno de frío revuelto. El chaleco salvavidas la proyectó hasta la superficie lechosa del agua.

Apenas podía ver ni oír en medio del caos, pero un rugido ensordecedor descendió de lo alto, como si el cielo se desplomara sobre ella. Temblando, se volvió para ver una figura blanca y maciza a barlovento que subía y bajaba en medio del caos. Su cerebro desorientado tardó un buen rato en registrar que se trataba de un barco. Había llegado al punto en que todo le daba igual, incluso si la rescataban o no.

Alguien gritaba. Justine no conseguía distinguir las palabras, pero a juzgar por el sonido de la voz, no paraba de decir improperios. Volvió a golpearla una ola. Escupió un sorbo de agua salada e intentó retirar una cortina de pelo mojado de sus ojos, pero sus manos se habían quedado insensibles. Más gritos. Una bolsa de un vívido color naranja provista de un mosquetón aterrizó justo delante de ella.

Su capacidad de razonamiento había sido desmantelada. La miró estupefacta, su cerebro era incapaz de procesar cuál debería ser su reacción, mientras sus extremidades y su torso temblaban violentamente.

Unas furibundas órdenes lanzadas a través del aire la animaban a entrar en acción. Sabía que aquellos sonidos eran palabras, pero carecían de sentido para ella. A pesar de que no lograba entender lo que se suponía que debía hacer, su cuerpo tomó el mando. Se encontró a sí misma abalanzándose torpemente sobre la bolsa naranja, como un perrito que juega con una pelota. En el segundo intento consiguió cerrar los brazos alrededor de la figura naranja de gomaespuma. La apretó contra el pecho. Fue remolcada inmediatamente a través de la agotadora agua.

Sus pensamientos seguían desintegrándose antes de que les hubiera dado tiempo a cobrar sentido. No importaba, aunque una parte remota de su cerebro le decía que sí importaba. El mundo entero era de agua, por arriba y por abajo, tiraba de sus pies, instándola a sumirse en las sensaciones y dormirse, donde todo era oscuro y tranquilo, allá lejos, por debajo de las olas.

En cambio, alguien tiraba de ella hacia arriba con una fuerza sorprendente. La inconsciencia la atravesó cuando la dejaron sobre un banco acolchado en la parte trasera del barco. Echada en un banco y temblando demasiado para siquiera hablar o pensar, alzó la vista y vio a un hombre cuyo rostro le resultaba familiar, pero cuyo nombre era incapaz de recordar. Se arrancó el anorak y la envolvió en él. Los rayos partían el cielo en largas ramificaciones cuando el hombre se dirigió al puesto de mando.

Era una embarcación de recreo con una cubierta de proa desmontable, inapropiada para un mar embravecido. El motor fuera borda rugió cuando el hombre lo puso en marcha. Puesto que las olas eran demasiado grandes para poner la embarcación en modo planeo, se vio forzado a avanzar lentamente.

Jason. El reconocimiento se abrió paso a través del vapor del agotamiento y con él llegó un tenue destello de emoción. No lograba comprender cómo podía estar allí. Nadie en su sano juicio arriesgaría la vida por una mujer que apenas conocía.

Trabajaba metódicamente desde el puesto de mando, haciendo virajes de noventa grados, luchando con olas que atacaban el barco desde todos los costados. Se necesitaban experiencia y destreza para hacer lo que estaba haciendo, atacando cada cresta por un ángulo determinado, reduciendo la marcha en cada bajada para no hundir la proa. La embarcación subía y bajaba, virando, mientras la energía del agua amenazaba con empujar la popa de costado. Justine esperaba que el barco se hundiera en cualquier momento.

Se acurrucó dentro del caparazón que conformaba la chaqueta impermeable mientras su sangre hacía un cauto intento de recuperar la circulación. Los continuados temblores que recorrían su cuerpo de arriba abajo hacían castañetear sus dientes con tal fuerza que su cráneo vibraba. Si tensaba el cuerpo para mitigar los temblores, los dientes dejaban de hacerlo durante un segundo, pero pronto volvían a las andadas. El tiempo se entrecortaba como un vídeo mal editado. Sus manos estaban completamente entumecidas, aunque sentía el golpeteo de un pequeño martillo en la parte interior de sus codos.

Justine cerró los ojos, armándose de valor para soportar cada una de las subidas y mareantes bajadas, cada golpe de agua fría que le salpicaba por encima de la borda. Aunque no estaba mirando a Jason, era consciente de su lucha contra cada desplazamiento y cada sacudida del barco para ajustar el rumbo.

Finalmente, pareció que el oleaje había perdido fuerza. El motor marchaba más lento. Justine levantó la cabeza y lanzó una mirada hacia la proa. En ese mismo instante divisó el faro en lo alto del acantilado que tan bien conocía. Jason había conseguido llevarlos a la isla de Cauldron. No se lo podía creer.

Jason lanzó las defensas del barco por los costados del casco. Se acercaron al muelle con el motor en punto muerto. En cuanto la embarcación se alineó, puso la marcha atrás de manera que la popa virara cuidadosamente hacia el muelle.

Después de apagar el motor, procedió a amarrar el barco. Al ver que Justine luchaba para incorporarse, la señaló con el dedo y gruñó algo. A pesar de que no podía oírlo por culpa de la tormenta, era evidente que todavía no quería que se moviera. Desesperada, vio la larga hilera de estrechos peldaños que conducían hasta lo alto del acantilado. La escalada era todo un desafío, incluso en días con buen tiempo. No sería capaz de hacerlo.

Cuando Jason acabó de amarrar el barco al muelle le ofreció la mano a Justine para ayudarla a desembarcar. Justine le tendió su mano blanca y agarrotada y se esforzó por poner algo de su parte cuando él tiró de ella. En cuanto sus pies tocaron tierra, Jason la cargó sobre sus hombros. Su cuerpo se desplomó como una silla plegable. Jason la cargó al modo de bombero escaleras arriba, con un brazo detrás de sus rodillas mientras se agarraba a la barandilla con el otro a intervalos regulares.

Justine intentaba tensar los músculos contra los temblores, a sabiendas de que esos movimientos involuntarios dificultaban la ascensión. Sin embargo, él la tenía bien sujeta. Subía con una facilidad pasmosa, tomando en algunos tramos los escalones de dos en dos. Cuando finalmente llegaron a la cima, respiraba dificultosamente aunque con regularidad. Podía haber cargado con ella el doble de distancia sin detenerse.

Jason llevó a Justine hasta la puerta principal de la casa de piedra caliza y la golpeó con el costado del puño.

En cuestión de segundos la puerta se abrió. Justine oyó gritos angustiados que provenían tanto de Rosemary como de Sage: «Madre del amor hermoso», y «Por Hades».

Jason no se detuvo para preguntar ni responder a preguntas. Trasladó a Justine hasta el salón y empezó a lanzar órdenes antes incluso de que la hubiera dejado en el sofá.

—Traed mantas. Preparad un baño. Tibio, no caliente. Y preparad un té con azúcar y miel.

—¿Qué ha pasado? —preguntó Rosemary, al tiempo que abría la otomana al lado del sofá y sacaba mantas acolchadas.

—El kayak zozobró —dijo Jason sin rodeos, y se inclinó sobre la temblorosa figura de Justine. Le quitó las botas de neopreno. Su voz era baja y feroz cuando prosiguió—: ¿Se te ocurrió dedicarle cinco malditos minutos a escuchar la radio del servicio meteorológico, Justine? ¿Has oído hablar alguna vez del servicio de avisos marítimos?

Sintiéndose herida, Justine intentó explicar que no había habido ningún servicio de avisos en funcionamiento cuando ella partió, pero solo fue capaz de balbucear unos sonidos incoherentes entre castañeteo y castañeteo de dientes.

—Cállate —le espetó Jason con brusquedad, y le arrancó los calcetines.

Rosemary, a quien nunca le habían gustado demasiado los hombres, le lanzó una mirada ofendida.

Sage le puso una mano sobre el brazo para calmarla.

—Abre el grifo de la bañera. Mientras tanto prepararé el té.

—¿Has oído la manera en que...?

—Solo está algo agotado —murmuró Sage—. Déjalo ya.

Jason no estaba agotado, quería decirles Justine. Estaba furioso y tenía la adrenalina por los aires. Y ella no quería que la dejaran a solas con él estando de ese humor.

Cuando las dos mujeres salieron de la habitación, Jason inició la difícil tarea de quitarle los pantalones de neopreno. La tela aislante se pegaba tercamente a sus piernas a pesar del forro interior de nailon. La respiración de Jason salía en estridentes explosiones mientras tiraba de los pantalones cuya tela de neopreno se rasgaba a medida que iban desprendiéndose bajo sus brutales tirones. Justine estaba echada con los puños apretados, su cuerpo temblaba hasta que empezó a sentir que la carne estaba a punto de soltarse de sus huesos.

Jason apartó los pantalones y agarró los pantalones pirata que llevaba debajo. Al darse cuenta de que pretendía dejarla desnuda, Justine empezó a protestar.

—Tranquila —dijo Jason con rudeza, y apartó sus manos—. No puedes hacerlo tú sola.

Luego siguieron la camiseta de Goretex y la de algodón que se unieron a los pantalones en el suelo. El sujetador y las braguitas fueron retirados de manera eficiente. Los temblores que recorrían sus miembros eran tan violentos que ni siquiera era capaz de taparse. Justine parpadeó para detener una avalancha de lágrimas. Se sentía como una miserable criatura marina medio muerta, como una pieza de pesca arrastrada por la red de un pescador.

De pie sobre ella, Jason agarró el borde de la camiseta que llevaba puesta. Los ojos de Justine se abrieron al ver cómo se la arrancaba de un solo y eficaz movimiento. Tenía un cuerpo poderoso, correoso, de músculos definidos, sin rastro de debilidad. Su piel era suave y del color de la miel, con un toque de vello oscuro que bajaba desde su ombligo hasta desaparecer por la cintura de sus pantalones cortos.

Jason se quitó las botas de una patada y se echó al lado de Justine. Apretó su torso desnudo contra ella y acomodó las mantas alrededor de los dos.

—Es la mejor manera de que entres en calor —le oyó decir Justine con brusquedad.

Justine asintió con la cabeza contra su hombro para hacerle saber que entendía.

La apretó entre sus brazos con más fuerza y sus hombros se encorvaron en un esfuerzo por rodearla con su cuerpo. Jason estaba inhumanamente caliente, o tal vez así le pareció a ella, que estaba medio congelada. Esa sensación tan reconfortante le hizo querer más. Cuando otro ataque de temblores la atravesó, luchó por pegarse a él con más fuerza.

—Ya te tengo. Intenta relajarte.

Jason todavía respiraba pesadamente tras el esfuerzo mientras calentaba la nuca de Justine con su aliento. Sus piernas peludas se entrelazaban con las de ella y los sólidos músculos de sus muslos la abrazaban para inmovilizarla.

Justine no habría sobrevivido sin todo eso, el calor de su cuerpo alimentaba el de Justine, penetrando el frío latente. La rodeaba por completo, su respiración se mezclaba con la de Justine, su piel estaba salada por el sudor y el agua del océano. Podía sentir su pulso, la flexión de sus músculos, el movimiento de su garganta al tragar. En algún momento, en un futuro cercano, se sentiría humillada al recordarlo, pero en ese momento estaba demasiado desesperada para preocuparse.

Se vio superada por un nuevo paroxismo de temblores, luego por otro y él, mientras tanto, le susurraba algo al oído y la agarraba con más fuerza. Poco a poco, a medida que recuperaba la sensibilidad, Justine empezó a sentir un intenso hormigueo bajo la piel. Le dolían las manos y los pinchazos en las palmas la obligaron a abrirlas y cerrarlas convulsivamente. Sin decir nada, Jason cogió sus manos y las apretó contra sus costados.

—Lo siento —graznó Justine, a sabiendas de que estaban heladas.

—Está bien —dijo Jason, con voz ronca—. Relájate.

—Estás enfadado.

Jason no se molestó en negarlo.

—Cuando vi tu kayak flotando boca abajo... —Jason se detuvo y respiró hondo—. Sabía que aunque consiguiera encontrarte, estarías en mal estado. —Un tono salvaje se introdujo en su voz—. ¿Sabes lo que habría ocurrido si hubiera tardado un par de minutos más, idiota imprudente?

—No fui imprudente —le espetó Justine—. No hacía tan mal tiempo cuando...

Justine tuvo que callar cuando una tos rasgó su garganta cubierta de sal.

—Eres muy terca —insistió él—. Eres una cabezota.

«Viniendo de ti, es fantástico», quiso decir, pero permaneció en silencio, jadeante. Cada vez que intentaba respirar se le escapaba un sollozo.

Sintió la mano de Jason que acariciaba su enmarañada y mojada cabellera.

—No llores —dijo, en un tono más suave—. No diré nada

más. De momento, ya has tenido más que suficiente, pobre niña. Todo está bien. Estás a salvo.

Justine luchó por retener las humillantes lágrimas y lo empujó.

—Deja que te abrace —dijo—. Soy un estúpido, pero estoy caliente. Y me necesitas. —Se incorporó, se la puso en el regazo y luego los envolvió a los dos en la manta—. Me has dado un susto de muerte —murmuró—. Cuando te saqué del agua solo estabas medio consciente y te estabas tornando azul. —Utilizó una esquina de la manta para secarle las lágrimas de las mejillas—. Si este es un ejemplo de cómo cuidas de ti misma te juro que, a partir de ahora, me encargaré yo. —La meció como si fuera una niña pequeña, susurrando con su voz ronca contra su cabello—. Alguien tendrá que ocuparse de tu seguridad.

Los sollozos de Justine se tornaron sorbos. Los brazos de Jason la rodeaban firmemente, los latidos de su corazón resonaban fuertes en sus oídos. Nunca se había sentido tan dependiente de nadie en toda su vida adulta. Lo que más la sorprendió fue que no le resultaba del todo desagradable. El suave balanceo la arrullaba y quiso dormir, pero Jason seguía haciéndole preguntas: si sentía calambres en las piernas, qué día de la semana era y qué recordaba del rato que había pasado en el agua.

—Estoy cansada —le dijo en un momento dado con la cabeza caída contra su pecho—. No quiero hablar.

—Lo sé, cariño. Pero todavía no puedo dejarte dormir. —Sus labios rozaron el borde de su oreja—. ¿Cuál era tu juguete preferido cuando eras pequeña?

Unos últimos temblores recorrieron su cuerpo y las cálidas manos de Jason les dieron caza.

—Un peluche.

—¿De qué tipo?

—Un perrito. De esos con topos blancos y negros.

—¿Un dálmata?

Justine asintió con la cabeza.

—No paraba de inventarme conjuros para que cobrara vida.

—¿Cómo se llamaba?

—No tenía nombre. —Justine se pasó la lengua por sus labios secos para retirar la capa de sal—. Sabía que no me lo podía quedar. Nunca me quedé con ninguno de mis juguetes. Nos mudábamos demasiado a menudo. Lo mejor que podía hacer era no molestarme. —Justine soltó un gruñido de protesta cuando Jason la movió para incorporarla—. No.

—Sage te ha traído un té. Levanta la cabeza. No, no tienes opción, tienes que beber un poco.

Justine abrió la boca a regañadientes cuando Jason apretó el borde de la taza contra sus labios. Dio un sorbo vacilante. El líquido estaba caliente y muy dulce, pero la miel suavizó su garganta. Sintió cómo bajaba hasta su pecho y despejaba el frío más profundo.

—Otro —insistió Jason, y ella obedeció levantando las manos para coger la taza.

Cuanto más bebía, más entraba en calor. Con una rapidez sorprendente, la temperatura debajo de la manta subió como la de una hoguera. Sentía como si el sol la hubiera quemado de los pies a la cabeza. Entre jadeos, intentó retirar la manta para dejar pasar un poco de aire fresco.

—No te muevas —dijo Jason.

—Tengo calor.

—Tu calibrador de temperatura no funciona. No has recuperado el calor ni mucho menos. Bebe un poco más de té y quédate debajo de la manta.

—¿Cuánto tiempo?

—Hasta que empieces a sudar.

—Ya estoy sudando —dijo Justine, que podía sentir la humedad entre sus dos cuerpos.

Jason pasó la mano por su muslo desnudo y se detuvo al llegar a su cadera.

—Soy yo quien está sudando —dijo—. Estás más seca que un hueso.

Cuando Justine intentó discutírselo, Jason le llevó la taza a los labios y la obligó a volver a beber.

Después de acomodarse a Justine en el regazo, Jason se volvió hacia Sage y Rosemary, que habían tomado asiento en las dos sillas cercanas al sofá. Justine solo alcanzaba a imaginarse lo que estarían haciendo en esa situación.

Sage llenaba la diminuta silla tapizada al estilo Queen Anne como un colibrí anidando. Era minúscula y tenía los mofletes colorados, y su pelo canoso enmarcaba su rostro con unas ondas de algodón de azúcar. Sonreía a Jason con sus ojos de color celeste; era evidente que estaba a un solo paso de encapricharse con él.

La actitud de Rosemary era mucho más ambigua. Estaba sentada en una silla que hacía juego con la de Sage y contemplaba a Jason con los ojos entornados. Mientras que Sage era adorable y risueña, Rosemary era alta, angulosa, bella y de porte regio, una leona en sus últimos años.

En respuesta a sus preguntas, Jason les explicó que había salido con el barco junto al capitán de la compañía de alquiler con el cielo nublado, pero todavía con un tiempo relativamente apacible. Tras un par de horas de reunión habían vuelto al puerto deportivo para repasar todo el papeleo. Para cuando hubieron completado el proceso de redactar el acta constitutiva, se había desatado la tormenta y activado la alerta meteorológica. Priscilla había llamado a Jason antes de que abandonara el puerto deportivo para contarle que Zoë estaba preocupada por la seguridad de Justine.

Justine solo escuchaba a medias y se sentía al borde de un golpe de calor. Se estaba asando debajo de la manta que Jason sostenía firmemente contra su pecho desnudo. Cuando se hubo bebido el té, Jason cogió la taza vacía y se inclinó hacia delante para dejarla sobre la mesa de centro. El movimiento provocó un jadeo ahogado en Justine. Ahora que se estaba descongelando, el calor y su cercanía casi le resultaban apabullantes. La fina capa de tela sintética de sus pantalones cortos era lo único que los separaba, lo que le impedía ignorar los duros contornos masculinos de su cuerpo.

Era intensamente consciente de su propia desnudez debajo de la manta, de la intimidad que compartían al estar pegados el uno al otro. No le gustaba sentirse tan vulnerable. El peso de su tenso cuerpo se hundió un poco más en su regazo y unos desconcertantes dardos de placer recorrieron su columna vertebral. Por mucho que lo intentara, no podía dejar de retorcerse. Debajo de la manta, la mano de Jason la sujetaba por la cadera, inmovilizándola. Sofocada y temblorosa, volvió la cabeza hacia la cálida piel de su hombro.

—Zoë nos llamó al ver que se avecinaba una tormenta —dijo Rosemary—, y cuando le conté que Justine todavía no había llegado, todos nos preocupamos.

Jason explicó que había cogido el Bayliner para salir a buscar a Justine y la tormenta, cada vez más intensa, convirtió lo que tenía que haber sido una breve travesía en una lucha prolongada por mantener el rumbo del barco. Finalmente había divisado el destello amarillo del kayak de Justine en medio del oleaje y se había acercado para sacarla del agua.

—Nunca se lo podremos agradecer lo suficiente —dijo Sage con solemnidad—. Justine es como una sobrina para nosotras. Si algo le hubiera ocurrido estaríamos destrozadas.

—Yo también —dijo Jason.

Justine levantó la cabeza y lo miró sorprendida.

Él sonrió levemente y rozó su cara. Con el pulgar acarició una capa de sudor que se había acumulado en su mejilla.

—Creo que ya ha entrado en calor —dijo, dirigiéndose a Rosemary—. La llevaré a la bañera si usted me enseña el camino.

—Puedo ir por mi propio pie —dijo Justine.

Jason movió la cabeza y le retiró un mechón de pelo endurecido por la sal de la cara.

—No quiero que te muevas más allá de lo estrictamente necesario. En caso de hipotermia puede darse una súbita bajada de la temperatura de los órganos internos.

—De verdad, yo puedo...

Justine quiso protestar, pero Jason la ignoró y la cogió en brazos como si no pesara nada.

—Parece que se quedará con nosotras esta noche, señor Black —dijo Sage—. De acuerdo con la última previsión, la tormenta no amainará hasta mañana.

—Siento imponerles mi presencia.

—No es ninguna imposición, en absoluto. Hay una olla de sopa al fuego y dos hogazas de pan Madre de la Oscuridad en el horno.

—¿Madre de la Oscuridad? —repitió Jason, a todas vistas curioso.

—Una referencia a Hécate. Nos acercamos al equinoccio otoñal, o a lo que nosotras llamamos Mabon, que es la palabra moderna para designar la celebración de...

—Sage —protestó Justine con una voz amortiguada por el hombro de Jason—. No quiere oírlo.

—Pues la verdad es que sí quiero —le dijo Jason a Sage—. ¿Tal vez más tarde?

Sage le sonrió.

—Sí, le mostraré nuestro altar de la cosecha. Creo que este año nos salió especialmente bien.

Sage se levantó y se fue hacia la cocina, mientras seguía parloteando.

Jason siguió a Rosemary a través del faro y se metió en el dormitorio principal con su baño contiguo. La tormenta azotaba el faro de sólida piedra caliza y tejas de madera, y la lluvia golpeaba contra las ventanas de doble hoja con un sonido parecido al que producen las canicas cuando caen al suelo. El faro, que había soportado miles de tormentas, crujió, preparándose sufridamente para una larga noche pasada por agua.

—Necesito hacer un par de llamadas —le dijo Jason a Rosemary.

—Ya he llamado a la posada para contarles que has traído a Justine a casa sana y salva. Seguramente no tenga señal de móvil aquí, pero será bienvenido si quiere usar nuestro teléfono fijo en la cocina.

—Gracias.

Jason transportó a Justine al baño. La dejó en el suelo, la envolvió en una toalla y levantó la tapa del váter.

—Los riñones trabajan a toda marcha cuando uno ha estado expuesto a un frío extremo —dijo en un tono de voz pragmático.

Justine le lanzó una mirada de agravio. Tenía razón, naturalmente. Pero la manera en que se había quedado ahí parado, indicaba que no tenía intención de marcharse.

—Me gustaría tener un poco de intimidad.

Para su sorpresa, y decepcionada, vio que Jason asentía con la cabeza.

—Debería quedarse alguien contigo, por si tienes algún problema.

—Lo haré yo, naturalmente —dijo Rosemary desde la puerta.

—No la deje sola ni por un minuto.

—No pensaba hacerlo —replicó la anciana, y frunció el

ceño—. Hay otro baño en el dormitorio de la torre del faro. Puede ducharse allí.

—Gracias —dijo Jason—. Pero ahora mismo tengo que volver para cubrir el barco y achicar el agua de la sentina. Es posible que tarde un rato.

—No —dijo Justine, preocupada. No quería que Jason saliera solo en medio de la tormenta. Tenía que estar cansado después de todo lo que había hecho, rescatándola del océano y subiéndola por aquella empinada escalera desde el muelle—. Antes deberías descansar.

—Estaré bien. —Jason se detuvo en la puerta, evitando su mirada mientras proseguía—: Después del baño vete directamente a la cama.

—Ya vuelves a darme órdenes —dijo Justine, aunque el tono de su voz era más irónico que estrictamente acusador.

Jason seguía sin mirarla, pero Justine vislumbró la leve insinuación de una sonrisa en la comisura de sus labios.

—Vete acostumbrando —dijo—. Ahora que te he salvado la vida soy responsable de ti.

Jason abandonó el baño y Rosemary siguió con la mirada estupefacta a aquel extraño.

Después de que Justine se hubiera instalado con cuidado en la cálida comodidad de la bañera, Rosemary echó un saquito de hierbas en el agua.

—Esto aliviará el dolor muscular —dijo—. Y el té que te preparó Sage era una mezcla medicinal. Pronto volverás a ser tú misma.

—Ya me imaginé que le habría puesto algo —dijo Justine—. Me sentí mucho mejor después de bebérmelo.

El tono de Rosemary era ligeramente cáustico.

—Sospecho que compartir una manta con el señor Black

también debe de haber contribuido a tu bienestar considerablemente.

—¡Rosemary! —protestó Justine con una risa turbada.

—¿Cuánto tiempo hace que estás con él?

—No estoy con él. —Justine fijó la mirada en la superficie del agua, que se agitó levemente con el temblor, apenas perceptible, de sus piernas—. Hemos salido a cenar una vez, eso es todo.

—¿Qué pasó con tu último novio? ¿Cómo se llamaba? Recuérdamelo.

—Duane.

—Me caía bastante bien.

—A mí también. Pero la fastidié. Estábamos discutiendo por alguna estupidez, ni siquiera recuerdo por qué, y me enfadé tanto que... —Justine interrumpió el relato y metió la mano en el agua, creando pequeñas olas en la superficie—. El faro de su moto explotó. Intenté buscar una excusa que pudiera explicarlo, pero Duane sabía que había sido culpa mía. Ahora, cada vez que me ve en el pueblo se santigua y sale pitando.

Rosemary la miró con severidad.

—¿Por qué no me lo contaste?

—Acabo de hacerlo. —Justine sintió una punzada de inquietud al oír la consternación en la voz de la otra mujer—. No quiero molestarte con cada contratiempo de mi vida amorosa y, además...

—No me refería a Duane —la interrumpió Rosemary—, sino a la explosión de la bombilla.

—¡Ah, bueno! Tampoco es tan extraordinario, ¿no te parece? Os he visto a ti y a Sage y a un par de brujas más hacer trucos como este.

—Después de años de prácticas. Pero jamás como novicia. —Al ver el semblante de Rosemary, Justine se arrepintió de siquiera haber mencionado el episodio de la bombilla—. No es un truco, Justine, es una habilidad peligrosa. Sobre todo si no has adquirido las técnicas más rudimentarias. Y nunca debería pasar a resultas de un enfado.

—No lo volveré a hacer —dijo Justine—. Además, ni siquiera pretendía hacerlo.

Rosemary recogió una toalla del borde del lavabo y la dobló inútilmente.

—¿Es la única vez que te ha sucedido?

—Sí —se apresuró a decir Justine.

Rosemary levantó la ceja.

—No —admitió Justine. Intentaba sonar despreocupada—. Creo que alguna vez he hecho saltar un fusible.

—¿Cómo?

—Se me cayó una lata de cera para el suelo en el pie —dijo Justine, a la defensiva—. Estaba dando saltos por la habitación y maldiciendo cuando de pronto saltaron los fusibles y tuve que bajar al sótano para darle al interruptor general.

—¿Estás segura de que fuiste tú quien lo causó? ¿No fue una mera coincidencia?

Justine negó con la cabeza.

—Sentí una extraña energía que corría por debajo de mi piel.

—Despolarización. —Rosemary sacudió la toalla de mano y la volvió a doblar—. Todas las células vivas generan descargas eléctricas. Pero solo unos pocos individuos son capaces de crear desequilibrios eléctricos que hacen saltar los relés. Como una anguila eléctrica.

—¿Y lo puede hacer cualquier hechicero?

—No. Solo las que han nacido brujas, y solo unas cuantas entre ellas.

Decidida a quitarle hierro al asunto, Justine meneó los dedos en el aire.

—Entonces, ¿cuánto poder crees que tengo aquí?

—El equivalente a un desfibrilador medio —dijo Rosemary con aspereza.

Justine parpadeó y bajó las manos.

—No hay otra salida, Justine, tendrás que recibir adiestramiento. De una bruja a poder ser, Violet o Ebony. Te ayudará a aprender a manejarlo. Si no, podrías convertirte en un peligro para ti misma y para los demás.

Justine refunfuñó, sabiendo que cuanto más se relacionara con cualquier miembro del Círculo, más presión recibiría para unirse a él.

—Me las arreglaré por mi cuenta. No volverá a pasar.

—¿Porque tú lo has decidido? —preguntó Rosemary en un tono cáustico.

—Sí.

Eso le valió una mirada severa.

—No eres capaz de controlar tu poder, Justine. Eres como una niña de seis años al volante de un coche. Sage hablará contigo más tarde. Estoy segura de que logrará persuadirte para que entres en razón.

Justine dirigió la mirada al cielo y empezó a empujar el saquito que flotaba en el agua con los dedos de los pies. Jugaba perezosamente con la cadena que llevaba alrededor del cuello, siguiéndola hasta la pequeña llave de cobre que colgaba entre sus pechos. Levantó la llave y la golpeteó distraídamente contra sus labios. Una ráfaga de aire golpeó la ventana del baño con una fuerza alarmante mientras el viento aullaba desbocado desde el mar embravecido.

Al advertir el siseo de una inhalación ahogada, Justine miró a Rosemary.

La mirada de la anciana abandonó la ventana y se dirigió a la llave de cobre en la mano de Justine para luego volver a la ventana.

—Has roto el maleficio, ¿verdad? —dijo, aturdida—. Los espíritus están agitados.

—Yo... —empezó a decir Justine, pero las palabras se extinguieron al ver el semblante de Rosemary, uno que nunca había visto antes.

Era miedo.

—¡Oh, Justine! —dijo Rosemary finalmente—. ¿Qué has hecho?

Antes de que Justine admitiera nada, había exigido una explicación de Rosemary y de Sage. Quería saber lo que las dos ancianas sabían acerca del maleficio y por qué nunca se lo habían mencionado antes. Su postura las llevó a un punto muerto.

—Hablaremos de ello más tarde —había terminado por decir Rosemary—, cuando hayas descansado.

«Y cuando Sage esté aquí para evitar que se convierta en una pelea», pensó Justine con resentimiento.

Rosemary la ayudó a salir de la bañera y le dio un camisón de franela con el que vestirse.

—Esta tarde dormirás una siesta en nuestra cama —le dijo a Justine—. Luego te trasladarás al dormitorio de la torre para pasar la noche. —Hizo una pausa diplomática—. ¿El señor Black dormirá contigo o en el sofá de la planta baja?

—Creo que en el sofá.

Justine suspiró satisfecha cuando se acomodó en la antigua cama de cuatro columnas con su profundo y mullido colchón. Rosemary colocó unas almohadas detrás de Justine y la cubrió con una colcha hecha de todo tipo de retales de seda, terciopelo y brocado cosidos sobre una tela que antaño se utilizaba para fabricar los sacos de azúcar.

La tormenta había arreciado y el cielo había adquirido el

color de un periódico mojado. Justine se sobresaltó con el estruendo producido por una repentina descarga de rayos. Según Justine, Jason estaba tardando demasiado en volver. Lo quería de vuelta cuanto antes, sano y salvo.

Rosemary se había sentado al lado de Justine y estaba trenzando su pelo húmedo y recién lavado.

El tacto de las manos de la anciana en su pelo le recordó todas las veces que Rosemary había hecho lo mismo por ella cuando era una niña. En el infinito torbellino que suponía haberse criado al lado de Marigold, Justine había saboreado las visitas que habían hecho al faro, donde la vida era tranquila y apacible y donde Sage interpretaba viejas canciones al piano, y Rosemary se la llevaba a lo alto del faro para que ayudara en la limpieza de la lente de Fresnel. Justine había crecido alimentándose del cariño incondicional que recibía de ellas.

Llevada por un repentino impulso, se acurrucó junto a Rosemary.

Una mano dulce se acercó a su mejilla.

Sage entró en el dormitorio tarareando *Pennies From Heaven*. Llevaba una pila de ropa envuelta en papel que dejó cuidadosamente sobre la cama.

—¿Qué es todo eso? —preguntó Rosemary, y reanudó el trenzado del pelo de Justine.

—El señor Black necesitará algo que ponerse. Abrí el viejo baúl de cedro y en él encontré algo de la antigua ropa de Neil. Le quedará como un guante.

Justine contuvo una sonrisa al ver lo mucho que Sage estaba disfrutando teniendo a un hombre en casa.

—¡Por todos los demonios! —dijo Rosemary con fastidio—. Esa ropa es de los años sesenta.

—Está en perfectas condiciones —dijo Sage tranquilamente, y desenvolvió el fardo—. Y además, la ropa *vintage* está muy de moda ahora mismo. —Levantó una camisa de lino de color crema de cuello clásico—. Perfecta. Y estos... —añadió, al tiempo que sacudía un par de pantalones de corte ajustado de color marrón claro a cuadros sutiles.

—Al señor Black no le llegarán siquiera a los tobillos —dijo Rosemary agriamente—. Neil apenas era más alto que tú, Sage.

Sage dispuso las prendas sobre la cama y las repasó con la mirada.

—Tendré que hacer algunos arreglos, naturalmente. —Dijo algo entre dientes y agitó su manita regordeta—. ¿Tú qué dirías que mide el señor Black, Justine?

—Un metro ochenta, más o menos —respondió Justine.

Sage tiró del dobladillo de una de las perneras del pantalón. A cada pequeño estirón, la tela se desplegaba hasta que hubo añadido unos quince centímetros al tiro. Se había producido la magia con una facilidad que Justine admiraba.

—Un hombre muy atractivo, ¿verdad? —preguntó Sage, sin dirigirse a nadie en particular—. Y tan bien dotado.

—¡Sage! —protestó Justine.

—No me refería a sus atributos, cariño. Quería decir que está bien dotado en cuanto a aspecto e inteligencia. Aunque... —Sage procedió a alargar la entrepierna de los pantalones. Los levantó y preguntó a Justine—: ¿Qué crees? ¿Le he dejado suficiente espacio?

—Creo que estás demasiado interesada en cómo carga.

Rosemary soltó un bufido.

—Sage está intentando descubrir, con su habitual manera enrevesada, si te has acostado con él o no, Justine.

—No —contestó Justine entre risas—. No me he acostado con él y no pienso hacerlo.

—Seguramente será lo mejor —dijo Sage.

—Estoy de acuerdo —añadió Rosemary rápidamente.

Sage sonrió a su compañera.

—Entonces te has dado cuenta.

Empezó a trabajar en la camisa de lino, añadiendo centímetros a las mangas.

—Por supuesto —dijo Rosemary, y acabó la trenza de Justine atándole una goma al final.

La mirada perpleja de Justine se movió de la una a la otra.

—¿Si se ha dado cuenta de qué? ¿De qué estáis hablando?

Sage contestó con calma:

—El señor Black no tiene alma, querida.

12

—¿Qué significa eso? —requirió Justine con los ojos como platos—. Jason me contó lo mismo hace un par de noches.

—Entonces, ¿es consciente de ello? —preguntó Sage, al tiempo que doblaba los pantalones cuidadosamente—. Fascinante. No suelen tener ni idea.

Sage miró a Rosemary de reojo.

—Que alguien me lo explique —insistió Justine—. ¿Estáis diciendo que es un sociópata de libro o algo así?

—¡Oh, no, en absoluto! —Sage se rio entre dientes y se inclinó hacia delante para darle una palmadita a la rodilla de Justine a través de la colcha—. He conocido a personas muy agradables que no tenían alma. No es nada que haya que criticar, y desde luego no se puede hacer nada por remediarlo; sencillamente es así.

—¿Cómo lo supisteis? ¿Qué fue lo que os puso sobre aviso?

—Normalmente las brujas, por transmisión de linaje, tenemos la habilidad de detectar si alguien tiene alma o no. ¿No lo presentiste la primera vez que viste al señor Black?

Después de considerar la pregunta, Justine contestó:

—Por un instante quise apartarme de él, no estaba segura del porqué.

—Exacto. Lo experimentarás a veces, cuando conozcas a alguien nuevo. Pero naturalmente no debes decírselo. La mayoría de la gente que carece de alma no es consciente de ello y no quiere saberlo.

Justine se sentía inexplicablemente molesta.

—No lo pillo. Nada de lo que me estáis diciendo.

—Incluso careciendo de alma —continuó hablando Rosemary—, uno seguiría teniendo sentimientos, pensamientos y también recuerdos. Seguiría siendo él. Pero no tendría trascendencia. No quedaría nada después de la defunción del cuerpo.

—Ni cielo ni infierno —dijo Justine lentamente—, ni Valhalla, ni Tierra del Eterno Verano, ni Inframundo; tan solo ¡puf!, ¿y es un adiós para siempre?

—Eso es.

—Siempre me he preguntado si, en realidad, esa gente no lo percibe en lo más profundo de su ser —reflexionó Sage en voz alta—. Aparentemente, la gente que no tiene alma pocas veces llega a la vejez y tiende a vivir intensamente. Como si fuera consciente del poco tiempo que le queda.

—Eso me recuerda el pequeño poema que siempre te gustó tanto, Sage. El de la vela.

—Edna St. Vincent Millay —recitó Sage con una sonrisa en los labios—. Mi vela se consume por los dos extremos; no durará hasta la noche; pero, ay, enemigos míos, oh, amigos míos; ¡da una bonita luz!

—Describe a la perfección a los desalmados —dijo Rosemary—. Están determinados a experimentar todo lo que puedan antes del último deceso. Tienen un apetito voraz. Pero por mucho éxito que tengan, nunca será suficiente, y nunca comprenden por qué.

—¿Cómo acaba alguien sin alma? —preguntó Justine en voz baja.

—Sencillamente hay personas que nacen sin ella. Es un rasgo particular, como el color de los ojos o el tamaño de los pies.

—Pero eso no es justo.

—Pues no. A menudo la vida es injusta.

—¿Cómo se puede arreglar? —preguntó Justine—. ¿Cómo podría alguien conseguir un alma si carece de ella?

—No puede —contestó Rosemary—. Es imposible. O al menos nunca he oído hablar de algo así.

—Pero cuando descubren que no tienen alma —dijo Sage—, las cosas se vuelven peligrosas. Toda criatura viva está obligada a preservar su propia existencia. ¿Hay algo que un hombre como Jason no sería capaz de hacer con tal de perpetuarse en la eternidad?

No. Nada lo detendría.

La mano de Justine se deslizó hasta el centro de su pecho, donde estaba oculta la pequeña llave de cobre, detrás del corpiño del camisón.

Rosemary la miró, compasiva.

—Veo que ya lo has entendido. Relacionarte con un hombre como Jason Black podría acabar siendo como bailar con el diablo.

—¿Y Jason podría llegar a amar a alguien, a pesar de que no tenga alma?

—Por supuesto que sí —dijo Sage—. Al fin y al cabo sigue teniendo corazón. De lo que no dispone es de tiempo.

Después de ocuparse del barco, Jason volvió a trepar lentamente hasta el faro. Los antiguos escalones de piedra se acomodaban mal a sus pies, algunos estaban inclinados oblicuamente y muchos estaban rotos. El centro de cada uno de los escalones estaba tan gastado que había adquirido la forma de una hamaca por la pisada de incontables zapatos. Estaban peligrosamente resbaladizos por la lluvia.

Las ráfagas de viento lo atacaban desde varias direcciones, desafiando su equilibrio. Seguía sin saber cómo había conseguido transportar a Justine escaleras arriba sin caerse, entonces estaba demasiado acelerado por la adrenalina para siquiera pensar en ello.

Dudaba de que alguna vez fuera capaz de recuperarse de la visión de Justine luchando con el océano, de su rostro gris de resignación ante la inminente muerte. Habría hecho cualquier cosa por ella, lo habría arriesgado todo, sin dudarlo ni un segundo. Habría dado la vida por ella, le habría dado su sangre directamente en vena si eso hubiera podido salvarla. Y la abnegación era, cuando menos, un nuevo concepto para él.

Lo más extraño de todo eso era que no estaba intentando razonar en contra de sus actos, ni siquiera quería hacerlo. Los sentimientos que guardaba por Justine eran algo sobre lo que no tenía ningún poder, de la misma manera que no podía elegir si quería respirar, dormir o comer. Era demasiado pronto para estar tan seguro. Pero eso tampoco importaba.

Sus anteriores relaciones se habían terminado cuando se tornaron intempestivas o se estancaron. Y cada vez, Jason había seguido su camino con la arrogante convicción de que el amor nunca sacaría lo mejor de él.

Vaya idiota había sido.

Ahora sabía que solo podía ser amor cuando sabía que no tenía fin. Cuando era tan inevitable como la gravedad. Enamorarse era un descenso inevitable en el que la única manera de intentar no hacerse daño era seguir adelante. Seguir cayendo.

Cuando estuvo a punto de llegar a lo alto de la escalera, echó una mirada hacia el faro. Era una construcción del cambio de siglo, construido de piedra caliza y tejas de madera con porches todo alrededor, apuntalados con columnas de madera. La torre octagonal, integrada con la casa del farero, se erguía por encima del tejado de dos aguas muy inclinadas.

Después de dejar atrás la sirena de niebla montada en el porche delantero, Jason se abrió paso a través de la puerta y la volvió a cerrar para dejar fuera la tormenta. Se quitó la chaqueta y la colgó de un gancho y luego se desprendió de sus zapatos náuticos empapados. Su camiseta, que se había vuelto a poner antes de volver al muelle, estaba fría y húmeda. Sus pantalones cortos se habían secado, pero se sentía pegajoso y una capa de sal cubría su piel. El olor a pan recién hecho inundaba toda la casa y se le hizo la boca agua. Estaba muerto de hambre.

—Señor Black. —Sage se acercó a él cargada de un montón de toallas blancas. Sus rizos plateados bailaban como antenas de mariposa sobre sus hombros—. Aquí tiene —dijo alegremente.

—Gracias. Por favor, llámeme Jason. —Se pasó la toalla por el pelo y la nuca—. ¿Cómo está Justine?

—Está durmiendo plácidamente en nuestro dormitorio. Rosemary la está velando.

—Tal vez debería echarle un vistazo —dijo Jason, al tiempo que intentaba luchar contra la presión en su pecho. Sentía como si unas bandas de hierro ciñeran su corazón. Era preocupación. Una nueva figura en su paisaje emocional.

—Justine es una mujer joven y sana —dijo Sage amablemente—. Un pequeño descanso y volverá a ser la de siempre. —Sage se lo quedó mirando, como si algo en su rostro la hubiera sorprendido—. Ha sido muy valiente haciendo lo que ha hecho hoy. Entiendo lo que significa para un hombre de su posición arriesgarse de esta manera.

«¿Un hombre de su posición?» Jason le sostuvo la mirada,

al tiempo que se preguntaba qué habría querido decir con ello.

—Permítame que le enseñe el baño de invitados —dijo Sage—. Dese una ducha caliente y póngase algo de ropa seca.

Jason hizo una mueca.

—Desgraciadamente no tengo una camisa de recambio, ni...

—No se preocupe, querido, he encontrado algunas prendas que pertenecieron a mi difunto esposo. Él estaría encantado de que alguien les sacara un poco de provecho.

—No quisiera... —empezó a decir Jason, incómodo ante la perspectiva de tener que vestirse con ropa que había pertenecido a un hombre muerto, aunque no pudo evitar fijarse en las palabras «difunto esposo»—. ¿Estuvo usted casada?

—Sí, Neil era el farero del lugar. Después de su muerte ocupé su puesto. Acompáñeme hasta la habitación de invitados. Daremos una vueltecita para que pueda ver el resto de la casa por el camino.

—El faro ya no está en funcionamiento, ¿verdad?

—No, cuando lo desmantelaron a principios de los años setenta la Guardia Costera me lo vendió por casi nada. Y a cambio de hacerme cargo del mantenimiento recibo una pensión vitalicia de una fundación privada para la preservación de antiguos edificios. Le aconsejo que, cuando haya descansado, suba a lo alto de la torre, la lente Fresnel original sigue allí. Está hecha de cristal francés. Es muy bella, como una escultura de estilo *art déco*.

Las habitaciones estaban pintadas en delicados tonos de azul turquesa y verde mar y repletas de acogedores muebles tapizados y lustrosas molduras. La estancia principal se abría a una enorme cocina y a una habitación menor que hacía las veces de zona multiusos.

—La llamamos la habitación de estar —dijo Sage—. La mayor parte del tiempo la utilizamos como taller, pero cuando tenemos invitados, como esta noche, añadimos una hoja a la mesa y la convertimos en un comedor.

Jason se fue a una de las esquinas de la estancia donde un antiguo casco de buzo de bronce descansaba sobre un estante. Estaba provisto de una ventana de cristal con un cierre de cadena y horquilla y una junta de cuero.

—Es como sacado de una novela de Julio Verne. ¿Cuántos años tiene?

—Lo hicieron en 1918, más o menos. —Sage soltó una risa de sorpresa—. Neil dijo lo mismo cuando lo compró. Le recordaba a Julio Verne. ¿Ha leído sus novelas?

—La mayoría de ellas. —Jason sonrió—. Julio Verne consiguió predecir un montón de inventos que finalmente se hicieron realidad. Los submarinos, las videoconferencias, las naves espaciales... Nunca he sido capaz de dirimir si fue una genialidad o magia.

A Sage pareció gustarle lo que acababa de decir.

—Tal vez un poco de las dos cosas.

Sage lo condujo hasta la habitación de invitados en el piso inferior de la torre. Era como una habitación sacada de un cuento de hadas, octagonal, con ventanas panorámicas y bancos tapizados, colocados a lo largo de prácticamente todas las paredes. Los únicos muebles eran una espaciosa cama con marco de hierro situada en el centro de la estancia y una mesita de madera al lado. Aunque la habitación sería fría durante la noche, la cama estaba cubierta de colchas del color del marfil y tres capas de almohadas. Sobre ella, Sage había dispuesto una sencilla camisa y un par de pantalones.

—Me temo que no tenemos calcetines que le puedan ir bien —dijo Sage con pesar—. Tendrá que ir descalzo hasta que se hayan secado sus zapatos.

—Anduve descalzo todo el tiempo en casa de mi abuela en Japón —dijo Jason.

—¿Tiene usted sangre japonesa? ¡Ah!, eso explica sus pómulos y preciosos ojos oscuros.

Jason rio quedamente.

—Es usted una ligona, Sage.

—A mi edad puedo flirtear todo lo que me dé la gana y, además, sin meter a nadie en problemas.

—Me temo que, si quisiera, podría causar estragos.

Sage soltó una risita.

—¿Ahora quién está flirteando? —Hizo un gesto en dirección a un pequeño baño con una ducha antigua—. Los artículos de aseo de los invitados están en la cesta debajo del lavabo. Hay tiempo más que suficiente para que pueda echar una siesta. Podrá descansar aquí sin que nadie le moleste.

—Muchas gracias, pero no suelo echarme la siesta.

—Debería probarlo. Tiene que estar cansado después de las heroicidades de hoy.

—No fueron heroicidades —dijo Jason, incómodo con tanto elogio—. Simplemente hice lo que había que hacer.

Sage le sonrió.

—¿Acaso no es esa la definición de un héroe?

13

Jason volvió a bajar tres horas más tarde. Se había duchado y afeitado y había seguido el consejo de Sage y había descansado. A pesar de que siempre le había resultado prácticamente imposible dormir la siesta, se había quedado dormido apenas un par de minutos después de haberse echado en la cama. Tenía que ver con la habitación de la torre, decidió. El hecho de dormir en un lugar en lo alto y tan aislado, rodeado por la tormenta y el océano, le había permitido relajarse profundamente, como si hubiera pasado horas meditando.

La ropa que Sage había dispuesto para él era suave y cómoda, sin el olor a cerrado y la decoloración que cabría esperar. Un fresco aroma a cedro impregnaba la tela. Jason tenía camisas hechas a medida de Londres y de Hong Kong que no se ceñían a su cuerpo con la misma suavidad que esa. La ropa podía perfectamente haber sido confeccionada de acuerdo con sus medidas. Un detalle que no le pareció que pudiera ser fruto de la casualidad.

De momento, pensó Jason con ironía, estaba disfrutando de la compañía de las brujas mucho más de lo que cabría esperar.

Llegó a la planta de abajo y encontró que la sala principal estaba vacía. En el aire flotaban olores que le abrieron el apetito. Se oía el sonido de voces y de utensilios entrechocando que provenían de la cocina. Al detenerse en el umbral de la sala de estar vio que la mesa estaba cubierta con un mantel blanco de lino y dispuesta con vajilla y centelleante cristalería.

Justine estaba encendiendo las velas de espaldas a él. Una fina blusa azul y una larga falda floreada seguían las esbeltas líneas de su cuerpo antes de ensancharse gradualmente. Iba descalza y el pelo suelto y rizado la hacía lucir muy sexy. Todavía ignorante de su presencia, chasqueaba un mechero de gas una y otra vez, pero no lograba encenderlo. La blusa se deslizó sobre su hombro del color del marfil y se la subió, impaciente. Dejó a un lado el mechero, chasqueó los dedos frente a cada una de las mechas de las velas y acto seguido se encendió una sucesión de brillantes llamas.

Más brujería. Aunque aparentemente Jason no reaccionó, estaba sorprendido al ver a Justine soltando chispas con las puntas de los dedos. ¡Santo Dios bailando claqué! ¿Qué otras cosas era capaz de hacer? Se la quedó mirando al tiempo que introducía las manos en los bolsillos y se apoyaba contra el quicio de la puerta.

Al oír el crujido del suelo, Justine se sobresaltó y se dio la vuelta para encararlo.

Su rostro palideció y luego se sonrojó, sus ojos aterciopelados de color marrón abiertos de par en par.

—¡Oh! —agitó la mano en el aire en dirección a la mesa que estaba a sus espaldas—. Velas trucadas.

La boca de Jason se torció.

—¿Cómo estás?

—Bien. Muy bien. —Justine parecía haberse quedado sin aliento. Lo repasó con una rápida y nerviosa mirada—. ¿Y tú qué tal?

—Estoy hambriento.

Justine avanzó hacia la cocina y a punto estuvo de tumbar una vela.

—La cena está casi lista. Por cierto, te sienta muy bien la ropa.

Justine volvió a subirse la blusa por encima del hombro.

—¿Cómo te sientes?

—Mejor desde que me pusiste en modo descongelación. —El color de sus mejillas se acentuó—. Gracias.

—No me importaría descongelarte —dijo Jason, y estiró el brazo para pasar los dedos por las ondas de sus rizos brillantes. Tiró delicadamente de la blusa dejando al descubierto su hombro y acarició la sedosa curva de su piel con la palma de la mano. Oyó cómo cambiaba su respiración. Pensó en las cosas que quería hacerle, todas las maneras en que quería penetrarla, complacerla, poseerla. Y se obligó a sí mismo a soltarla, mientras todavía podía. Justine entró en la cocina, parecía aturdida, mientras Jason se dirigía a la puerta principal y la abría.

En medio de una fría ráfaga de viento intentó crear una escena diferente en su mente. Un glaciar en Alaska, una montaña con la cima nevada. Al ver que no funcionaba, pensó en las crisis de deuda externa. En pirañas. En los Umpa Lumpa. Al ver que tampoco funcionaba, empezó a enumerar números primos en la cabeza, empezando a partir de mil y hacia atrás. Cuando llegó al seiscientos trece fue capaz de volver a la estancia.

Justine estaba dejando cuencos de sopa vegetal sobre la mesa. Lo miró, y se sonrojó.

—¿Puedo hacer algo? —preguntó Jason.

Rosemary, que en ese momento traía unos cestos de pan de la cocina, respondió:

—Ya está todo listo. Tome asiento, por favor.

Jason se acercó a la mesa para ayudar a Rosemary y a Sage a sentarse y tomó asiento al lado de Justine.

Rosemary bendijo la cena, alabando a la tierra por los alimentos que se disponían a disfrutar, dando gracias al sol por nutrirla, a la lluvia por saciar su sed, etcétera.

—Jason —dijo Sage después de la bendición—, háblanos de tus familiares extranjeros. Lo encuentro de lo más intrigante. ¿Tus dos abuelos eran japoneses?

—No, mi abuelo era un soldado estadounidense estacionado en Naha Port, una base logística en Okinawa, durante la guerra de Vietnam. Se casó con mi abuela en contra de los deseos de su familia. Poco después murió en acto de servicio, pero por entonces mi abuela ya estaba embarazada de mi madre.

Justine le pasó una cesta de pan.

—¿Cómo acabó tu madre en Estados Unidos?

—Visitó Sacramento siendo adolescente, para conocer a algunos de sus familiares que vivían allí. Acabó por quedarse para siempre.

—¿Por qué no volvió?

—Creo que deseaba vivir una vida independiente. En Okinawa, su familia la vigilaba mucho y todos vivían bajo el mismo techo: mi abuela y diversas tías, tíos y primos.

—¡Por Hécate...! —exclamó Rosemary—, ¿y la casa era grande?

—Unos doscientos ochenta metros cuadrados. Pero permitía mucho más espacio que el equivalente estadounidense. No había demasiados muebles, ni desorden alguno. El interior podía convertirse en diferentes estancias mediante unas puertas de corredera de papel. Así pues, cuando llegaba la hora de acostarse, todo el mundo extendía los futones en el suelo y cerraba las puertas.

—¿Cómo pudiste soportar la falta de privacidad? —preguntó Justine.

—Aprendí que la sensación de privacidad no tenía por qué depender de paredes y puertas. Al menos no las externas. Dos personas podían perfectamente compartir un mismo espacio y leer o trabajar por separado sin necesidad de romper el silencio. Levantar muros en la mente para que nadie pueda atravesarlos es una habilidad que se aprende.

—Y a ti se te da bien, ¿verdad? —preguntó Justine.

A Jason le gustó el desafío que Justine le había planteado y la miró fijamente.

—¿Y a ti no? —replicó.

Justine fue la primera en retirar la mirada.

Jason se volvió hacia Sage y le preguntó cómo había sido su vida en la isla de Cauldron cuando llegó ahí por primera vez. Ella describió los años en que había ocupado el puesto de maestra de la isla, con alrededor de media docena de alumnos. Todos habían asistido cada mañana a la única aula de la escuela en Crystal Cove, no muy lejos del faro. Ahora, las únicas familias que quedaban en la isla eran jubilados o gente que solo vivía ahí una parte del año, así que habían acabado por cerrar la escuela.

—Seguimos utilizando la escuela de vez en cuando —dijo Sage—. El edificio está en perfectas condiciones.

—¿Para qué la usan? —preguntó Jason, y sintió los dedos de los pies de Justine que le propinaban una patadita de advertencia en el tobillo.

—Reuniones sociales —se apresuró a decir Rosemary—. ¿Está disfrutando de la cena, Jason?

—Es formidable —dijo.

La sopa era suculenta y tenía un sabor fresco, hecha de patatas, col rizada, maíz, tomates y hierbas aromáticas. Sirvieron el pan Madre de la Oscuridad, edulcorado con miel, con mantequilla de manzana casera y trozos de queso blanco de la zona.

El postre consistió en un pastel de migas hecho sin huevos y edulcorado con melaza y frutos secos. Según Sage, la receta provenía de los tiempos de la Gran Depresión, una época en que los huevos y la leche no estaban al alcance de mucha gente.

Las ancianas eran como un viejo y nostálgico matrimonio que rememoraba su vida en la isla. Le contaron historias sobre Justine cuando era niña. La vez en que se había empecinado en tener una fiesta sorpresa para su cumpleaños y lo había planeado todo, instruyendo meticulosamente a Rosemary y a Sage sobre lo que debían hacer. Las dos mujeres lo habían hecho todo por ella, naturalmente, y la habían llamado «la fiesta de no sorpresa de Justine».

Y en otra ocasión, durante una de sus visitas en invierno, Justine se había quejado de sus tradiciones navideñas paganas porque quería tener un árbol de Navidad.

—Yo le expliqué a Justine —dijo Rosemary— que nuestra tradición consistía en sacar al patio una cabra de Navidad de paja. Ella me preguntó qué tradición celebraríamos si no fuera por la cabra, y yo le respondí que no estaba segura. Y a la mañana siguiente —Rosemary hizo una pausa cuando de pronto Sage se echó a reír y Justine enterró la cabeza entre sus manos— miré por la ventana y descubrí que la cabra de Navidad había desaparecido. Solo había un montón de cenizas que todavía ardían en el suelo. Justine negó cualquier responsabilidad, por supuesto, pero dijo con gran entusiasmo: «Ahora podremos tener un árbol.»

—¿Quemaste la cabra de Navidad? —preguntó Jason a Justine, divertido.

—Era un sacrificio ritual. Tenía que irse —le contó Justine a regañadientes.

—Desde entonces, siempre hemos tenido árbol de Navidad —dijo Sage—. Incluso cuando Justine no estaba con nosotras.

Justine alargó la mano y la posó sobre el hombro de Sage.

—Siempre que podía os venía a ver —dijo—. Hace tiempo que no nos perdemos unas navidades, ¿no es cierto?

Sage sonrió.

—No, tienes razón.

Después de la cena se trasladaron a la sala principal y se sentaron alrededor de la chimenea con una copa de vino de baya de saúco. Al final, Sage y Rosemary se sentaron una al lado de la otra al piano e interpretaron una aparatosa versión a dúo de *Stardust* adornada con arpegios y glissandos.

Justine se acurrucó en un rincón del sofá con las rodillas subidas entre la tela de la larga falda floreada y los brazos alrededor. Sonrió a Jason cuando él se sentó a su lado.

—Les gustas —dijo en voz baja.

—¿Cómo lo sabes?

—*Stardust* es su mejor pieza. Solo la tocan para la gente que les cae bien.

—¿Están... juntas? —preguntó Jason con mucho tacto.

—Sí. No suelen hablar de su relación. Lo único que me ha dicho Sage alguna vez es que por vieja que seas siempre eres capaz de sorprenderte a ti misma.

Jason se quedó mirando el semblante de Justine mientras las melancólicas notas de *Autumn Leaves* llenaban el aire. Era el tipo de canción que no necesitaba de palabras, las emociones se reflejaban en cada nota. La luz del fuego bailaba sobre la piel de porcelana de Justine y la curva melancólica de su boca. Unas delicadas sombras manchaban sus ojos. Estaba cansada. Jason quería tener su cuerpo, sereno y pesado por el sueño, entre sus brazos mientras dormía.

Unos rayos atravesaron el cielo, acompañados de un estruendo ensordecedor que llevó a Justine a dar un respingo.

—Parece como si la tormenta tuviera intención de prolongarse para siempre —dijo.

—Yo creo que irá amainando lo suficiente para que podáis salir mañana —dijo Sage, todavía tocando el piano—. Claro que tendremos que trabajar en un poderoso hechizo de protección antes de que os marchéis.

El semblante de Justine se tensó y lanzó una mirada cautelosa a Jason.

—¿Protección para qué? —preguntó él en un tono de voz que impedía que las demás mujeres pudieran oírlo—. ¿Contra la tormenta?

—Más o menos —dijo Justine, y sus dedos deshicieron los pliegues de su falda, tirando de ella y alisándola alternativamente.

La mano de Jason se posó sobre la suya en un intento de detener sus movimientos nerviosos.

—¿Puedo ayudar?

La pregunta provocó una breve sonrisa en sus labios.

—Salvarme la vida ha sido más que suficiente.

Cuando Sage finalizó la canción, Rosemary se volvió en el banco del piano y miró a Justine.

—Tenemos algo importante que hablar contigo —dijo.

A pesar de que sabía muy bien que no le incumbía, Jason no pudo dejar de decir:

—Sería preferible esperar a mañana por la mañana.

Justine todavía estaba débil por los acontecimientos del día, no tenía el pleno control sobre sí misma. En ese momento, el único posible resultado de una discusión o de una pelea sería la frustración mutua.

Justine frunció el ceño y apartó la mano.

—Es algo de lo que tengo que hablar con ellas —le dijo—. Si no, no seré capaz de dormir. Es la razón por la que, en un primer momento, vine hasta aquí. —Su boca se frunció en una pequeña mueca de disculpa—. No pretendo ser grosera, pero ¿te importaría meterte en la habitación de invitados un rato?

—Por supuesto que no. —Jason se levantó y se acercó a la estantería de obra que había al lado de la chimenea—. Cogeré un par de libros. Hace tiempo que quería ponerme al día con la lectura. —Sacó un par de libros al azar del estante—. Sobre todo —hizo una pausa para echarle un vistazo al título del primer libro de la pila—, me falta por leer *Hongos de la costa noroeste del Pacífico*. E *Historia de las hélices y de la propulsión marina*.

—Ese te encantará —dijo Justine.

Jason le lanzó una mirada sarcástica.

—Por favor, no me chafes el final.

Jason había insistido en llevar los platos a la cocina antes de subir al dormitorio de la torre. A Justine le había complacido y sorprendido a partes iguales descubrir que un hombre de su posición se prestara a echar una mano en las tareas domésticas. Y le divertía ver lo mucho que le gustaba a Rosemary, a pesar de todo y por mucho que le fastidiara.

—No es que no me gusten los hombres —dijo Rosemary a la defensiva después de que Justine hubiera hecho un comentario al respecto—. Solo que hay muchos que me desagradan.

Esta observación, junto con su semblante malhumorado, provocó las risas de Justine y Sage que en ese momento estaban enjuagando y apilando platos en el fregadero.

Rosemary pasó un trapo por la encimera con gran dignidad.

—Admito —dijo al rato— que Jason es encantador y culto. Por no hablar de su inteligencia. Me cuesta creer que alguna vez jugó al fútbol.

Justine adoptó un tono de voz de preocupación:

—Espero que no te haya arruinado ningún estereotipo, Rosemary.

—Yo no utilizo estereotipo. Yo generalizo.

—¿Acaso no es lo mismo? —dijo Justine con una sonrisa en los labios—. Me lo vas a tener que explicar porque a mí me lo parece.

—Te lo explicaré —intercedió Sage—. Si Rosemary dijera que todos los hombres son unos brutos insensibles que aman el fútbol y beben cerveza, estaría estereotipando. Sin embargo, si Rosemary dijera que la mayoría de los hombres son unos brutos insensibles que aman el fútbol y beben cerveza, estaría generalizando.

Justine la escuchaba con una expresión dubitativa en la cara.

—La verdad es que ninguna de las dos versiones otorga a los hombres demasiado reconocimiento.

—Eso es porque ninguno se lo merece —dijo Rosemary.

—Eso es estereotipar —le dijo Sage a Justine en voz baja.

Las tres mujeres trabajaron codo con codo en la cocina, enjuagando platos y cargando el lavaplatos hasta que estuvo lleno. Justine se ofreció para lavar la gran olla de la sopa en el fregadero. Mientras metía las manos en el agua jabonosa y caliente sopesó cuál sería la mejor manera de atacar el tema del maleficio, pero Sage se le adelantó.

—Justine, querida, parece ser que Rosemary cree que de alguna manera has conseguido romper el maleficio. Yo le dije que no podía ser cierto, pues sería prácticamente imposible para ti lograr algo así por tu cuenta.

Justine no dejó de fregar la olla mientras decía:

—Entonces, ¿quiere decir que admitís la existencia del maleficio?

Su pregunta fue recibida con un silencio áspero y contenido.

Justine estaba estupefacta porque, a esas alturas, intentaran mantener algunas cosas en secreto, máxime cuando esos secretos influían de manera rotunda en su vida. Después de Zoë, no había nadie en quien Justine había confiado tanto como en esas dos mujeres. La decepción le dolía hasta unos niveles que ni siquiera Marigold había llegado a conseguir alguna vez.

—El maleficio existía —admitió Rosemary quedamente—. Volvamos a la estancia principal y sentémonos mientras...

—Todavía no. No he acabado con esta olla.

Justine frotaba el acero inoxidable frenéticamente. Necesitaba hacer algo, si se veía obligada a sentarse sin nada en lo que ocuparse explotaría.

—Muy bien.

Las dos mujeres se sentaron en unos taburetes de madera a la pequeña mesa de la cocina.

De nuevo la voz de Sage.

—¿Podrías contarnos cómo lo descubriste? ¿Y qué has hecho al respecto?

—Sí. Pero primero os contaré por qué lo hice. Aunque supongo que ya lo sabéis.

—Querías amor —fue la queda respuesta. Justine ni siquiera estaba segura de cuál de las dos lo había dicho.

—Al menos quería tener la oportunidad de experimentarlo. —Justine escurrió la olla jabonosa y empezó a enjuagarla laboriosamente. Intentaba hablar con calma, pero su voz se había tensado como un muelle a punto de quebrarse—. ¿Cuántas veces habré estado sentada en esta cocina renegando y llorando, lamentándome a vosotras porque sabía que me pasaba algo? Incluso os llegué a preguntar en una ocasión si podía tener algo que ver con la magia y vosotras lo negasteis, las dos. Dijisteis cosas como: «Algún día pasará, Justine. Sé paciente, Justine.» Pero mentíais. Sabíais que no tenía ni la más remota posibilidad de llegar a sentirlo algún día. Que siempre estaría sola. ¿Cómo pudisteis hacerme eso?

—Uno puede estar solo —dijo Rosemary— sin por ello estar aislado del resto del mundo. Y sentirse aislado sin por ello estar solo.

Furiosa, Justine dejó la olla sobre la encimera con demasiada fuerza.

—No necesito tu sabiduría de pacotilla. Necesito respuestas.

—Justine, ibas a contarnos cómo descubriste lo del maleficio —dijo Sage amablemente.

Todavía con el rostro vuelto, Justine se agarró del fregadero con las manos mojadas.

—El *Triscaideca* —masculló entre dientes—. Página trece.

Sus hombros se tensaron al oír unos jadeos audibles.

—¡Por Júpiter montado en un saltador! —exclamó Rosemary.

—¡Oh, Justine! —dijo Sage con la voz temblorosa—. Ya te advertimos que nunca lo hicieras.

—Me contasteis un montón de cosas. Desgraciadamente, el maleficio no fue una de ellas. Así que tuve que descubrirlo a través del *Triscaideca*. —Justine se volvió para encararlas, desafiante—. Es mi libro de conjuros y mi decisión.

El tono de voz de Rosemary sonaba más a desconcierto que a recriminación.

—No creo que seas tan ingenua como para creer que puedes romper una de las reglas de la magia sin que tenga consecuencias para todos los miembros de la hermandad.

—Yo no soy una de vosotras. Por lo tanto, es asunto mío y de nadie más. Abrí el *Triscaideca* por la página trece y esta me dio el conjuro para romper el maleficio, así que seguí sus instrucciones. —Lanzó una mirada rebelde a las dos mujeres—. Ahora tengo algunas preguntas que haceros: ¿Quién me lanzó el maleficio y por qué? ¿Mi madre sabe algo al respecto? ¿Por qué nadie me ha contado nada? Porque no se me ocurre lo que puedo haber hecho para que alguien me odie tanto.

Ninguna de las mujeres quiso responder. Cuando Justine miró de la una a la otra, tuvo un mal presentimiento, un presentimiento amenazador.

—No fue lanzado por odio —dijo Sage cautelosamente—, sino por amor, cariño.

—¿Quién demonios fue?

—Fue Marigold —dijo Rosemary en voz baja—. Lo hizo para protegerte.

Justine estaba perpleja, se había quedado helada. No tenía sentido.

—¿Protegerme de qué? —consiguió preguntar, a pesar del dolor que las palabras le causaban en la garganta.

—Marigold sobrevivió a duras penas a la pérdida de tu padre —dijo Sage—. No volvió a ser ella misma hasta mucho tiempo después.

—No estaba en su sano juicio —dijo Rosemary—. Sufría la clase de dolor que no deja espacio para nada más. E incluso después de que se recuperara, nunca volvió a ser la misma. Acudió a nosotras cuando tú todavía eras una bebé y nos dijo que había decidido que su única hija nunca tuviera que soportar tal agonía. Quería echarte un maleficio para que estuvieras protegida contra cualquier pérdida, para siempre.

—Protegerme de las pérdidas —dijo Justine con una voz hueca— asegurándose de que nunca tuviera nada que perder.

Se abrazó a sí misma en un intento instintivo de evitar desmoronarse. Las emociones se desbordaron hasta convertirse en vacuidad, como la acuarela que se corre sobre una hoja de papel mojado.

—Yo no estuve de acuerdo —dijo Sage—. Pero era tu madre. Una madre está en su derecho de tomar decisiones en nombre de sus hijos.

—No este tipo de decisiones —dijo Justine con ferocidad—. Hay decisiones que ni siquiera una madre debe tomar. —Le enfureció aún más si cabe leer en sus semblantes que había ganado un punto—. ¿Por qué no la detuvisteis?

—La asistimos, Justine —dijo Rosemary—. El Círculo al completo lo hizo. El maleficio era demasiado poderoso para que pudiera encargarse ella sola.

A Justine le costaba respirar.

—¿Todas la ayudasteis?

—Marigold era miembro de la hermandad. Estábamos obligadas a hacerlo. Fue una decisión colectiva.

—Pero yo nunca tuve elección.

La habían traicionado, todas esas mujeres, sin excepción. Parecía que todo el universo no era más que una mentira. Justine se sentía como una criatura salvaje, presta a atacar, deseosa de herir a alguien, incluso a sí misma.

—Fue por tu seguridad —oyó que decía la voz de Rosemary a través del susurro de la sangre en sus oídos.

—Marigold no quería mi seguridad —gritó Justine—. Quería tenerme encerrada en una cárcel que ella construyó para mí. Estaría sola y de ese modo ¿qué otra elección tendría sino copiar su vida hasta el último detalle? Tendría que unirme a la hermandad y seguiría su plan, y ella supervisaría todo lo que hiciera y yo sería exactamente como ella. No quería una hija. Quería un clon.

—Te quería —dijo Sage—. Sé que todavía te quiere.

El hecho de que Sage fuera capaz de mirar lo que le habían hecho y llamarlo amor enfureció aún más a Justine.

—¿Cómo lo sabes? ¿Porque ella te lo dijo? ¿Acaso no entiendes la diferencia entre amor y control?

—Justine, por favor, intenta comprender que...

—Lo comprendo —dijo, y se estremeció de una ira tan intensa que sintió el pánico—. Vosotras sois las que no comprendéis nada. Queréis creer que toda madre les desea lo mejor a sus hijos. Pero las hay que no.

—No pretendió hacerte daño, Justine.

—Pretendió exactamente lo que hizo.

—Es posible que no haya sido una madre perfecta, pero...

—No intentes explicarme qué clase de madre ha sido Marigold. Soy la única persona en el mundo que sabe lo que fue criarse con ella. Se supone que una madre desea darle una educación a su hija y un hogar estable. En su lugar, me arrastró consigo de un lado a otro como una maleta barata. Mi madre nunca se quedaba en un lugar ni se dejaba atrapar por nada que no fuera «divertido». Y en cuanto hacer de madre dejaba de ser divertido, lo que sucedía prácticamente siempre, tenía que arreglármelas sola. Porque para ella yo era inoportuna.

Esta era la verdad. Pero ninguna de las mujeres quería oírlo, como la mayoría de la gente enfrentada a una verdad incómoda. Su relación con Marigold y Justine, su participación en el maleficio, su confianza en la sabiduría colectiva de la hermandad, de pronto todo eso se había tornado precario. Y Justine sabía perfectamente cómo lo manejarían. La culparían de ser rebelde y difícil. Resultaba más fácil culpabilizar a la alborotadora, a la víctima infeliz, que mirar hacia dentro y hacer examen de conciencia.

—Es normal que estés molesta —dijo Sage—. Necesitas tiempo para adaptarte a ello, pero no hay tiempo. Tenemos que hacer algo ahora mismo, cariño, porque al cambiar tu destino has conseguido que...

—No cambié mi destino —le espetó Justine—, lo devolví a lo que tenía que haber sido desde un principio.

La energía ardía debajo de su piel, saltando de célula en célula.

Rosemary se había quedado mirándola de una manera extraña, con el semblante macilento.

—Justine —dijo con mucha cautela—, no puedes devolver las cosas al estado en el que estaban antes. Tu destino está marcado por todos tus actos. A cada acción le corresponde una reacción. Y al romper el maleficio has alterado el equilibrio entre la esfera espiritual y el mundo físico. Has creado una tormenta en más de un sentido.

Pero según Justine, la gota que había colmado el vaso fue tener que soportar que una mujer que había contribuido a que tuviera que vivir con un maleficio toda su vida le diera lecciones.

—¡Entonces, para empezar, no deberías haber ayudado a echarme un maleficio!

La energía liberada por un golpe de cólera sin dirección saturó la lámpara del techo. Tres de las bombillas de la lámpara de la esquina explotaron y los cristales llovieron brillantes en medio del resplandor residual.

—Justine —dijo Rosemary con dureza—, cálmate.

La cubertería tintineaba y saltaba al lado del fregadero. La boca de Justine estaba llena del sabor a cenizas. La ira y el dolor la atravesaban como cuchillas.

Sage estaba lívida de preocupación.

—Solo queremos ayudarte.

—¡No necesito la ayuda que vosotras podéis darme!

Un cuchillo de mondar y unas piezas de la cubertería magnetizada que había sobre la encimera salieron disparados y se clavaron en el lado de la nevera de acero inoxidable. Justine estaba ciega de furia. Nada era tal como ella había pensado que era, nada era real ni verdadero. Oyó que pronunciaban su nombre: la voz de Rosemary enojada, la de Sage suplicante.

En medio de la confusión se dio cuenta de que Jason había entrado en la estancia. Rosemary le pidió ásperamente que se fuera, le contó que Justine estaba fuera de control y que le haría daño. Más allá de la rabia que sentía, Justine cayó en la cuenta aterrorizada de que Rosemary tenía razón.

Jason ignoró las advertencias y en un par de zancadas alcanzó a Justine y se la acercó. Cogió su cabeza entre sus manos, obligándola a mirarlo.

—Justine —dijo en voz baja y apremiante—, mírame. Todo está bien, cariño. ¿Recuerdas lo que te dije? Sea lo que sea que hagas, digas o sientas. Mírame.

Entre sollozos y jadeos, Justine trasladó su mirada desenfocada hacia él. Aquellos ojos misteriosos la poseían, la manera en que él la miraba, como si lo supiera todo de ella, como si la conociera mejor que nadie. Estaba tranquilo e inalterable, obligándola a estar presente allí, junto a él. Guiándola a través de la tormenta, una vez más.

—¿Te has hecho daño? —Jason le apartó el cabello de la cara—. ¿Has pisado algún cristal?

—N-n-no lo c-creo. —Justine sintió cómo la energía candente mermaba. Pero la ira y la angustia seguían latentes. Era incapaz de mirar a Rosemary y a Sage—. Este es el porqué —le dijo a Jason, temblorosa y entre risas, mientras las lágrimas caían de sus ojos—. La pregunta del juego de verdad o consecuencia, ¿lo recuerdas? Por qué rompí con mi antiguo novio. Me tenía miedo. Tú también deberías tenerme miedo. Deberías...

Jason la hizo callar besando su frente, retirando un mechón de su cabello que se había pegado a su mejilla húmeda por las lágrimas. Alargó la mano para coger un rollo de papel y arrancó un pedazo. Después de secarle los ojos, le acercó el pañuelo a la nariz y Justine se sonó la nariz obedientemente.

Sage suspiró al ver que la tormenta había pasado.

—Nosotras nos ocuparemos de esto —le dijo a Jason cuando vio la mirada que echaba al desorden que reinaba en la cocina—. Gracias, Jason. Acabaremos de hablar con Justine, ahora que parece que se ha...

—No. —Jason estaba mirando los cubiertos y los cuchillos clavados en la nevera—. Me la llevaré arriba.

Justine se puso rígida al seguir la mirada de Jason. Debería huir de su lado, tal como había hecho Duane. En su lugar, rodeó sus hombros con su fuerte brazo.

—Cuidado dónde pisas —dijo—. Se me da bien la hipotermia, pero estoy jodido si tengo que darte unos puntos.

—Tiene más habilidades de las que creíamos —dijo Rosemary, sin dirigirse a nadie en particular—. Probablemente tenga más de las que haya podido ver jamás en una sola persona. Y es incapaz de controlarlas.

Exhausta y huraña, Justine permaneció en silencio. Su mandíbula temblaba y la tensó para así contener el llanto.

—Creo que ya es suficiente por hoy —dijo Jason en un tono de voz deliberadamente complaciente, al tiempo que se llevaba a Justine de la estancia.

—Hay algo que ambos debéis saber —dijo Rosemary.

—Puede esperar hasta más adelante —replicó Jason.

—No, no puede. Verá...

—Rosemary —interrumpió Jason con firmeza—, con todos los respetos, creo que ha llegado el momento de callarse.

La anciana abrió la boca para protestar y luego la volvió a cerrar y miró a Sage, que parecía triste.

—Tal vez sí.

14

La inconsciencia se fue apoderando de Justine paulatinamente. El sonido de la lluvia, el dolor en sus extremidades magulladas, el aroma y la suavidad de unas sábanas de algodón limpias. La gris y sombría luz de la mañana se coló por debajo de sus párpados y los cerró con más fuerza. El aire en el dormitorio de la torre era frío, pero sentía calor a lo largo de su espalda, su trasero y sus piernas, tan cálido como la luz del sol. Jason estaba echado a su lado. Había dormido con la ropa puesta, encima de las sábanas y las mantas, cubierto con una colcha. Justine llevaba puesto el camisón y se acurrucaba en una especie de capullo de ropa de cama.

Los recuerdos de la noche anterior la alcanzaron. Había hablado sin parar, aunque debió de resultarle difícil a Jason entender las palabras que había intercalado entre sollozos y jadeos. Él la había abrazado y la había escuchado pacientemente mientras ella le contaba cosas que nunca le había contado a nadie. Se hubiera o no creído algo de lo que le había dicho, Jason la había seguido confortando cuando más lo necesitaba y siempre le estaría agradecida por ello.

Incluso entonces seguía sin poder creer que su propia madre le hubiera lanzado un maleficio. Un acto de control disfrazado de amor. Era imposible aceptar la contradicción que encerraba el hecho; no había por dónde cogerlo.

—Nunca tendrá sentido —le dijo Jason—, porque sencillamente no lo tiene.

Sonaba tan convincente que Justine casi llegó a creerle.

—¿Estás seguro? —le susurró mientras descansaba contra su hombro—. Rosemary y Sage creen que fue por mi bien. ¿Eso quiere decir que estoy equivocada? ¿Tengo motivos para estar enfadada por ello?

Mientras contestaba, la mano de Jason jugaba con su pelo, juntando los rizos en una sola cola.

—Justine, siempre que alguien dice «esto es por tu bien», puedes estar segura de que, de alguna manera, están a punto de hacerte daño.

—Parece que sabes de lo que hablas.

—Mi padre solía molerme a palos —le contó Jason—. Con tuberías, cadenas, cualquier cosa que tuviera a mano. Pero lo peor no eran las palizas. Lo peor era cuando decía que era porque me quería. Siempre me pregunté cómo el amor puede convertirse en una visita a urgencias.

Justine lo rodeó con sus brazos y le acarició el pelo.

Al cabo Jason dijo:

—En mi opinión, cuando alguien te hace daño pueden llamarlo como les dé la gana. Incluso pueden llamarlo amor. Pero las palabras mienten, los actos no.

Justine sintió cierto alivio al oír la verdad, por dolorosa que fuera.

—No estás equivocada —murmuró Jason—. Y debes enfadarte por ello. Mañana. Pero esta noche, duerme.

Ahora estaba echada tranquilamente mientras unas inquietantes ráfagas de viento envolvían la torre. Hacía mucho tiempo desde la última vez que Justine había despertado al lado de alguien. Incluso a través de las capas de mantas que los separaban, Jason irradiaba calor. Un agradable escalofrío recorrió su cuerpo y se echó un poco para atrás para acomodarse al contorno de su cuerpo.

Jason se revolvió, su respiración era lenta y regular. Puso su mano sobre el costado de las costillas de Justine en un gesto reflejo. Un cosquilleo de deseo se propagó a lo largo de su espalda y de la espina dorsal.

Justine cayó en la cuenta de que era la primera vez que dormía con un hombre sin tener sexo con él antes. Jason podía haberse aprovechado de la situación y haber abusado de ella mientras estaba fuera de sí. Sin embargo, no lo hizo. Se había comportado como un caballero. Se preguntó qué haría falta para que perdiera ese férreo control sobre sí mismo. Cuando empezó a rodar hacia él, la parte inferior de su pecho rozó la mano de Jason. La sensación se trasladó a su estómago.

Jason se estiró y se movió, deslizando un brazo por su cuerpo. Justine sintió su aliento contra la nuca que removía suavemente su vello. ¿Estaba despierto? ¿Debería decirle algo? Su mano se movió por el costado de Justine y sus dedos se cerraron alrededor de su pecho. Estaba despierto, sin lugar a dudas. La excitación atravesó su cuerpo cuando sintió cómo empezaba a desabrochar la larga hilera de botones de su camisón con suaves y deliberados movimientos.

Sus dedos se deslizaron por debajo del fino algodón blanco. Tan suaves, tan diferentes a la fuerza bruta que había usado con ella el día anterior... Su corazón se desbocó, cada latido se confundía con el siguiente. Jason ahuecó la mano sobre su pecho y lo levantó, al tiempo que pasaba el pulgar por el pezón hasta que este se encogió formando una cima prieta. La sutil estimulación le arrancó escalofríos que provenían de lo más profundo de su ser.

—Jason...

Su dedo índice se posó en sus labios brevemente.

Ella sintió un beso dado con la boca abierta contra la nuca, la punta de la lengua de Jason rozó su piel, saboreándola como si ella fuera una exquisitez exótica. Introdujo la mano entre la confusión de sábanas y mantas, agarró un pliegue de su camisón y se lo subió hasta la cintura. Justine se estremeció y el vello de sus piernas se erizó al entrar en contacto con el frío aire. Su cálida mano se deslizó sobre el firme vientre de Justine y la punta de su dedo siguió el contorno del ombligo.

Justine bajó la mano con desesperación para agarrar su muñeca.

—Paciencia —murmuró Jason contra el pelo de Justine.

—No puedo quedarme quieta aquí como una estatua.

—*Maguro* —le susurró, tan cerca que sus labios rozaron el delicado borde de la oreja.

—¿Qué? —preguntó ella, desconcertada.

—La palabra japonesa utilizada para designar a la mujer que descansa inmóvil en la cama. —El tono de su voz era bajo y ronco. Su mano volvió al vientre de Justine y dibujó un círculo relajante sobre la piel. Justine sintió el contorno de su sonrisa contra la nuca—. También significa «atún».

—¿Atún? —repitió Justine con indignación, e intentó darse la vuelta.

Jason la sujetó. La insinuación de una risa impregnaba su voz.

—Del que se utiliza para el *sushi*. Una exquisitez carísima en Japón. Vale la pena saborearlo.

—¿No quieren que la mujer se mueva?

Jason retiró la manta.

—La pasividad sexual se considera femenina. —Jason retiró la ropa de cama y se colocó detrás de Justine, lo bastante cerca para que ella pudiera sentir sus duros músculos a través de la camisa de lino y los pantalones—. Siempre hay una parte pasiva y otra activa.

El estómago de Justine se contrajo en un agudo espasmo de anticipación cuando sintió la protuberante presión de su erección contra las nalgas. Jason introdujo sus muslos entre las piernas de Justine para mantenerlas separadas.

—¿Y el hombre siempre es la parte activa? —consiguió preguntar.

—Por supuesto —dijo Jason, y frotó el lado de su cuello con los labios mientras su mano se deslizaba entre la salvaje mata de pelo de Justine.

—Eso es sexismo. —Justine jadeó cuando él la agarró del pelo ejerciendo así una suave pero cautivadora tensión—. ¿Qué estás...?

—Silencio. —El calor de su aliento se acumuló en la oreja de Justine—. No hagas preguntas. No te muevas a menos que yo te lo diga. —Acercó sus labios a la oreja de Justine y susurró—: Sé buena chica, hazlo por mí.

Nadie le había hablado nunca así. Justine jamás hubiera creído que fuera a tolerarlo. Pero Jason la tenía atrapada firmemente con los dedos hundidos en su cabellera y las piernas separando las suyas. Parecía que su respiración no podía ser más rápida, más profunda. Sus músculos se relajaron, como si la hubieran drogado. Lo único que podía hacer era esperar, impotente de anticipación y necesidad.

Su mano abandonó el pelo de Justine. Empujó su pierna de arriba hacia atrás ampliando así la flexión de sus muslos y deslizó los dedos por el delicado surco. Separó su abundancia, estimulando el centro dilatado. La sensación era tan dulcemente intensa que Justine no pudo más que gemir, sorprendida. Jason había encontrado una íntima filtración de humedad, y la había penetrado.

Los muslos de Justine se tensaban y se aflojaban a un ritmo que era incapaz de controlar. Un gruñido de frustración tembló en su garganta cuando Jason retiró la mano y apartó el muslo.

Justine se dio la vuelta desesperada para agarrarlo.

—Jason...

Los dedos de Jason tocaron sus labios en un gesto imperativo. Un ligero perfume salino ascendió hasta sus fosas nasales; era el aroma íntimo de su propio cuerpo. Justine enmudeció, temblaba por la confusión y el calor, sus músculos interiores se cerraban alrededor de la nada.

—Ponte boca arriba —dijo Jason en voz baja.

Justine obedeció entre jadeos mientras él tiraba del escote de su camisón hasta descubrir sus pechos. Sus brazos quedaron irremediablemente trabados por la tela.

Jason, totalmente vestido, descendió entre sus muslos desnudos. Justine sintió un suave roce en el pecho, era su boca bordeada por la electrizante aspereza de su barba matinal. Cubrió el pezón y tiró ligeramente de él acariciándolo con su lengua. Justine apretó los dientes para ahogar los gemidos que amenazaban con abandonar su garganta.

—Ábrete para mí —dijo Jason contra su pecho.

Las piernas de Justine se separaron dejando al descubierto un leve dejo de humedad.

—Más.

Justine obedeció, consumida por la vergüenza, excitada más allá de lo que jamás había creído posible. El pulgar de Jason fue a parar al centro del furor, que acarició y cosquilleó con la suavidad de una mariposa. Justine ansiaba más presión, se moría por ella, y se deslizó hacia su mano.

En ese mismo momento, Jason retiró la mano.

Justine lloriqueó su nombre, bajó las caderas, sus manos se asieron a sus costados. Jason aguardó con total disciplina. El silencio solo se vio roto por su agitada respiración. Palabras de súplica planeaban en sus labios: «Haz algo. Cualquier cosa.» Después de lo que le pareció una eternidad, él la volvió a tocar, separando su ardiente carne, masajeándola suavemente. La tensión se concentró como pliegues de seda, formando capas, una tras otra hasta alcanzar la categoría de placer.

Jason introdujo dos dedos en ella en un movimiento suave pero insistente. Justine sintió que la estiraba. Otro dedo, la presión en su interior se tornó incómoda. Empezó a protestar, pero él no quería parar y siguió empujando lentamente mientras le decía que debía aceptar todo lo que él le diera. Entonces Jason se deslizó por su cuerpo, lamiéndolo y mordisqueándolo. Justine estaba perdida, su respiración se entrecortaba con sollozos y jadeos.

La boca de Jason se cerró sobre su carne en un largo y húmedo beso. Justine gritó y se estremeció, incapaz de detener la avalancha, incapaz de controlar nada. La invadió una sensación visceral, cada vez más fuerte, hasta que creyó que moriría. En su lugar se vio impelida hacia una liberación exuberante, cálida y salvaje que en nada se parecía a los débiles espasmos que había sentido en el pasado.

La sensación le llegó desde todas las direcciones, atravesándola salvajemente. Poco a poco se fue rompiendo en oleadas, en un lento reflujo de estremecimientos. La lengua de Jason seguía actuando sobre ella, mitigando cada temblor y cada sacudida. Sus dedos se doblaron dentro de ella. Justine gimió, su cuerpo estaba saciado.

Sin embargo, Jason no había acabado. Insistió, esta vez más profundo, más un latido que un envite, una y otra vez. Con su boca fue construyendo las sensaciones con una paciencia endemoniada, recreándose en ella, sin dejarla escapar. Por increíble que pudiera parecer, el calor volvía a inundarla.

—No —susurró Justine, segura de que no podría sobrevivir una vez más, pero él no quiso parar, su único objetivo era llevarla despiadadamente hasta otro clímax. Para cuando hubo terminado, Justine se sentía débil y estaba semiinconsciente.

Jason besó la piel del interior de su muslo, abandonó la cama y se metió en el baño.

Cuando oyó correr el agua de la ducha, Justine se incorporó, parpadeó y se frotó los ojos.

—¿Y qué pasa con tu turno? —preguntó, aturdida, pero Jason no la oyó.

Justine se puso de pie sobre unas piernas temblorosas, se fue al baño y descorrió la puerta corrediza. Se estremeció cuando la alcanzó una nube de agua fría en la cara. Jason se estaba tomando una ducha fría de espaldas a ella para permitir que el chorro de agua golpeara su pecho y corriera sobre su cuerpo excitado. Era un espectáculo magnífico, su piel era del color de la miel bajo el agua resplandeciente; sus hombros, su espalda y sus nalgas, una masa de abultados músculos.

—Jason —dijo Justine, desconcertada—. ¿Por qué haces esto? Vuelve a la cama. Por favor...

Jason la miró por encima del hombro.

—No tenemos condones.

Justine hizo de tripas corazón y metió el brazo bajo el chorro de agua fría para abrir el grifo del agua caliente. Una vez estuvo suficientemente caliente, se metió en la ducha con él. Lo abrazó por la espalda y apretó la barbilla contra con su suave piel.

—No necesitamos condones —dijo Justine—. Tomo la píldora.

El tono de voz de Jason era ligeramente pesaroso cuando dijo:

—Yo siempre los utilizo. Es una norma personal.

—¡Oh, de acuerdo!

Justine se apretó contra su espalda y saboreó el calor del agua caliente que caía sobre ambos, como si fueran un único ser en lugar de dos. Sus manos se deslizaron lentamente por su cintura, las palmas de sus manos siguieron la agitación de su respiración. Con mucho cuidado, sus dedos investigaron las sutiles depresiones entre sus costillas.

La exploración a ciegas avanzó hasta llegar a la áspera seda de su vello corporal, un fino sendero que conducía hacia un área más densa y espesa. Todos los músculos de Jason se tensaron cuando la mano de Justine se cerró alrededor de su carne dura y dilatada. Justine lo acarició arriba y abajo, empuñándolo a intervalos.

Un fuerte jadeo escapó de su boca, luego otro, y Jason se dio la vuelta entre el fino compás que formaban sus brazos para alzar el cuerpo de Justine y apretarlo contra el suyo. Los pies de Justine abandonaron el suelo y todo su peso fue lanzado hacia delante. El cuerpo de Jason golpeó contra su abdomen en acuosos empellones y en cuestión de segundos soltó un gruñido ahogado entre los rizos húmedos del pelo de Justine. Un placer arrebatado al calor del agua que no paraba de caer, que avanzaba y retrocedía, dejándolos entrelazados y exhaustos.

Al final, Justine creyó que debería despegarse de él, pero Jason no parecía tener ninguna prisa en soltarse. Y de todos modos, ella no sabía muy bien por dónde empezar. Parecía que no había forma de distinguir qué extremidades, qué manos y qué latidos pertenecían a quién.

Afortunadamente, el desayuno no fue un largo acto social alrededor de una mesa. Rosemary había dispuesto comida sobre la encimera de la cocina: magdalenas de higos, fruta cortada y yogur hecho en una lechería local. Aunque Justine estuvo tentada de mantener un silencio ofendido se sorprendió a sí misma participando en la charla informal con la que todos los presentes parecían querer tapar la tensión latente.

Rosemary y Sage la habían decepcionado, pero eso no quitaba todas las cosas buenas que habían hecho por ella en el pasado. Las quería. No sabía muy bien cómo podría restablecer la confianza que siempre les había tenido. Sin embargo, el amor no era algo de lo que uno pudiera desprenderse fácilmente. Ni siquiera el amor imperfecto.

Además, resultaba tremendamente difícil comportarse con frialdad y resentimiento cuando estaba sumida en un estado de satisfacción y sus terminaciones nerviosas brillaban como filamentos de fibra óptica. No podía dejar de mirar a Jason, que tenía un aspecto atlético y sexy con la camisa y los pantalones cortos que Sage le había lavado. Jason no dejaba de lanzarle breves e íntimas sonrisas que la aturdían. «Esto es como se supone que debería sentirme —le decían sus sentidos—. Esto es lo que te estabas perdiendo.» Y quería más.

Solo había una cosa que le inquietaba respecto a su estado de satisfacción: ¿adónde le conduciría todo eso? No quería pensar en ello, puesto que la respuesta obvia era a ninguna parte. Se habían encontrado en la intersección de dos caminos divergentes. A Justine el estilo de vida acelerado de Jason no le resultaba en absoluto atractivo. Y cada vez que intentaba imaginar un lugar para él en el sencillo discurrir de sus días, la idea le resultaba absurda, fracasaba.

Así pues, no se trataba de si la relación duraría o no. Era evidente que no estaban destinados a compartir un final feliz. Aunque a Justine no le importaría alargar la parte «feliz» cuanto más tiempo mejor. Lo raro era que, aunque sabía que nunca podrían estar juntos, no podía dejar de sentir que estaba unida a él a un nivel que nada tenía que ver con la razón. Casi sentía que eran almas gemelas.

Pero ¿cómo podía ser el alma gemela de alguien que carecía de alma?

—El pico de la tormenta parece haber disminuido —dijo Jason después del desayuno—. El mar está algo picado, pero no es nada que el Bayliner no pueda superar. Tú decides, Justine. Si quieres que nos vayamos un poco más tarde, a mí me parecerá bien.

—No, tengo que volver a la posada —dijo Justine, a pesar de que el estómago se le revolvía solo con pensar en volver a subirse a un barco y surcar el mar embravecido.

Jason se la quedó mirando un buen rato.

—Todo irá bien —dijo amablemente—. No creerás que permitiré que te pase nada, ¿verdad?

Sorprendida por la facilidad de Jason para leer sus pensamientos, Justine le lanzó una mirada ingenua y confiada y negó con la cabeza.

—Justine —dijo Sage quedamente—. Antes de irte tenemos algo para ti.

Justine la siguió hasta el sofá y se sentó a su lado mientras Rosemary se colocaba en el umbral de la puerta. Jason se quedó delante de la ventana con los brazos cruzados despreocupadamente.

—Fuimos a Crystal Cove al romper el alba —dijo Sage, dirigiéndose a Justine— para lanzar un hechizo de protección. No es permanente, y tampoco sabemos si servirá de mucho, pero desde luego no te hará daño. Lleva esto para reforzar sus efectos.

Le dio un brazalete hecho de cuentas de una piedra rosa y translúcida, ensartadas en un círculo brillante.

—¿Cuarzo rosa?

Justine se pasó el brazalete por encima de la muñeca y levantó la mano para admirar la belleza de los cristales.

—Es una piedra equilibrante —dijo Rosemary desde la

puerta—. Sirve para armonizar a los espíritus y te protegerá de la energía negativa. Llévalo todo el tiempo que puedas.

—Gracias —consiguió decir Justine, aunque estaba muy tentada de señalar que no habría necesitado hechizos protectores ni cristales si, para empezar, ellas no hubieran ayudado a crear el maleficio.

—Llévalo por el bien de Jason también —dijo Sage, e hizo un gesto con la cabeza hacia él—. Hemos intentado extender el hechizo a él.

—¿Por qué iba Jason a necesitar protección? —preguntó Justine con recelo—. Él no tuvo nada que ver con la rotura del maleficio.

—Hay una cosa más que nunca se te ha contado —dijo Sage—. Hasta ahora no había hecho falta. Pero puesto que se ha roto el maleficio, existe un peligro que deberías conocer.

—Me da igual si estoy en peligro. No me lo cuentes.

—No eres tú quien corre peligro —le comunicó Rosemary—. Es él.

Justine contempló el rostro inexpresivo de Jason. Volvió a mirar a las dos ancianas. Se sentía mal por dentro.

—Te lo explicaré —dijo Rosemary—. Como ya sabes, Justine, el universo requiere equilibrio. Hay que pagar un precio a cambio del poder del que disfruta una bruja de linaje.

—No disfruto de él —dijo Justine—. Si pudiera lo regalaría.

—No puedes. Es parte de ti. Y al igual que el resto de nosotras, pagarás una penalización.

—¿Qué penalización?

—Todo hombre al que una bruja ame sinceramente está destinado a morir. La Tradición lo denomina la maldición de las brujas.

—¿Cómo? ¿Por qué?

—Haber nacido para la Magia es un designio —dijo Sage—.

Un compromiso de servir a los demás, no muy distinto a la vocación de una monja. No sé dónde tiene su origen la maldición, pero siempre pensé que era una manera de asegurarse de que no nos distrajéramos con las exigencias de maridos y familias.

Era demasiado para asimilarlo, sobre todo después de las demás revelaciones de las últimas veinticuatro horas. Justine subió las rodillas y descansó la cabeza sobre ellas. Cerró los ojos.

—Porque, claro, la muerte del hombre al que amas no es motivo de distracción —masculló Justine.

—Marigold quiso ahorrarte el sufrimiento —dijo Sage—. Y esta es la razón por la que yo, tal vez equivocadamente, ayudé con el maleficio. Pensé que sería más fácil para ti si te liberábamos de esta carga. Que nunca llegarías a conocer el dolor del amor perdido.

Jason había estado escuchando con una sonrisa torcida en los labios.

—El sino de todos es morir, antes o después —dijo.

—En tu caso —replicó Rosemary—, probablemente antes. Estarás bien durante un tiempo. Nadie puede predecir por cuánto. Pero un buen día empezará el infortunio. Caerás enfermo o sufrirás un accidente. Y si consigues sobrevivir a ello, al día siguiente ocurrirá algo, y al otro también, hasta que finalmente sea algo a lo que no puedas sobrevivir.

—Solo si me enamoro de él —se apresuró a decir Justine sin mirar a Jason—. Y no me he enamorado de él. Ni lo haré. —Justine hizo una pausa—. ¿Qué se puede hacer? ¿Hay una cláusula para eludir la maldición? ¿Algún resquicio? ¿Algún tipo de hechizo o rito que lo revoque?

—Nada, me temo.

—¿Y si no me lo creo? —dijo Jason.

—Mi Neil tampoco se lo creyó —contestó Sage con pesar—. Tampoco el padre de Justine. No importa lo que tú creas, cariño mío.

Sus palabras dejaron a Justine helada. Se sorprendió a sí misma haciendo inventario de sus sentimientos, presa de la ansiedad. No era demasiado tarde. No amaba a Jason. Jamás se permitiría a sí misma amar a alguien si eso significaba convertirlo en una víctima de un castigo sobrenatural.

Entretenida con sus pensamientos, no se dio cuenta de que Jason se había acercado a ella hasta que sintió el calor de su mano en la espalda.

—Justine.

—No lo hagas —dijo Justine, y se puso rígida al tiempo que apartaba su mano.

—¿Que no haga qué?

«No me toques. No permitas que te ame.»

—No quiero hablar nunca más de esto contigo —dijo en un tono monótono, evitando su mirada—. Quiero irme a casa. Y luego haré todo lo que esté en mis manos por mantenerme alejada de ti.

15

La travesía hasta Friday Harbor fue ligeramente movida, unas grietas en la capa de nubes dejaban entrever destellos de un cielo azul porcelana. Jason navegaba con cuidado, siempre al tanto de las rocas y los islotes que despuntaban en el mar. Muchos de ellos hacían las veces de refugio para gaviotas, mérgulos, ostreros y cormoranes. Un águila escudriñaba el océano desde lo alto del tocón de un árbol. Cuando avistaron Roche Harbor, una formación de cisnes cruzó por delante del Bayliner rumbo a California, donde pasarían el invierno.

Jason miró a Justine que apenas parecía registrar el paisaje. Jugaba con el brazalete de cuarzo rosa que llevaba alrededor de la muñeca con las comisuras de los labios caídas y el semblante malhumorado. Desde que dejaron el faro se había mostrado distante, como si incluso el mero hecho de intentar entablar una conversación pudiera poner en peligro la vida de Jason.

Atracaron en el muelle y dos miembros del personal del puerto deportivo que vestían camisetas rojas se acercaron para coger las amarras y ocuparse del mantenimiento del barco.

Jason ayudó a Justine a desembarcar y caminó a su lado por el muelle de madera. Posó un brazo sobre sus hombros y sintió que Justine se ponía tensa.

—Siento lo de tu kayak —dijo Jason—. A lo mejor aparece en algún lugar.

—Seguramente se encuentre en el fondo del océano. —Soltó un breve resoplido en un intento de sonar alegre y despreocupada—. Pero al menos no estoy dentro, gracias a ti.

—¿Puedo comprarte uno nuevo? Aunque aprovecho para dejar claro que no estoy intentando impresionarte con mi cartera sobredimensionada.

Justine negó con la cabeza y apareció una sonrisa reacia en sus labios.

—Gracias, pero no.

—¿Y ahora qué? —preguntó él.

El semblante de Justine se tornó melancólico.

—Volveremos andando a la posada —dijo—. Tú irás a trabajar, lo mismo que yo. Y eso es todo.

Jason se detuvo al llegar al final del muelle y sus manos se cerraron alrededor de la barandilla cuando ella dio un paso atrás para apoyarse en ella. Sus cuerpos no se tocaban, pero él sabía cómo sería el tacto, su cuerpo recordaba el suave calor que irradiaba el de Justine.

La miró a los ojos castaños, llenos de preocupación.

—Tenemos asuntos pendientes.

Justine sabía a qué se refería.

—No, no puedo hacerte esto.

—Esta mañana estabas más que dispuesta a ello.

—No pensaba claro. —Justine se ruborizó—. Pero ahora sí.

—Tienes miedo a que empiece a importarte. —Jason dejó que se colara un vestigio de sarcasmo en su voz—. Y eso me pondría de alguna manera en peligro. ¿Es eso?

—No. Sí. Mira, de todos modos, ninguna persona en su

sano juicio apostaría porque nosotros pudiéramos estar juntos. Quiero decir, ¿tú me elegirías a mí?

—Lo acabo de hacer.

Justine intentó zafarse del cerco de sus brazos, pero Jason no se lo permitió.

—No vale la pena —dijo Justine, y apartó la mirada—. Jason, sé lo que pasa cuando una persona sin alma muere. Se extingue, no hay nada más. No quedará nada de ti. Tu tiempo ya es de por sí limitado.

—Es asunto mío cómo quiera pasarlo.

—Pero si yo te hago daño de alguna manera, seré yo quien tendrá que vivir con ello. —Su rostro se contrajo y luchó para contener las lágrimas con una insólita premura—. Y no podría —dijo con la voz afectada por el llanto—. No podría soportarlo.

—Justine. —Jason se le acercó, ella se retorció y forcejearon hasta que sus brazos quedaron entrelazados. Inclinó la cabeza hasta que su boca estuvo cerca de la oreja de Justine—. Es un riesgo que estoy dispuesto a asumir. Esto ocurre una sola vez en la vida. Conoces a alguien y tienes esa extraña sensación, rozas su piel y es la mejor piel que has sentido jamás, y no hay perfume en el mundo capaz de superar su olor, y sabes que nunca te aburrirías con ella porque ella es interesante incluso cuando no hace nada. Incluso sin saberlo todo de ella, la quieres. Sabes quién es y a ti te funciona en todos los aspectos. —Los brazos de Jason se tensaron—. He pasado los últimos diez años estando con una persona equivocada detrás de otra, lo que me capacita para saber cuándo he encontrado a la mujer de mi vida. —Le besó el pequeño espacio detrás del lóbulo de su oreja—. Tú también lo sientes. Sabes que estamos destinados a estar juntos.

Justine meneó la cabeza. Incrédula, sintió la sonrisa de Jason contra su oreja.

—Haré que lo admitas —dijo—. Esta noche.

—No.

Jason volvió el rostro de Justine y la encaró.

—Entonces encuentra un conjuro —dijo en voz baja—. Encuentra un camino para los dos.

Justine se mordió el labio y movió la cabeza.

—Ya me he estrujado el cerebro. Lo único que se me ocurre es un conjuro de longevidad y no soy capaz de hacerlo.

Jason aguzó la vista.

—¿Por qué no?

—Es alta magia. Cualquier cosa que implique jugar con la vida y la muerte está prohibida; esta clase de conjuros son peligrosos, incluso en manos de los hechiceros más experimentados. Y en el caso de que funcionara un conjuro de longevidad, el resultado sería terrible. La gente tiende a pensar en la longevidad como una bendición, pero en prácticamente todos los grimorios que puedas consultar está clasificada como un maleficio. Es un destino cruel tener que vivir más allá del orden natural de las cosas. Sobrevivirías a todas las personas que aprecias, y tu cuerpo y tu mente se deteriorarían, pero por mucho dolor o soledad que sufrieras, seguirías viviendo. Acabarías suplicando el final de tu sufrimiento y la muerte sería una bendición.

—¿Y si a pesar de todo quisiera intentarlo? ¿Y si te dijera que vale la pena para estar contigo?

—Nunca te haría eso —respondió Justine—. Y aunque estuviera dispuesta a hacerlo y te lanzara el conjuro correctamente, lo nuestro seguiría sin funcionar. Somos demasiado diferentes. Yo odiaría tu vida, nunca podría formar parte de ella. Y no te imagino dejando todo por lo que has trabajado para vivir en una pequeña y tranquila isla. Al final acabarías siendo infeliz. Me lo reprocharías. —Justine se volvió para enfrentarse a él con el rostro ensombrecido—. No estaría bien

—dijo con la voz ahogada—. Estamos mejor separados. Es nuestro destino.

Jason la rodeó con los brazos y la sostuvo así un buen rato, inmune a las miradas de los extraños que pasaban por su lado en el muelle. Parecía haberse resignado ante lo inevitable.

Pero cuando finalmente habló, en su voz resonó algo muy diferente a la resignación.

—El único destino en el que creo, Justine, es lo que ocurre cuando no tomas decisiones. Yo te quiero a ti. Y estaré condenado si permito que algo se interponga en mi camino.

La vuelta de Jason al Artist's Point fue recibida con alivio por el grupo de Inari que lo esperaba: Gil Summers, un amigo de la universidad que ahora estaba al cargo del departamento de desarrollo de la compañía; Lars Arendt, su abogado; Mike Tierney, director financiero, y Todd Winslow, el arquitecto del edificio de Inari en San Francisco.

—Creía que no podrías sobrevivir sin una señal de telefonía móvil —le dijo Gil con preocupación fingida.

—He disfrutado de la pausa —les contestó Jason con mordacidad—. Me las puedo arreglar sin estar conectado todo el tiempo.

Mike lo miró con escepticismo.

—Una vez me dijiste que si el cielo y el infierno existen, ambos lugares serían una pequeña ciudad del centro oeste, solo que el infierno sería una ciudad sin conexión a Internet.

—Yo creo —añadió Tod con una sonrisa ladina— que a Jason no le ha importado la falta de acceso inalámbrico porque quería probar un poco del servicio al cliente que pudiera ofrecerle una morenaza de piernas largas.

Jason le lanzó una mirada de advertencia y aunque Tod sonrió impenitente no dijo nada más. Había líneas con respecto a su vida privada que todo el mundo, incluso los amigos más íntimos de Jason, sabía que no debía traspasar.

En cambio, Priscilla se atrevía a abordar temas que nadie más trataba con él. Hacía un año, Jason la había entrevistado y la había contratado entre un grupo de becarios para que fuera su adjunta, después de que uno de sus directores hubiera reducido la selección a tres candidatos. Con su acento de pueblo y sus antecedentes poco convencionales, Priscilla había sido una elección arriesgada. Sin embargo, ya por entonces su inteligencia y su aptitud destacaban por encima de las de los demás becarios.

Lo que había sido determinante fue el comentario que hizo al final de la entrevista, cuando Jason le preguntó si había algún dato sobre sí misma que tal vez quisiera compartir con él.

—Supongo que sí —dijo ella—. No he podido evitar darme cuenta de que usted no tiene alma.

Al ver que él se la quedaba mirando fijamente, añadió:

—A lo mejor podría ayudarle con ello.

No había manera de que Priscilla pudiera saberlo de antemano. Jason la presionó para que se explicara y ella dijo que lo había presentido. La contrató con la esperanza de que, con el tiempo, llegarían más revelaciones, tal como finalmente sucedió. Llegó un día en que Priscilla le confesó que era una bruja de linaje.

—Podríamos decir que mis parientes y yo somos la rama lumpen del linaje de los Fiveash —le contó Priscilla—. Tenemos sangre de bruja, pero ninguna de nosotras ha hecho nada con ella. Pero una noche, en 1952, mi abuela Fiveash consiguió que la luna cayera del cielo. Botó en el horizonte y volvió a subir. Tardó diez minutos, desde el principio hasta el final. Cada vez que mi abuela nos contaba cómo había conseguido bajar la luna, mi madre me decía que no había sido más que un globo sonda del Servicio Estatal de

Meteorología. Pero yo sabía que lo que contaba mi abuela era verdad.

Según Priscilla, su madre no quiso que conociera la verdad acerca del legado mágico de la familia. Habría provocado su expulsión de la devota comunidad de Ozark. Así pues, Priscilla había intentado aprender en secreto todo lo que pudo de su abuela y de su tía abuela, ambas hechiceras que habían practicado la magia clandestinamente.

Desde que empezó a trabajar para Jason, Priscilla había investigado las historias de un puñado de antiguos grimorios. El *Triscaideca* estaba entre ellos. Siguió los descendientes de los anteriores propietarios del *Triscaideca* hasta que finalmente encontró a Justine Hoffman, el último eslabón del linaje. Era casi seguro que, a esas alturas, el grimorio estaría en sus manos. Y si había algún libro en la Tierra que contenía secretos que podían ayudar a Jason, ese era el legendario *Triscaideca*. Gracias tal vez a un golpe de suerte o del destino, había resultado que Justine vivía en la isla donde Jason ya había considerado comprar unos terrenos.

Jason le estaba agradecido a Priscilla por conducirle hasta ese lugar. Y le había llegado a gustar todo cuanto podía llegar a gustarle alguien capaz de recordar con cariño emparedados de pan blanco con queso de pimienta, o albóndigas con confitura de uvas, o alguien que creía que el punto álgido de la carrera de Clint Eastwood había llegado con la película del orangután.

Jason asumió el papel de mentor e intentó hacer comprender a Priscilla el valor de la sutileza y la moderación. No se necesita un mazo para matar una mosca. Poco a poco, la chica iba asimilando la idea de que no tenía por qué agarrarse a las habilidades que tal vez la ayudaron a salir de las alcantarillas una vez que había salido de ellas.

—¿Qué tal está Justine? —preguntó Priscilla en la habitación de Jason, sentada en una silla y con el portátil en el regazo.

Jason estaba sentado en el borde de la cama.

—Está bien.

—¿La...?

Jason la detuvo con un gesto de la mano.

—Antes acabemos con la parte de los negocios.

Priscilla se retiró un mechón de pelo cobrizo detrás de la oreja y abrió un archivo en la pantalla.

—Solo hay un par de cosas que tendrías que responder. Te han invitado para que hagas el discurso de apertura del Quake-Con en Dallas el próximo verano.

Esta fue fácil.

—No.

—¿Al menos estarías dispuesto a participar en una mesa redonda? ¿De una hora?

Jason negó con la cabeza.

—La semana que viene asistiré al Cal-Con. Una conferencia al año es más que suficiente para mí.

Había accedido a organizar una fiesta privada para recaudar fondos para una asociación contra el cáncer, aunque sería un acto de bajo perfil. Trataron un par de asuntos más: la última tanda de correcciones para el juego SkyRebels, incluido un error de lógica en los dispositivos de las pantallas de carga y unas cuantas optimizaciones nuevas de la memoria y la estabilidad.

Priscilla cerró el portátil y miró expectante a Jason.

—¿Qué pasó? —preguntó sin ambages—. Contigo y con Justine.

Jason se quedó callado, sin saber muy bien cómo responder. Un simple repaso de los hechos no transmitiría la verdad de lo ocurrido; lo que todavía seguía ocurriendo. Era imposible cuantificar lo que quería o cómo se sentía.

—¿Alguna vez te has encontrado en una situación en que tuvieras que enfrentarte a un maleficio? —preguntó.

Priscilla negó con la cabeza.

Ella lo escuchó como hacía siempre, tratando de archivar toda la información que pudiera llegar a necesitar en el futuro. A diferencia de Justine, su relación con la magia no era conflictiva bajo ningún concepto. Quería aprender cuanto más mejor. Los obstáculos no existían para ella. Todavía.

Llegaría un día en que sí.

—Pobrecita —dijo, sinceramente preocupada, una vez hubo escuchado parte de la historia—. Me cuesta imaginarme a alguien de mi familia echándome un maleficio.

—Justine se lo está tomando muy mal —dijo Jason—. Y la cosa no mejoró cuando descubrió que Rosemary y Sage participaron en ello. Ellas son como familia para ella. Estaba destrozada.

—Es una suerte que estuvieras allí para apoyarla.

Había algo en el tono de voz de Priscilla que convirtió el comentario en ligeramente insultante.

—Estuve allí como amigo —dijo Jason secamente.

—Un amigo nunca conspiraría para robarle su libro de conjuros.

—No pienso robar nada. Devolveré el libro en cuanto haya obtenido la información que necesito.

—¿Por qué no le pides a Justine que te lo preste?

—No aceptaría.

—¿Por qué? Si es amiga tuya...

—Es complicado.

Priscilla lo miró sin parpadear.

—Encontré el libro de conjuros mientras estuvisteis fuera —dijo finalmente—. Debajo de la cama de Justine, en la casa de detrás. El libro está cerrado con llave.

—Sé dónde está la llave. Justine la lleva colgada de una cadena alrededor del cuello.

—Incluso si consigues quitarle la llave, el libro está protegido por algo mucho más poderoso que una cerradura de cobre. Nunca conseguirías salir de la casa con él.

Jason movió la cabeza levemente.

Al ver que no entendía nada, Priscilla se lo explicó:

—Un grimorio está unido a su propietario por un montón de hechizos. Si intentas llevártelo se resistirá. Como un imán.

—¿Cómo podría hacerlo entonces?

—Yo te diría que deberías intentar ganarte la confianza de Justine. Que se preocupe por ti. —Priscilla parecía turbada—. El acuerdo que cerramos, ¿piensas respetarlo? No le harás daño a Justine llevándote su libro de conjuros para siempre, ¿verdad?

—Ya te he dicho que pienso devolvérselo. No tengo intención de hacerle daño ni de convertirla en mi enemiga. Todo lo contrario, de hecho.

Priscilla parecía ligeramente sorprendida.

—No estarás pensando en intentar seguir siendo amigo de ella después de todo esto, ¿verdad?

—Eso es asunto mío.

Priscilla examinó su semblante impasible.

—Recuerda lo que te dije: nunca te líes con una bruja. Si se enamora de ti estarás perdido. Incluso la más simpática de nosotras es una asesina de hombres. No lo podemos remediar. Todos y cada uno de los hombres de mi familia murieron antes de tiempo, también mi padre. No quieres tener nada que ver con eso, te lo aseguro. No podrás salir victorioso de ello.

—Acabas de decirme que tenía que procurar que Justine se preocupara por mí.

—Que se preocupe sí. Pero no que te ame. En cuanto tengas lo que quieres, deja a Justine lo antes posible. Y no mires atrás.

—¿Estás segura de que estás bien? —volvió a preguntar Zoë mientras guardaba las compras en la despensa.

—Todo está fenomenal —exclamó Justine mientras limpiaba la cafetera industrial—. Estoy bien, solo que he perdido mi kayak. Pero es sustituible. Supongo que mi orgullo está un poco herido, me sentí como una idiota al verme atrapada en medio de la tormenta.

—Debes de haberte sentido aliviada cuando apareció Jason.

—Más que aliviada —dijo Justine, decidida a no preocupar a Zoë explicándole que por entonces ya estaba medio muerta.

Cuando volvió a la posada, Justine se había sentido satisfecha al ver que todo había ido a las mil maravillas durante su breve ausencia. Annette y Nita habían limpiado las habitaciones y las áreas comunes y Zoë se había encargado de la cocina. No se había producido ninguna queja por parte de los huéspedes, que se mostraron complacidos al poder apoltronarse alrededor de la chimenea en la sala de lectura durante la tormenta mientras Zoë les llevaba bandejas llenas de tentempiés.

Zoë parecía presentir que Justine no le estaba contando todo lo que había pasado en la isla de Cauldron. Después de escuchar la versión censurada de la noche en el faro le preguntó con cierto escepticismo en la voz:

—¿Y no ocurrió nada entre tú y Jason?

Apareció una imagen en la mente de Justine, de ella siendo sujetada contra el cuerpo musculoso de Jason, de aquella piel tan dorada y cálida como la luz del sol, y sintió que se sonrojaba.

—Supongo que no sería humana si no estuviera un poco colada por él —dijo, al tiempo que intentaba parecer despreocupada.

—¿Y qué me dices de Jason? —preguntó Zoë, al tiempo que le acercaba un rollo de papel de cocina para que lo usara con la cafetera—. ¿Él también siente algo por ti?

—Bueno, eso no importa.

—¿Por qué no?

—Es todo lo opuesto a mí, Zo. Es un fuera de serie. Tiene un avión privado, tres casas y no pasa tiempo en ninguna de ellas. No puedo estar con alguien así.

Zoë le lanzó una mirada de exasperación divertida.

—¿Es amable contigo? ¿Te hace reír? ¿Disfrutas hablando con él? —Después de que Justine hubiera asentido con la cabeza a modo de respuesta a cada una de las tres preguntas, Zoë dijo—: Tal vez sean las únicas cosas en las que deberías fijarte.

—No es tan sencillo.

—Yo creo que es así de sencillo. La gente utiliza las complicaciones como excusa para rendirse pronto. —Zoë ayudó a Justine a devolver la pesada cafetera a su sitio—. Algunas chicas del grupo quieren quedar este fin de semana. ¿Te apetece una noche de películas?

—Por supuesto. Pero hazme un favor, avísalas de antemano de que no estoy dispuesta a responder a ninguna pregunta que tenga que ver con Jason.

—Tendrás que preparar te alguna versión edulcorada que pueda servirles —dijo Zoë—. Si no, nunca te dejarán en paz.

—¿Con edulcorada te refieres a que les sirva una versión adornada? ¿O más bien directamente incoherente y carente de sentido?

—Más bien provocadora y subida de tono —sugirió Zoë, y le guiñó el ojo.

Justine sonrió y abrió uno de los grandes armarios de la cocina.

—¿Dónde está el pequeño mortero de mármol que sueles utilizar para las hierbas aromáticas?

—Ahora te lo traigo. —Zoë abrió uno de los armarios superiores, sacó el pequeño mortero blanco y se lo dio a Justine—. ¿Puedo ayudarte en algo?

—No. Estaba pensando probar una receta que tengo de una mascarilla de harina de avena y miel.

—Añádele unas gotas de zumo de limón —le sugirió Zoë, al tiempo que alargaba la mano para coger un limón del cuenco de la fruta—. Le dará luz a tu cutis. En cuanto a lo que estábamos hablando, intenta ser un poco más abierta, Justine. A veces, el amor surge en los lugares en que menos te lo esperas.

Justine le lanzó una mirada oscura.

—Lo mismo sucede con las malas hierbas.

Zoë sonrió.

—De acuerdo. Ya me voy.

Después de que Zoë se hubiera ido, Justine se fue a la casita, sacó el libro de conjuros de debajo de la cama y se lo llevó de vuelta a la cocina. Hojeó la sección de venenos, tónicos y tinturas hasta que encontró lo que buscaba. Una poción de desaliento, una que prometía romper todo vínculo afectivo o romántico. Si ella se lo suministraba a Jason personalmente, él perdería todo interés por ella.

Puesto que era poco probable que estuviera dispuesto a tomarla voluntariamente, Justine tendría que encontrar la manera de administrársela sin que se diera cuenta. Se sentía más que culpable por hacerle algo así, pero no le quedaba más remedio. Al fin y al cabo, era por su bien. Estaba intentando salvarle la vida.

Sin embargo, se sintió apenada al recordar lo que él le había dicho: «Cuando alguien te dice que es por tu propio bien, puedes estar segura de que están a punto de hacerte daño.»

¿No había una palabra que expresara la sensación que te produce cuando tienes que elegir entre dos opciones igualmente desagradables? «Jodida, estoy jodida», decidió Justine, con pesar.

Salió al huerto de hierbas aromáticas para coger regaliz, menta, cilantro y mejorana. Cuando volvió a la cocina con las manos llenas de hierbas fragantes, cerró las dos puertas con llave. Era importante seguir la receta al pie de la letra, no pensaba arriesgarse a que alguien pudiera interrumpirla.

Molió las hierbas en el mortero, rascó la acre mezcla, la echó en una cacerola de cobre y añadió agua. Después de poner el ungüento a hervir a fuego lento, Justine entró en la despensa y cogió una caja de cartón del estante superior. Contenía unos cuantos artículos mágicos, entre ellos pequeños frascos y tarros y paquetes con resinas. Machacó un pedacito de mirra y un pellizco de sangre de dragón hasta conseguir un polvo que añadió a los demás ingredientes en la cacerola.

Cuando la mixtura empezó a hervir, Justine encendió una vara de salvia blanca y la agitó por la cocina en un ritual con el que eliminaría la energía negativa. Cuando las hierbas estuvieron suficientemente impregnadas, Justine coló el brebaje en un pequeño cuenco. Limpió la cocina y volvió a la mesa para terminar la poción. La fórmula requería «lágrimas de doncella».

—Estupendo —dijo Justine en tono burlón, dirigiéndose al libro—. Estoy bastante segura de que no cuelo como doncella.

Sin embargo, a falta de lágrimas de una virgen llorona tendría que contentarse con las suyas.

Pero ¿cómo se suponía que podría conseguir provocarse el llanto?

Volvió a entrar en la despensa y salió con el cubo donde Zoë guardaba las cebollas.

—Más vale que valga la pena —masculló, al tiempo que dejaba una cebolla gorda y amarilla sobre la tabla de cortar. La cortó por la mitad, se agachó y bajó la cabeza sobre los vapores cáusticos. Se obligó a mantener los ojos abiertos, que empezaron a escocerle instantáneamente—. ¡Ahí va! —jadeó, y alargó la mano para coger un pequeño frasco de cristal. De alguna manera consiguió atrapar un par de lágrimas. Tras secarse los ojos con un pañuelo de papel se llevó el frasco a la mesa y con la ayuda de un cuentagotas lo llenó con la solución de hierbas.

Ahora lo único que le quedaba por hacer era recitar el conjuro y la poción de desaliento estaría lista.

Sin embargo, cuando alargó la mano para coger el *Triscaideca*, las páginas empezaron a pasar por sí solas y el libro se cerró de golpe.

—¡Eh! —protestó Justine—, deja de jugar conmigo y permíteme que acabe esto.

Obligó al libro a abrirse de nuevo y volvió a encontrar el conjuro. Se apresuró a recitar las palabras mientras sujetaba el libro, que amenazaba con volver a cerrarse, con los antebrazos.

Desterrada quedará la pasión para siempre
cuando las lágrimas de una doncella haya bebido.
Elixir, enfría su corazón por dentro y
haz que se inicie el desaliento amoroso.

Justine respiraba con dificultad cuando cerró el *Triscaideca* y enroscó la parte superior del cuentagotas en el frasquito.

—Ya está todo hecho —dijo en voz alta—. Una gota de esta poción y Jason no tardará en salir corriendo lo más rápido y lejos posible de mí.

Los ojos volvían a escocerle.

—¡Estúpida cebolla! —dijo, y cogió otro pañuelo.

A pesar de que la cebolla cortada estaba en el otro extremo de la estancia.

A las diez de la noche en punto, Justine llamó a la puerta de la habitación de Jason. Agarraba la bandeja de plata con más fuerza de la necesaria. Los chupitos de vodka y hielo tintineaban en sus manos.

La puerta se abrió.

La mirada perturbadora de Jason la envolvió. Se inició un carrusel de emociones que daba vueltas en su interior: calor, deseo, pasión.

Jason la instó a entrar y le quitó la bandeja de las manos para dejarla sobre la mesa.

«No estoy enamorada de él», se dijo mientras él se le acercaba. A pesar de que estaba ebria de la limpia fragancia de sal marina que desprendía su piel y la reconfortante sensación de tenerlo a su alrededor. A pesar de que tenía un nudo en la garganta, como si estuviera a punto de echarse a llorar.

—Te vas pasado mañana —se sorprendió a sí misma diciendo torpemente.

—¿Y?

—Esto se habrá terminado.

—Nada se habrá terminado —dijo él—. Acabamos de empezar.

—Cualquier otra mujer sería mejor para ti. Sabes muy bien que no encajo en tu vida.

Jason se inclinó para besarle el cuello. Sus manos se deslizaron hasta sus caderas. Sus susurros se enroscaron suavemente alrededor de su piel.

—Creo que encajas perfectamente en mi vida. Probémoslo.

Diablo de hombre. El rostro de Justine ardía. Apenas conseguía mantenerse quieta, cada nervio de su cuerpo se estremecía de deseo. No podía evitar imaginárselo, aunque solo fuera durante un instante... la inigualable sensación de tenerlo dentro de sí.

—Te he traído vodka —dijo, al tiempo que se alejaba de él. Toda nervios y escalofríos, se revolvió el pelo con frenesí y tiró de la parte baja de su camiseta—. Deberías tomarte un trago. Te ayudará a relajarte.

—Ni siquiera con una botella entera de vodka lo conseguiría —dijo Jason a sus espaldas.

Justine se abrazó por la cintura, se acercó a la ventana y paseó la mirada por los alrededores de la casa. La noche era fría y la posada estaba envuelta en la oscuridad. La pequeña lámpara de la puerta desprendía un halo, como los círculos dorados que rodean las figuras en los iconos medievales.

—¿Y si accediera a venderte mi casa en el lago Dream? —preguntó sin mirarle—. A un precio justo. Así podrías quedarte allí cada vez que necesites supervisar los progresos en las obras. No tendrías que volver al Artist's Point.

—¿Estás intentando sobornarme para que me mantenga alejado de ti?

El vello en la nuca se le erizó al oír el tintineo del hielo en la bandeja. Jason había cogido una de las copas de vodka.

—No quiero sobornarte —respondió—. Solo quiero arreglarlo de manera que evitemos futuros problemas.

—No puedes evitar futuros problemas —dijo Jason—. Incluso si encuentras un modo de no preocuparte por mí, o siquiera de hablarme, surgirán otros problemas. Porque la vida es así. Un problema detrás de otro. No puedes controlarlo. Lo único que puedes hacer es coger todo lo bueno que se te ponga a tiro. Y aferrarte a ello, pase lo que pase.

—No puedo —dijo Justine con vehemencia—. Porque estoy intentando salvarte.

Una larga pausa. Justine oyó el tintineo de una copa que era depositada sobre la mesa.

—No intentes salvarme. Solo tienes que procurar amarme.

—Eso sí sería fácil. —La angustia desgarró su voz—. Sería tan ridículamente fácil amarte... —Justine seguía sin mirarle—. Dios mío, ojalá nunca hubiera roto el maleficio. Tenían razón, estaba mejor antes. Y tú también.

—Tú no habrás...

Jason se detuvo. Respiró hondo.

Al volverse, Justine vio que Jason se había agarrado al borde de la mesa y había bajado la cabeza sobre la copa vacía. Su espalda se tensó hasta que sus músculos asomaron nítidamente a través de la tela de su polo.

—Justine.

Su voz sonaba extraña.

Se había tomado la poción. ¿Estaría funcionando? ¿Había cometido algún error?

Jason no respiraba bien. ¡Por los huesos de Hades! ¿Se estaba mareando por su culpa?

—¿Sí? —dijo, y se acercó a él con cautela.

—¿Qué le has puesto al vodka? —preguntó Jason en un tono de voz aparentemente tranquilo.

—Tal vez una gotita de un extracto de hierbas. Una especie de, cómo lo diría, tónico. ¿Cómo te sientes?

Jason respiraba con dificultad y tragaba saliva; su piel se había teñido de un oscuro rubor.

—Como un caballo de carreras dopado con esteroides.

Justine movió la cabeza, consternada. No sonaba demasiado bien. Algo había ido mal.

Entonces Jason la miró, tenía los ojos dilatados, como dos estanques de un negro profundo.

—Justine —masculló—, ¿qué demonios me has hecho?

16

—Deberías sentarte —dijo Justine, temerosa—. Te traeré agua. Estás...

Justine se interrumpió. Con solo una mirada vio que estaba cachondo. Realmente cachondo. Desde luego no se trataba de un efecto secundario de una poción de desaliento. Atónita, Justine cogió la segunda copa de vodka y le dio un sorbito, apenas se mojó los labios con él.

De pronto la inundó un sofoco desde los pies hasta la cabeza que le cortó la respiración. Sintió un fuego que recorría sus venas. Y entre los muslos, una fuerte e íntima palpitación. Apenas era capaz de pensar a través de la neblina de deseo y confusión. Y todo eso por un sorbito de vodka.

Y Jason se había tomado un trago entero.

—¡Es lo opuesto a lo que pretendía! —exclamó Justine, frustrada—. ¿Qué ha podido ir mal?

Jason cogió un puñado de hielo de la bandeja y lo apretó contra su nuca. El hielo se derritió como si hubiera caído sobre una sartén caliente. Unos brillantes riachuelos serpenteaban alrededor de su cuello y se metían por debajo de su camiseta. Respiraba entre dientes, jadeante, tembloroso.

—Lo siento mucho —dijo Justine, afligida, y alargó la mano para tocarlo, y para retirarla acto seguido al ver su torva mirada—. Nunca pretendí... Debería haber... ¿Qué podría hacer para remediarlo? ¿Más hielo? ¿Quieres una ducha de agua fría?

Jason no parecía haber oído nada. Se frotó la cara y la mandíbula con sus manos húmedas y frías. Las crestas de sus altos pómulos resplandecían, sus largas y negras pestañas estaban cubiertas de gotitas de agua. Se arrancó el polo y lo hizo un ovillo, dejando así al descubierto su cuello y hombros húmedos. Por un instante, Justine solo pudo mirarlo a él y nada más.

—Lo siento —volvió a decir—. No hago más que empeorar las cosas.

Los largos músculos de su espalda se contrajeron cuando Justine lo tocó, como si incluso el más suave roce fuera una tortura para él. Arrepentida, apretó la mejilla contra su ardiente piel.

Jason se volvió lentamente, como si un movimiento brusco fuera a romper el frágil hilo del que pendía su autocontrol. La cogió entre sus brazos. Justine sintió la dura y hambrienta tensión de un leopardo listo para saltar.

—Seguí la fórmula punto por punto —consiguió decir—. Debería funcionar.

Jason bajó la boca hasta el punto donde se unían su cuello y su hombro y lo frotó bruscamente.

—Una reacción paradójica —dijo Jason.

—¿Quieres decir como cuando un antidepresivo provoca sentimientos suicidas en alguna gente, o...? —empezó a decir Justine cuando de pronto sintió sus manos deslizándose hasta la cremallera de sus tejanos, desabrochaban el botón y la bajaban con un sonoro siseo—. O cuando un analgésico les da dolor de cabeza a algunos...

Un jadeo escapó de su garganta cuando la mano de Jason se deslizó por dentro de sus pantalones y por debajo de sus braguitas.

—Te deseo —masculló Jason contra su piel—. Y espero que el sentimiento sea mutuo.

—Sí, pero...

—Porque no vas a salir de esta habitación sin antes haber follado.

Los ojos de Justine se abrieron como platos. Era incapaz de pensar con claridad con él frotándose contra ella, su boca y manos navegando por su cuerpo, exigiéndole con insistencia. Estaba estupefacta por las cosas que él le decía entre jadeo y jadeo. Jason quería besar y tocar y poseer cada parte de su cuerpo; quería que ella le suplicara, quería que se corriera con tanta fuerza que llegara a creer que le había dado la vuelta, desde dentro hacia fuera.

—Y yo quería todo eso, maldita sea —masculló entre dientes—, incluso antes de que me dieras un estimulante.

—Yo no te he dado un estimulante —protestó Justine—. Preparé una poción de desaliento para... para que no me desearas.

Jason aplastó los labios contra el cuello de Justine en un beso largo y duro.

—¿Esto a ti te parece desaliento? —preguntó, y le bajó los tejanos por debajo de las caderas agarrándola de las nalgas con las dos manos.

Justine entornó los ojos y echó la cabeza hacia atrás cuando él la atrajo contra su poderosa y tentadora erección.

—No —consiguió decir débilmente—. Si quieres puedo buscar un antídoto.

—Ya tengo uno en mente.

Jason le quitó la camiseta por encima de la cabeza y agarró el cierre de su sujetador. Justine sintió cómo sus tejanos se deslizaban hasta el suelo y salió de ellos torpemente. Después de retirarle la ropa interior, Jason se quitó los tejanos. Clavó la mirada en ella como si esperara que fuera a echarse a correr. No iban a hablar primero, bajar la luz, cerrar la ventana, dejar la ropa que se habían quitado sobre una silla. Era más que probable que ni siquiera llegaran a la cama.

La atrajo hacia sí, cara a cara, y le dio un beso interminable. Su boca se mostraba alternativamente suave y salvaje. El calor de su cuerpo resultaba insoportable; la piel de su vientre, de su pecho y de sus ingles ardía. Justine apartó los labios de los suyos, jadeante. El aire estaba tan caldeado como en una sauna y abrasaba sus pulmones. Jason alargó la mano que tenía detrás y buscó a tientas el hielo picado. Cogió un puñado y lo restregó contra los pechos y el torso de Justine, que se estremeció y jadeó, aliviada. El agua que recorría su piel le puso el vello de punta. La boca de Jason atrapó el brote a punto de estallar de su pezón y succionó su humedad. Estiró la mano por detrás de Justine para coger más hielo, lo extendió por su propio pecho y por el vientre y luego se llevó una parte a la boca.

Ardiente y desorientada, Justine se agarró al borde de la mesa que tenía a sus espaldas al tiempo que Jason se agachaba hasta sus caderas. Justine bajó la cabeza y su cabellera cayó en serpentinas alrededor de su rostro. Sintió las frías manos de Jason en lo alto de sus muslos, cómo sus pulgares se deslizaban hacia arriba, donde la piel era fina y dolorosamente sensible. Sus dedos separaron los tímidos pliegues sonrojados y los mantuvieron abiertos. Justine se estremeció con un sonido confuso al sentir el súbito frío de su boca, su lengua contra la delicada carne dibujaba círculos alrededor de la protuberante cima. Sollozaba con cada respiración, mientras luchaba por mantenerse quieta, pero era del todo imposible. Se tapó la boca con una mano para ahogar un grito y empujó salvajemente su oscura cabeza.

Un lento y descarado lengüetazo sobre el delicado punto donde se concentraba el dolor, un ronco susurro y entonces Jason se incorporó. La empujó contra la cama, pero las piernas de Justine estaban demasiado tensas para caminar. Entonces la levantó del suelo con una facilidad sorprendente, la llevó en brazos hasta el colchón y la depositó boca arriba.

Sus muslos se abrieron en un movimiento lascivo, indefensa; sus brazos se doblaron sobre su cabeza. Estaba al borde del clímax, ruborizada y aturdida. Levantó los brazos hacia él, lo acercó a su cuerpo y atrajo su cabeza. Él la besó introduciendo su lengua hasta las profundidades de su boca y Justine sintió tal placer que ya no pudo ahogar los gemidos. Jason separó sus muslos con las rodillas y la penetró de un solo impulso. Sus rodillas subieron y su cuerpo se retorció bajo el delicioso y masculino peso de su cuerpo.

El brillo del sudor confería a su piel un lustre metálico y la luz doraba los senderos que dibujaban las venas en sus brazos y su cuello. Sus ojos se habían cerrado y sus cejas se fruncieron como si le doliera algo. Se movía dentro de ella con un ritmo acelerado y violento, sin contenerse, y Justine tampoco quería que lo hiciera. Le devolvía las embestidas levantando el cuerpo, cada vez más alto, apretando su carnosidad alrededor de su miembro henchido hasta que los dos gimieron y se estremecieron de placer, con punzadas que convulsionaban cada uno de sus nervios. Jason la penetró hasta el fondo y se detuvo, y Justine sintió el calor de la descarga en su interior.

Al final, Jason rodó hacia un lado y se la llevó consigo. Su respiración se había calmado, los movimientos de su pecho eran regulares y uniformes. Todavía estaban unidos, sus miembros entrelazados, las pulsiones y los temblores de su carne secretaron en lo más profundo del cuerpo de Justine.

Iba a arrepentirse más tarde, pero en ese momento no podía siquiera pensar en ello. Justine jadeó cuando él se retiró.

—¡Oh! Todavía estás...

—Sí. —Su tono de voz era seco—. Nunca he tomado Viagra, pero por lo que a mí respecta, puedo decir que has conseguido improvisar un tremendo sustituto.

—Lo siento mucho. De veras, no pretendía hacerte esto. —Al ver que él no decía nada, preguntó vacilante—: ¿Estás enfadado conmigo?

—Sí. Pero me resulta difícil concentrarme en ello cuando me estoy ahogando en endorfinas.

Justine sonrió levemente y se relajó contra su cuerpo.

Jason deslizó el dorso de su mano perezosamente por la parte alta de su pecho.

—¿Sigues protegida?

Justine asintió con la cabeza.

—Rompimos tu norma acerca de los condones. Lo siento mu...

—No tienes por qué seguir disculpándote —dijo Jason, y cogió el pezón de su pecho entre los nudillos y lo estiró suavemente.

Nadie la había abrazado durante tanto tiempo después de acostarse con ella, ni ella había querido que nadie lo hiciera. Pero las manos de Jason eran complacientes cuando la persuadieron para que diera rienda suelta al placer en su interior a borbotones.

—Todo esto está bien mientras no me enamore de ti —se oyó decir a sí misma.

—Pero lo harás.

Sus palabras bastaron para arrancarla de su estado de euforia. Justine se incorporó sobre el codo y frunció el ceño.

—No, no lo haré. La única razón por la que estoy en la cama contigo es que estás sufriendo por culpa de uno de esos episodios de priapismo que se prolongan durante cuatro horas y de los que tanto hablan en la tele.

—Por tu culpa —señaló Jason.

—Sí, y estoy intentando ayudarte. Pero te agradecería que no pretendieras convertir esto en algo romántico o cargado de significado.

La respuesta de Jason fue amablemente desabrida.

—¿Qué te gustaría que hiciera?

Justine se quedó pensativa por un instante.

—Contarme lo peor de ti. Haz de ti mismo el hombre menos atractivo del mundo, para que no haya manera de que me enamore de ti.

Jason le lanzó una mirada escéptica y la echó de la cama.

Justine lo siguió hasta el baño.

—Cuéntame alguna de tus malas costumbres —insistió—. ¿Dejas toallas mojadas en la cama? ¿Te cortas las uñas en la sala de estar?

—No.

Jason se metió en la ducha y le hizo un gesto para que lo siguiera.

—Entonces, ¿qué? —Justine se colocó a su lado y se estremeció de placer al sentir el agua caliente cayendo sobre su cuerpo—. No eres perfecto. Tiene que haber algo.

Jason cogió una pastilla de jabón e hizo espuma entre las manos.

—Cuando me pongo enfermo —se aventuró— tengo la personalidad de un bull terrier furioso. —Jason empezó a lavarla, sus enormes y resbaladizas manos recorrían su cuerpo en largas y suaves pasadas—. Cuando veo una película siempre comento los errores en la trama mientras todo el mundo está intentando seguirla. —Al advertir la sonrisa incipiente de Justine, Jason inclinó la cabeza para robarle un beso—. A veces, en medio de una discusión saco el teléfono móvil para buscar información que demuestre que tengo razón y retomo la conversación cuando ya no es pertinente. —Hizo una pausa—. Dejo envases vacíos en la nevera. Cada vez que alguien pone un plato con frutos secos sobre la mesa me como las almendras y los anacardos y dejo los cacahuetes para los demás. Y a veces, cuando no puedo dormir por la noche, corrijo al azar las páginas de otros en Wikipedia. —Su boca se pegó a la de Justine y absorbió el sonido de su risa como si pudiera saborearla—. Cuéntame tus lados oscuros.

Justine se colocó detrás de él y empezó a enjabonar su espalda, al tiempo que admiraba su poderoso contorno.

—Suelo silbar mientras paso el mocho o el aspirador. Sobre todo el principio de la canción de los Black Keys que tanto suena en los anuncios. Un día la silbé con tal insistencia que Zoë acabó persiguiéndome con una espátula en alto. —Hizo una pausa al oír la risa ahogada de Jason—. Cuando estoy aburrida —prosiguió— compro cosas en Internet que no necesito. Y puedo dejar un juego, cualquier juego, a medias y no volver nunca más a él.

—¿De veras? ¿Cómo puedes hacerlo?

Jason parecía sinceramente desconcertado.

—Capacidad de concentración baja. También me encanta dar consejos a la gente sin que me los hayan pedido. —Justine lo rodeó con el brazo, su mano enjabonada se deslizó por su ingle para agarrar su erguida y pesada verga—. Y como has podido comprobar recientemente, suministro afrodisíacos a los huéspedes desprevenidos de mi posada.

Jason tenía una erección y su respiración se entrecortaba.

—¿Es una costumbre que tienes? —consiguió preguntar.

—De hecho, eres el primero.

—Y seré el último.

Los dedos de Justine se tensaron y se deslizaron a lo largo de su miembro.

—¿Cómo quieres que lo haga? —susurró contra la espalda de Jason—. ¿Así? ¿O así?

—Es... —Jason tuvo que inspirar hondo—. Dios mío. Sí. Así.

Bajó la cabeza y afirmó las manos contra la pared, su pecho subía y bajaba sin parar.

Justine se curvó sobre la espalda de Jason y lo acarició mientras el agua caía con fuerza sobre los dos y el vapor blanco subía en espirales. Jason masculló unas palabras, animándola, maldiciéndola, mientras Justine se embebía de su excitación. Ahora lo empuñaba con insistencia, su mano bombeaba y lo preparaba, hasta que el calor se concentró, duro y veloz. Jason se corrió con un jadeo bajo e indefenso y Justine canturreó y le arrancó el placer. Disfrutaba de sus espasmos duros y masculinos.

Jason cerró el grifo de la ducha y los secó a los dos con una gruesa toalla blanca.

—Ahora te toca a ti.

Justine sacudió la cabeza.

—No necesito nada.

Jason la cogió de la nuca con cuidado y acercó la boca a su oreja.

—Necesitas lo que estoy a punto de darte —susurró, y todo el vello de su cuerpo se erizó. Se la llevó de vuelta a la cama, retiró los edredones y la echó sobre las sábanas.

Se colocó sobre ella y pasó las puntas de los dedos por su cuerpo, cartografiando los nervios más sensibles. Justine se retorció y le susurró que fuera más rápido. Pero las cosas se harían a su ritmo, lentamente, como el crepúsculo estival. Él insistió hasta que ella se quedó inmóvil y silenciosa. Respiró hondo. El calor se propagaba hasta la superficie de su piel cada vez que los labios de Jason la tocaban, cada vez que apretaba su cuerpo contra ella.

A esas alturas, Jason ya sabía demasiado de ella y lo estaba utilizando, jugaba con ella. Se desplazó hasta llegar a sus muslos y la lamió entre los labios de su sexo, tironeando del suave reborde, y cuando el deseo se tornó demasiado crudo, Justine gimoteó y empujó su cabeza. Pero Jason cogió sus manos y las sujetó firmemente, la obligó a quedarse quieta, la obligó a aceptarlo. La sensación se propagó hasta lo alto de su cráneo. Se estremecía con cada caricia, se derretía, el placer corría por sus venas, las chispas se desataban y entrechocaban. Sus piernas se separaron y los dedos de sus pies se encogieron cuando sintió el principio de la descarga, pero entonces Jason se detuvo y la recostó en la cama.

La fijó deliberadamente a la cama ayudándose del peso de su cuerpo, penetrándola con un movimiento deslizante e intenso. Atrapó sus brazos por encima de su cabeza y la miró con aquellos oscuros y penetrantes ojos mientras movía las caderas en círculos monótonos y ponderados, excitándola sin compasión. Justine murmuró y se retorció en una agónica tensión, jadeó y soltó palabras inconexas:

—¡Oh, por favor, ahora!

Y oyó su queda risa mientras le hacía el amor con una lentitud medida, lanzándola hacia unos espasmos impotentes.

Avanzada la noche, Justine se despertó de nuevo con sus manos sosteniéndola, su boca pegada a su pecho. Gimió cuando él se deslizó dentro de ella y su cabeza retrocedió contra el brazo que la sujetaba. Una oleada de sensaciones se propagó a través de su cuerpo y las oleadas se convirtieron en olas y la intensidad de las olas aumentó sin que pareciera que fueran a tener fin.

Las horas se confundieron en una larga y oscura fantasía. Nunca sospechó que el placer pudiera ser tan diverso, tan intenso. Y luego estaban las conversaciones soñolientas entremedio, echados sobre la cama, saboreando las palabras como si fueran besos.

—¿Qué tal era la vida en el monasterio? —susurró Justine, ávida por saber más acerca de una experiencia que le resultaba completamente ajena—. ¿Te gustó la estancia allí?

Jason pasó la mano lentamente por su espalda.

—No. Pero lo necesitaba.

—¿Por qué?

—Estaba harto de sentir que nada importaba. De llevar una vida rutinaria, mecánica. El pensamiento zen te enseña que todo es importante. Incluso vale la pena realizar bien una tarea tan sencilla como limpiar un cuenco. Te ayuda a tomar conciencia para que los días y las semanas de tu vida no se te escapen sin que siquiera te des cuenta.

Justine posó la cabeza sobre su hombro y extendió la mano suavemente sobre el latido de su corazón.

—¿Tuviste que meditar mucho?

—Por las noches. El día empezaba a las cuatro de la mañana con una lectura común. Después tomábamos el desayuno seguido de trabajo que solía consistir en desmalezar el jardín o en cortar leña. Por la tarde, cada discípulo tenía una reunión privada con el superior del monasterio, el Roshi. Y luego, después de la cena, la meditación. El Roshi nos asignó una pregunta a cada uno de nosotros. Mientras reflexionabas sobre ella debías intentar silenciar tu mente y comprender su significado. Hay gente que lucha durante años para encontrar la respuesta.

Los dedos de Jason descubrieron la fina cadena alrededor del cuello de Justine y la siguieron suavemente mientras retomaba su relato.

—Una noche tuve una visión mientras meditaba. Me encontraba en un templo y caminaba hacia una sombra que tenía mi misma forma. Me di cuenta de que yo era el templo y que la sombra era el espacio vacío donde tendría que haber habido un alma.

Justine sintió un escalofrío de malestar mezclado con lástima.

—¿Se lo contaste al Roshi?

Jason asintió con la cabeza.

—No le pareció que la falta de alma fuera algo que tuviera que preocuparme. Me recomendó que lo aceptara. El vacío es un concepto clave en la filosofía budista. Es parte del sendero que conduce a la iluminación. —El tono de voz de Jason se tornó irónico—. Desgraciadamente, resultó que yo era un pésimo budista.

—Yo sería aun peor que tú. Odio las preguntas que no tienen una respuesta clara. —Justine levantó la cabeza para mirarlo—. Así pues, ¿nunca llegaste a aceptarlo? ¿A aceptar que no tienes alma?

—¿Tú lo aceptarías? —preguntó él secamente.

Justine titubeó y movió la cabeza. No. Seguramente mantendría la misma actitud que él e intentaría llenar el vacío en su interior.

La mañana siguiente fue espantosa, naturalmente.

Justine se despertó temprano por costumbre y consiguió vestirse y salir a hurtadillas antes de que Jason hubiera abierto los ojos. Estaba dolorida y se sentía torpe por culpa del cansancio, y casi enferma de preocupación. Entre maldiciones y traspiés se fue a su casa y se dio la ducha más caliente que pudo soportar.

Una breve inspección en el espejo reveló que tenía ojeras oscuras y los ojos inyectados de sangre. Una marca borrosa engalanaba su cuello. Con un quejido se recogió el pelo en una coleta alta y se cubrió la tez con una crema hidratante con color.

Después de beberse una taza de café junto con un par de ibuprofenos, cogió el teléfono y marcó el número de Sage. Había pocas personas en el mundo a las que se atrevería a llamar a esas horas, pero Sage solía levantarse temprano.

—Buenos días —dijo Sage en su habitual tono alegre—. ¿Cómo estás, Justine?

—Bien. ¿Y tú?

—Estupendamente. Pasamos el día de ayer cogiendo bayas de saúco. La próxima vez que nos visites comeremos panqueques con sirope de saúco.

—Suena fantástico. —Justine se frotó la frente, cansada—. Disculpa que te moleste tan temprano, pero...

—¡Oh, no te preocupes, no me molestas en absoluto!

—Tengo una pregunta con la que espero que me puedas ayudar. Ayer preparé una poción que no funcionó y necesito saber por qué.

—Cuéntamelo todo.

La alquimia era la especialidad de Sage, no había nada que le gustara más que preparar y mezclar fórmulas mágicas. En el pasado, había dado clases sobre aceites esenciales, polvos, elixires, ungüentos y lociones. Sabía perfectamente qué ingredientes podían sustituirse y cuáles podían añadirse para aumentar el poder de una poción.

—Era una poción de desaliento —dijo Justine—. Decidí dársela a Jason ayer.

—Muy buena idea.

—También fue lo que pensé. Pero no funcionó.

—¿Estás segura? Deberías permitir que pase un tiempo prudencial para que surta efecto.

—Estoy bastante segura —dijo Justine, y se retorció un poco al recordar la gimnasia sexual de la noche anterior.

—¿Estás segura de la calidad de los ingredientes que utilizaste? ¿Hiciste el ritual previo de purificación de la estancia?

—Sí. —Justine describió con todo lujo de detalles el procedimiento que había utilizado y enumeró los distintos elementos de la fórmula—. ¿Es posible que sea porque se lo di

en un chupito de vodka? ¿Puede haberla estropeado el alcohol?

—No —dijo Sage, pensativa—, no debería significar nada.

—¿A lo mejor es porque no soy virgen?

Silencio total.

—Requería lágrimas de doncella —dijo Justine—, pero no
creí que fuera a cambiar nada si yo no era, ya sabes, inocente,
así que...

—Justine, ¿me estás diciendo que añadiste lágrimas a la poción, literalmente? ¿Te provocaste el llanto?

—Bueno, pues sí. He visto ingredientes incluso más raros
en tus pociones. La verdad es que no lo pensé demasiado.

El tono de Sage era ligeramente áspero cuando dijo:

—Las lágrimas de doncella son una planta, querida.

—¿Una planta?

—Una hierba, también conocida como garikota. Está re-
cogida en el manual de herbología que te regalé. Me prometiste que lo leerías de cabo a rabo.

—Leí algunas partes por encima —admitió Justine—. Me
cuesta mantenerme despierta cuando leo sobre plantas.

—Si pretendes practicar la magia, incluso en el grado más
bajo, Justine, tendrás que estudiar y prepararte a fondo. Nada
de leer por encima. Nada de aventurarse a lo loco. Espero
que la poción no tuviera el efecto opuesto en Jason. ¿O sí?

Justine estaba demasiado cansada para decírselo con delicadeza:

—¿Me preguntas si lo puso más cachondo que el salido más
salido?

—¡Oh, querida! —Una pausa de desconcierto—. ¿Piensas preparar una nueva poción?

—No, Jason se va mañana por la mañana.

—¡Alabado sea Hécate! —fue la respuesta inmediata de
Sage.

—Sí, nunca debería haber roto el maleficio, Sage. No tenía ni idea de que con ello abriría la caja de Pandora.

—No fue culpa tuya. Después de un pequeño examen de conciencia, me arrepiento de la decisión que tomamos en tu nombre hace ya mucho tiempo. Fue un error, cometido con la mejor de las intenciones, pero aun así un error. —Sage añadió, arrepentida—: El Círculo de Crystal Cove es una hermandad excepcionalmente prodigiosa, pero no puedo decir que el estudio de la ética mágica haya sido nuestro fuerte.

—Siempre me has dicho que la magia está bien, siempre y cuando no haga daño a nadie. Me dijiste que esa era la razón por la que muchos conjuros acaban con un «Y si no haces daño a nadie...».

—Sí, es cierto. Pero ¿cómo podemos saber si un conjuro hará o no daño a alguien? Nunca podemos estar al tanto de todas las repercusiones. Ese fue el dilema con el que nos enfrentamos cuando Marigold nos pidió que te lanzáramos un maleficio. Pero nos convenció de que te ahorraría mucho sufrimiento.

—Es posible que tuviera razón —dijo Justine, apenada.

Sage soltó un suspiro.

—¡Oh, Justine! Durante todo el día de ayer estuve recordando cómo me sentí al perder a Neil. Incluso ahora hay veces que se me corta la respiración cuando recuerdo que se ha ido para siempre. Pero hay dones que solo podemos recibir a través del dolor.

—No quiero pensar en los posibles beneficios del dolor —dijo Justine—. Lo único que quiero es que Jason esté a salvo.

—¿Y lo estará?

Justine sabía que lo que Sage quería decir en realidad era: ¿Estás enamorada de él?

—No lo sé. —Justine agarró el teléfono con fuerza—. Tengo miedo. No estoy muy segura de hasta dónde llegan mis sentimientos. No dejo de repetirme a mí misma que no puede ocurrir tan rápido. Quiero decir, no puedo enamorarme de alguien que apenas acabo de conocer.

—Por supuesto que puedes —dijo Sage suavemente—. Hay gente cuyo corazón es muy eficiente en este aspecto.

La garganta de Justine se cerró.

—Lo he puesto en peligro, tendré que arreglarlo —dijo—. Tiene que haber una respuesta en el *Triscaideca*. Tiene que haber algo que pueda hacer.

—Mi pobre niña, ¿acaso crees que no lo intenté todo para salvar a Neil? ¿No crees que tu madre buscó la manera de salvar a tu padre? Hagas lo que hagas, solo conseguirás empeorar las cosas. La naturaleza de la maldición es de carácter expiatorio e implica el sacrificio.

Un sacrificio humano. ¿Cuál era el precio del amor para alguien como ella?

—Una vez me dijiste que no hay nada imposible en la magia, solo improbable.

—Sí. Pero también te dije que nunca debemos intentar lo improbable. Nada de juguetear con la vida y la muerte. Eso le corresponde a la Magia Ceremonial que está más allá de nuestros poderes. Sería asumir un papel divino con propósitos humanos. Y eso nunca podría acabar bien.

17

Jason pasó gran parte del día sentado a una mesa junto con Alex Nolan firmando toneladas de documentos mientras los abogados y el agente inmobiliario lo supervisaban. Un acuerdo preliminar de diseño y construcción, declaraciones de intenciones con respecto a la compraventa, la coordinación de actividades y obligaciones y el traspaso de la propiedad. Jason los firmó todos rápidamente y sin vacilar.

Desde su primer gran éxito en Inari había querido crear un centro de formación, pensando en que tenía que hacer algo bueno en el mundo antes de abandonarlo. Para él no tenía sentido amasar una fortuna sin propósito alguno. Era mejor gastarse el dinero para crear un lugar donde la gente pudiera encontrarse e intercambiar experiencias, y aprender cosas que pudieran mejorar sus vidas.

La decisión de establecer el centro en la isla de San Juan resultó mucho más sencilla de lo esperado, ya que de este modo estaría más cerca de Justine. Los pensamientos sobre ella persistían en su mente como un suave perfume otoñal, tierra, hojas y lluvia. Eran perfectos el uno para la otra, de la misma manera en que la oscuridad se complementa con la luz, la noche con el día. La palabra japonesa que lo expresaba era *Inyo-do*. Si Justine estaba dispuesta a hacerle sitio en su vida, él no se detendría ante nada para estar con ella.

A medida que avanzaba el día, Jason fue sintiéndose cada vez más decepcionado, aunque no le sorprendió que Justine no diese contestación a sus llamadas. Según Zoë, Justine se había ido y ya no volvería ese día. Jason sabía perfectamente por qué Justine no quería enfrentarse a él todavía. Estaba intentando asumir lo que había pasado y, sin duda, estaría buscando una estrategia para intentar lidiar con él.

Refrenó su impaciencia y organizó las maletas, preparándose para su partida al día siguiente. Estaba anocheciendo y, al ver que Justine seguía sin dar señales de vida, Jason salió a cenar con el resto del grupo de Inari. Alex y su prometida habían accedido a acompañarlos para celebrar la firma preliminar del acuerdo para el desarrollo del proyecto Dream Lake.

—Hoy no he sabido nada de Justine —le dijo Jason con aire despreocupado a Zoë durante la cena—. Espero que todo esté bien.

—Por supuesto, ella está bien... —dijo Zoë, y su piel de porcelana se tiñó de rubor—. Tenía que realizar un montón de recados.

—¿Todo el día? —no pudo resistirse a preguntar.

Zoë parecía nerviosa e incómoda. Contestó en voz baja para que ninguno de los que estaban sentados a la mesa pudiera oírla.

—Justine me dijo que necesitaba un tiempo a solas.

—¿De qué humor estaba?

—Estaba... callada. —Zoë vaciló antes de añadir—: Me dijo que conseguir que se cumpla un sueño es lo peor que le había pasado jamás.

Jason le lanzó una mirada perpleja.

—¿Con qué soñaba?

Tras largos titubeos, Zoë contestó sin mirarlo:

—Creo que contigo.

Las luces en la casa de Justine estaban encendidas cuando Jason volvió a la posada después de la cena. Esperó hasta que la posada estuvo tranquila antes de cruzar el césped. La noche era clara, las estrellas titilaban como si lanzaran mensajes codificados. La inclinación de la luna en forma de guadaña parecía cortar una tira del oscuro cielo. Un chotacabras emitió un chirrido mientras perseguía mariposas nocturnas entre las sombras.

Jason llamó a la puerta principal. Tenía un nudo en el estómago. Estaba acostumbrado a asumir riesgos. En el pasado había cerrado acuerdos comerciales que comportaban impensables sumas de dinero y había lanzado juegos al mercado que, de haber fracasado, habrían hundido la compañía. Lo había manejado todo sin acobardarse. Pero nada le había perturbado tanto como la posibilidad de perder a Justine.

La puerta se abrió lentamente y desveló a una Justine con el pelo recogido en una coleta y la cara lavada. Su postura denotaba cierta incomodidad, parecía el tallo quebrado de una flor. Jason tenía unas tremendas ganas de consolarla, de confortarla, de procurarle placer y alivio.

—Te he echado de menos hoy —dijo.

Justine tragó saliva.

—Tenía recados que hacer.

Jason acercó una mano a su tensa mandíbula y ladeó la cabeza suavemente para mirarla.

—Habla conmigo cinco minutos. Por favor. No puedo irme mañana por la mañana sin haber resuelto un par de asuntos.

Justine empezó a mover la cabeza antes de que Jason hubiera terminado la frase.

—No hay nada que resolver.

Jason la miró fijamente mientras consideraba las opciones que le quedaban. Encanto. Seducción. Soborno. La súplica no estaba descartada.

—Al menos hay uno.

—¿Cuál?

—He venido aquí para quejarme de mi habitación —dijo en un tono de voz formal.

Los ojos de Justine se abrieron de par en par.

—¿Qué le pasa a la habitación?

—La cama es demasiado dura. Y las sábanas pican. —Al ver que Justine estaba dispuesta a discutir la valoración de la habitación que había hecho su suntuoso huésped, añadió—: Y mi orquídea se está marchitando.

—Inténtalo echándole un poco de agua.

—¿A mi cama?

Justine intentó parecer severa.

—A tu orquídea. No puedo hacer nada con la cama. Además, eres insomne, de todos modos no dormirás.

—Quiero tenerte entre mis brazos esta noche —dijo—. Nada de sexo. Solo quiero echarme a tu lado mientras duermes.

Su semblante no mudó, pero a Jason le pareció vislumbrar un destello de diversión en sus ojos.

—Te mueres por ello.

—De acuerdo, quiero sexo —admitió—. Pero después te dejaré dormir.

La insinuación de sonrisa que hacía un momento había asomado en su rostro se desvaneció.

—No puedo volver a estar contigo. Y no me obligues a explicártelo, porque ya sabes por qué.

Jason extendió el brazo para cogerla, incapaz de contenerse por más tiempo.

—No todo depende de lo que tú decidas. También depende de mí.

—No hay nada que puedas decir para...

—Dime lo que quieres, Justine. No lo que te da miedo, no lo que ya has decidido. Solo lo que hay ahí dentro.

Deslizó una mano hasta el centro de su pecho y posó la palma sobre su corazón desbocado.

Justine movió la cabeza. Parecía irresoluta, aunque decidida.

—¿No piensas admitirlo? —preguntó él en un tono de voz tiernamente burlón—. Menuda cobarde estás hecha. Entonces yo lo diré por ti: me deseas. Estás enamorada de mí. Lo que significa que tengo los días contados.

—No digas eso —le espetó Justine, e intentó alejarlo de un empujón, pero él no se lo permitió. La abrazó con fuerza, rodeándola con su calor.

—Soy un muerto viviente —dijo con la boca contra su pelo—. Estoy desahuciado. Acabado. Ha llegado mi hora. Estoy condenado.

—¡Basta ya! —gritó Justine—. ¿Cómo puedes bromear con esto?

Los brazos de Jason se tensaron.

—Una de las pocas ventajas de no tener alma es que no tienes elección, solo puedes vivir el momento. Y cualquier momento en el que te tenga entre mis brazos será un buen momento. —Besó su pelo—. Déjame entrar, Justine. Estoy muy solo aquí fuera.

Justine se calmó. Respiró hondo. Cuando levantó la mirada sus ojos brillaban de emoción.

—Solo unos minutos —dijo, y dio un paso atrás cuando él cruzó el umbral.

En cuanto cerró la puerta, Jason la estrujó entre sus brazos hasta que estuvieron totalmente pegados, frente a frente. Cogió a Justine de las muñecas y se las llevó al cuello. La respiración de Justine era rápida y ansiosa.

—Ayúdame a hacer lo correcto —le suplicó.

—Esto es lo correcto. —Jason cerró las manos alrededor de la parte posterior del cráneo de Justine y atrajo su cabeza contra su hombro. Tenerla entre los brazos lo volvía loco, las ascuas de la noche anterior volvían a reavivar el fuego.

—Me voy mañana —dijo—, pero volveré dentro de una semana o incluso menos. Solo tengo que arreglar unas cuantas cosas.

—¿Qué tienes que arreglar?

—Tengo que llevar a cabo una reestructuración. No hay ninguna razón para que no pueda delegar algunas de mis responsabilidades en Inari. Las cosas que solo yo pueda hacer las haré a distancia o tendrán que esperar hasta que vuelva a la oficina.

Justine parecía aturdida.

—¿Qué estás intentando decirme?

Jason siguió el delicado borde de su oreja con el pulgar y besó su lóbulo.

—Quiero formar parte de tu vida. Tengo que hacerlo. Puesto que tienes que quedarte en la posada para hacer tu trabajo, yo me trasladaré a la isla todas las veces que pueda.

¿Dónde... dónde piensas quedarte?

—Eso depende de ti.

—Quiero que te vayas. Para siempre.

—¿Porque no te importo? ¿O porque sí te importo?

Justine no contestó, no lo miró. Jason siguió abrazándola, intentando interpretar su silencio.

—Pierdo a todo aquel que me importa —dijo finalmente—. Perdí a mi padre antes de haberle conocido. Perdí a mi madre porque no podía ser quien ella quería que fuera. Perdí a Duane porque él no podía aceptar lo que soy. Y ahora tú me pides que te meta en mi vida sabiendo que también te perderé. Bueno, pues no puedo.

La derrota le confería a cada palabra el peso de un ladrillo para el muro que estaba construyendo entre ellos.

Se escabulló de entre sus brazos y le dio la espalda.

Jason la quería y pobre del que se interpusiera. Sabía Dios que nunca había sido un hombre que se echara atrás ante los retos.

—¿Estás preocupada por la posibilidad de que pueda morir? —preguntó—. ¿O por el riesgo de que no muera?

Justine se volvió para encararlo y se ruborizó a medida que la insinuación calaba en ella.

—¡Cerdo! —exclamó.

—¿Y si no me muero? —insistió, implacable—. ¿Y si me quedo por aquí el tiempo suficiente para que tengas que lidiar con una relación de verdad? Compromiso, intimidad, perdón, sacrificio. ¿Lo sabrías manejar? No lo sabes.

Justine se lo quedó mirando fijamente.

—No estarás aquí el tiempo suficiente para poder descubrirlo.

—Todos tenemos fecha de caducidad —dijo—. Cuando amas a alguien asumes riesgos.

Justine se cubrió el rostro con las manos, estaba a punto de derrumbarse.

—Estoy intentando hacer lo mejor para ti, maldito estúpido.

Jason la sujetó contra su pecho y dejó que sintiera su fuerza, su firme determinación.

—Tú eres lo mejor para mí. Y no pienso salir huyendo por culpa de una superstición extravagante.

—No es una superstición, es... es una causalidad sobrenatural. Pasará. Y no pretendas hacerme creer que no crees en lo paranormal, señor no-tengo-alma.

Jason sonrió.

—Como budista que soy, no tengo por qué ser coherente.

Justine emitió un sonido de exasperación e intentó apartarlo, pero a él no le costó nada sujetarla. Se inclinó para besarla y juntó su boca con la suya. Justine se estremeció y se acurrucó dócilmente contra su cuerpo y pasó la mano por su espalda. Jason sintió la sutil vibración que la recorrió, una pasión apenas contenida. Quería estar dentro de aquella energía, llevarla hasta lo más alto, hasta el éxtasis.

Interrumpió el beso e inspiró la suave fragancia de su cuello, permitiendo que excitara sus sentidos.

—Deja que me quede contigo esta noche.

—Ni hablar —dijo Justine con voz apagada.

—Concédeme una noche. Si mañana por la mañana me dices que sigues queriendo que me vaya, lo haré.

—Mientes.

—Te juro que no volveré a menos que me lo pidas.

Justine maniobró entre sus brazos hasta que pudo ver su rostro.

—¿Qué estás planeando? —preguntó celosamente—. ¿Por qué crees que una sola noche lo puede cambiar todo?

18

La manera en que Jason la miró la incomodó. No se fiaba del destello en su mirada.

—Ya sé que eres bueno en la cama —prosiguió—. No hay nada que tengas que demostrar en este aspecto.

—Quiero probar algo contigo —dijo Jason—. Es una especie de... ritual.

—Un ritual —repitió Justine, y entrecerró los ojos con suspicacia.

—Se le llama *kinbaku*.

El exotismo de la palabra, de tres sílabas marcadas y precisas, resonó en su tímpano y le provocó un escalofrío.

—¿Es algo sexual?

—Algo psíquico. No tiene por qué ser sexual si no quieres que lo sea.

Desconcertada, Justine se mordió los labios por dentro.

—¿Qué significa la palabra?

Una débil sonrisa apareció en los labios de Jason.

—Se traduce como «la belleza del enlace fuerte». ¿Tienes una cuerda o una soga fina?

—Sí, guardo alguna en el armario para... —Justine se interrumpió a sí misma y abrió los ojos, asustada—. ¿Estamos hablando de *bondage*? No. No tengo ninguna cuerda.

—Acabas de decir que sí.

—Para eso no. No me gusta el dolor.

—No implica ningún tipo de dolor. Es... —Jason hizo una pausa, era evidente que estaba considerando cómo transmitirle el significado de una palabra japonesa cuando no existía nada en inglés que lo contemplara—. Es artístico. Cuerdas que dan forma al cuerpo hasta convertirlo en una escultura viviente. La disciplina básica es *Shibari*, pero se convierte en *Kinbaku* cuando están involucradas las emociones.

Justine no estaba dispuesta a comprárselo.

—Suena como una manera sofisticada de decir que quieres atarme como un pollo a l'ast en la charcutería del supermercado. Y francamente, no le veo la gracia.

—Es como intentar explicar las bondades del paracaidismo o del esquí a alguien que nunca lo ha practicado. Tienes que experimentarlo para entenderlo.

—¿Tú lo has hecho alguna vez antes?

El rostro de Jason era inescrutable.

—Estuve liado con una mujer en Japón que me introdujo en el arte. Hay espectáculos donde el *Shibari* se presenta como una disciplina artística, por no hablar de los seminarios...

—¿Qué clase de mujer? —preguntó Justine, sorprendida por el amargo eco celoso que había asomado en su voz—. ¿Una chica de compañía o...?

—No, no, en absoluto. Era una ejecutiva de una compañía de software. Inteligente, exitosa y muy bella.

Eso apenas conseguiría suavizar los celos que sentía.

—Si era tan fantástica, ¿por qué permitió que le hicieras eso? ¿No le daba... —Justine se interrumpió y tragó saliva— vergüenza?

—No hay por qué sentir vergüenza en un intercambio voluntario de poder. Las cuerdas son una extensión de la parte dominante, se utilizan para conservar a una mujer, para centrarse en ella, para guiarla hacia estratos más profundos de rendición. Mi pareja me contó que estar contenida por fuera le permitía sentirse libre de ataduras por dentro. Ponía al descubierto cosas que no sabía de sí misma.

Se miraron a los ojos, reinaba un silencio tenso y cargado entre ellos.

Justine no sabía qué decir. Estaba sorprendida de su propia reacción, de las punzadas de calor que la atravesaban. Tenía que reconocer que estaba intrigada. No parecía la clase de cosas que podían terminar bien. Pero no acababa de decidirse a rechazarlo.

—Yo puedo ayudarte a ello —dijo Jason—, si estás dispuesta a confiar en mí.

Sus labios se habían secado.

—¿Debería?

—Espero que lo hagas.

—Eso no es un sí.

—Tampoco es un no.

Justine soltó una risa incómoda.

—Maldita sea. ¿Por qué no te limitas a decir que sí?

—Porque no puedo convencerte para que confíes en mí hablando. Tú eliges. ¿Qué te dicen tus entrañas?

—Tampoco me fío de mis entrañas.

Jason no dijo nada y esperó pacientemente.

Justine no se entendía a sí misma, no comprendía cómo podía siquiera considerar la posibilidad de hacerlo. El lado racional de su cerebro era consciente de que la estaba tentando para que se introdujera en algún tipo de innovación sexual. Sin embargo, la intuición la empujaba hacia otra explicación. Mientras lo miraba a sus magníficos ojos, le vino una palabra a la mente: encantador de serpientes. No en la acepción moderna de la palabra, sino en su antiguo sentido bíblico. Un hechicero que lanzaba bendiciones y maldiciones utilizando una cuerda con nudos.

Una noche más y luego él se marcharía.

—Júrame que no me engañarás ni me harás daño —dijo de pronto.

—Te lo juro.

Tenía mariposas en el estómago cuando Jason la agarró de la cintura.

—¿Y si no me gusta? ¿Y si quiero que pares?

—Tendrás una palabra clave. La segunda vez que la pronuncies pararé.

—¿Y si olvido la palabra clave?

Los labios de Jason se crisparon.

—Lo único que tendrás que hacer es responder a una pregunta de seguridad, y te enviaré un correo electrónico para restaurarla.

Justine sonrió insegura y cogió aire, presa de los nervios. No existía ninguna razón convincente para confiar en él siendo justos, apenas se conocían. Y sin embargo, de alguna manera parecía entenderla mejor que nadie.

—Muy bien —consiguió decir—. Puedes pasar la noche conmigo. Y por la mañana te irás. ¿Estamos de acuerdo?

—Sí.

Justine lo precedió de camino al dormitorio, terriblemente consciente de los pasos que la seguían. Encendió la lámpara de la mesilla y abrió el armario.

—Canela —dijo Jason, cuando el movimiento de la puerta envió un soplo de aire especiado a la habitación.

—Es un saquito para la ropa.

De hecho, la fragancia provenía de la escoba que guardaba en el fondo del armario cuyas cerdas estaban ungidas copiosamente con aceite de canela. Sin embargo, no estaba por la labor de exponer todos sus accesorios mágicos, ni su escoba, ni las velas y los cristales, y, sobre todo, ni su libro de conjuros. Se puso de puntillas y bajó del estante superior un rollo de cuerda roja de cáñamo de unos cinco milímetros de diámetro. No sin cierto titubeo le pasó el pequeño rollo a Jason.

Después de recorrer sus fibras con los dedos para asegurarse de que era suave, Jason la miró socarronamente.

—¿Para qué la utilizas?

—Círculos para lanzar hechizos.

—Es perfecta. ¿Tienes más?

Justine vaciló, pero finalmente le pasó otros dos rollos. Cuando Jason cogió los rollos, a Justine no se le escapó la paradoja que suponía que Jason estuviera a punto de utilizar la cuerda de sus rituales para realizar uno de los suyos. Lo observó mientras desenrollaba una de las cuerdas de cáñamo.

—No estarás pensando en momificarme, ¿verdad?

Jason negó con la cabeza.

—Solo conozco unos pocos atamientos, muy básicos. Pero un maestro del *Shibari* necesitaría más cuerda para realizar figuras y suspensiones complejas.

—¿Suspensiones? —preguntó Justine, ligeramente asustada—. ¿Suspendida en el aire? ¿Como un adorno navideño?

Jason esbozó una sonrisa.

—No te preocupes. Siempre con los pies en el suelo.

Justine dejó que la llevara hasta la cama. Parecía deliberadamente relajado. Un ritual, había dicho. Justine comprendía el valor de los rituales destinados a procurar estructura y significado. Pero el sexo como ritual era un nuevo concepto para ella. ¿Cómo había adivinado Jason algo que ella ni siquiera sabía de sí misma? ¿Cómo podía saber que sus deseos más íntimos podían abarcar algo así? ¿Cuál había sido la señal reveladora? ¿Qué había dicho o hecho para que él lo supiera?

Se quedó de pie mientras él se sentaba en el borde de la cama. Tiró de ella y la colocó entre sus rodillas abiertas.

—¿Qué pasa si resulta que me gusta? —preguntó Justine, nerviosa—. ¿Qué crees que significaría?

Jason entendía perfectamente lo que le inquietaba.

—Todo el mundo guarda secretos. Recovecos que no necesariamente quieren que conozcan los demás. No tiene nada de malo tener fantasías.

Sus dedos se movieron hacia el cierre de sus tejanos y lo desabrochó hábilmente. Justine se quitó las sandalias y se agarró a su hombro. Se sentía desconcertada, asustada y excitada a partes iguales cuando sacó una pierna de los tejanos y luego la otra. Jason le levantó la blusa de punto y Justine se la pasó por encima de la cabeza. Al ver la diminuta llave de cobre que colgaba alrededor de su cuello, Jason preguntó:

—¿Te importaría quitártela?

Justine titubeó antes de descolgarse la larga cadena y dejarla sobre la mesita de noche.

Jason tocó sus pechos por encima del sujetador sin costuras y acarició su curva con las yemas de los dedos, y luego con los nudillos. Se inclinó hacia delante y apretó sus labios separados contra la profunda curva. Justine sintió su cálido aliento y la succión de su boca sobre la tela hasta que esta se humedeció y su pezón se irguió de una manera deliciosamente dolorosa.

—¿Cuál es tu palabra clave? —susurró Jason.

—Pollo.

Jason sonrió, le desabrochó el sujetador y se lo retiró de los hombros. La obligó a sentarse a su lado y emitió un silbido para calmarla cuando percibió que estaba temblando.

—No tienes por qué tener miedo. No voy a hacerte daño.

—No tengo miedo de que me hagas daño. Tengo miedo de sentirme estúpida.

Jason reflexionó.

—El sexo con dignidad nunca es una opción, la verdad.

—Sí, pero...

Justine jadeó cuando Jason introdujo un dedo en el lado de sus braguitas y se las bajó.

—Relájate.

—No se me da bien relajarme.

—Lo sé —dijo Jason amablemente, y tiró del otro lado de sus braguitas—. Por eso pienso atarte.

Su respiración se cortó cuando él le retiró las braguitas. Cerró los muslos en una apretada y remilgada ranura, tremendamente consciente de todos los movimientos de Jason. Lo observó detenidamente mientras hacía un nudo sencillo con una vuelta en el extremo. Levantó su coleta y colocó la cuerda alrededor de su cuello.

—Empezaré con un arnés rayo —dijo, y pasó una sección de la cuerda a través de la vuelta—. No te impedirá moverte.

—¿Por qué se llama un arnés rayo?

—Porque forma un dibujo en zigzag.

Justine lo miró fijamente mientras ataba la cuerda en la parte superior de su pecho. Ahora que había empezado tenía el aspecto decidido de alguien que intentaba resolver un rompecabezas complicado, o de alguien absorto en un pasatiempo fascinante.

Jason se inclinó hacia delante y sujetó la vuelta con los dientes mientras pasaba la cuerda por detrás de su espalda. Justine dio un saltito al sentir su boca y su abrasador aliento tan cerca de la piel. Jason echó la cabeza hacia atrás, hizo otro lazo y repitió el proceso. Cada vez que rodeaba su espalda con la cuerda utilizaba sus dientes para sujetar el lazo de delante. La cuerda empezó a conformar una red que atravesaba su torso.

—La mayoría son nudos corredizos —dijo—. En cuanto quieras que te libere me lo dices y te desato inmediatamente.

Justine no quería que parara. La atadura lenta y meticulosa le resultaba una experiencia inesperadamente agradable. Habló como alguien que estuviera en trance.

—¿Puedo hablar mientras lo haces?

Jason ensartó un nuevo lazo.

—Puedes hablar todo el rato, si quieres.

—Es como un nuevo deporte: macramé extremo.

—¿Estás incómoda?

Justine negó con la cabeza. Resultaba extraño sentirse cómoda y al tiempo tan expuesta. Sus pechos sobresalían entre las pasadas de cuerda de una manera que hacía que parecieran más grandes, más plenos. El arnés había formado un ligero corsé que parecía contener y concentrar todas las sensaciones de su cuerpo. Justine sentía sus propios latidos entre los muslos, en la parte interior de sus codos y en la punta de sus pechos. Después de pasar la cuerda por la última lazada delante del ombligo, Jason hizo un nudo de lazo. Sus manos, calientes y reconfortantes, se movían ágilmente por la red de cuerdas que aprisionaba su torso.

—¿Más? —preguntó Jason, y la miró a los ojos.

Justine asintió con la cabeza.

La voz de Jason era suave cuando dijo:

—Levántate, cariño.

Justine obedeció. Su corazón empezó a latir con fuerza cuando Jason pasó la cuerda entre sus muslos y la subió por la espalda para fijarla alrededor de una de las cuerdas. Hizo otra pasada entre sus muslos de manera que su vulva quedara rodeada por dos cuerdas. Esto era mucho más íntimo, mucho más erótico. Justine carraspeó y dijo con voz temblorosa:

—Esto podría convertirse en un calzón chino.

—Lo dejaré suelto. —Pasó un dedo por debajo de la cuerda. Justine jadeó cuando la punta de su dedo rozó el borde de sus suaves y ralos rizos—. ¿Estás cómoda?

Justine apenas podía hablar.

—Sí.

Un dedo resbaló suavemente por el otro lado en un movimiento deliberadamente malvado.

—¿No está demasiado tensa?

Justine negó con la cabeza.

Con el dedo todavía enganchado debajo de la cuerda deslizó el nudillo hasta el canal ensombrecido entre sus muslos y dibujó suavemente unos círculos en la parte alta. Sus rodillas cedieron y Justine se agarró a sus hombros para no caerse.

Jason la bajó y la dejó boca arriba sobre la cama con mucho cuidado. Sus extremidades estaban flácidas y separadas, sus pechos sobresalían turgentes entre las pasadas de cuerda. Estiró el brazo para coger más cuerda y le ató las manos, uniéndolas a una cuerda a la altura del talle. Cada uno de sus movimientos eran mesurados y el cordaje progresaba a un ritmo fluido y relajante. Jason no apartaba la mirada del rostro de Justine, atento a cualquier matiz en su semblante.

Justine había empezado a respirar hondo, fascinada por la sensación de estar siendo atada por etapas. Su cuerpo parecía henchirse contra la red de cuerda. Atada. Hechizada. No había lugar para sentirse cohibida, no cabían las palabras, ni siquiera los pensamientos.

Jason se desplazó hasta colocarse detrás de ella y con mucha delicadeza ladeó su cabeza y le soltó el pelo. Las ondas sueltas cayeron en cascada sobre sus manos. Sus fuertes dedos se movieron por debajo de su cabeza para levantarla ligeramente y masajearon su cráneo. Justine gimió de placer y se relajó cuando él desplazó el peso de su cabeza. Una de sus manos se movió hasta la nuca y con los dedos pulsó los tensos músculos con deliciosos apretones hasta que estos se soltaron.

Jason se inclinó sobre ella y sus labios rozaron los suyos en un beso al revés.

—¿Más? —susurró.

—Sí. Sí.

Justine levantó la cabeza y su lengua rozó el borde de su boca donde la masculina textura de la barba afeitada se confundía con la seda de sus labios. Sintió la forma de su sonrisa, olió su cálido aliento mentolado. Sus dedos acariciaron su cuello y su rostro tiernamente. Justine estaba perdida, flotaba, su sangre bullía.

Justine esperaba con los ojos cerrados mientras él se desplazaba hasta el otro lado del colchón y la agarraba del tobillo. Cogió el pie entre sus manos y calentó la planta, los dedos. Con los pulgares empezó a masajear el sensible empeine. Justine se retorció, el placer se abrió como una flor. Los labios de Jason rozaron su talón antes de que sus dientes se hundieran en él suavemente. El pequeño mordisco la llevó a retorcerse sorprendida, una corriente de calor atravesó su cuerpo y una flor de humedad íntima brotó entre sus muslos. Una mordidita en sus dedos, un delicado beso y Jason empezó a envolver su tobillo. Sus manos, suaves y habilidosas, doblaron la pierna de Justine hasta que casi tocó la nalga con el talón y enrollaron la fina y suave cuerda en espiral hasta la rodilla.

Justine abrió sus pesados párpados para ver la oscura silueta de Jason. Sabía lo que estaba haciendo. Cada tirón de la cuerda intensificaba la urgencia que sentía en su interior, el deseo y la confusión se agolparon exquisitamente hasta que se retorció, víctima de la presión. Una mano grande y cálida se posó sobre su vientre.

Jason se cernió sobre ella y le levantó la rodilla doblada con su musculoso brazo.

—Precioso —le oyó decir Justine quedamente—. Los dibujos sobre tu cuerpo. Cuerda roja sobre piel de marfil. Como una imagen de un grabado *Shunga*. —Jason besó el interior de su rodilla—. Si yo tuviera alma la habría vendido a cambio de la posibilidad de verte así.

Era extraño que pudiera sentirse al tiempo desnuda y expuesta, todas sus defensas habían desaparecido. No era más que un atado de carne viva, ligada con una cuerda roja y los nervios cargados de anhelo. Jason trabajaba con cuidado, resuelto, atando e hilvanando cuerdas para darle la forma que él quería a su cuerpo. Subió sus rodillas y las aseguró de manera que quedara suspendida, indefensa y expuesta. Su cuerpo palpitaba, su sexo henchido, el aire enfriaba una fuga de humedad.

Jason pasó las manos por sus piernas, siguiendo el dibujo de la cuerda. El aire estaba cargado de los ritmos entremezclados de sus respiraciones. Incluso con los ojos cerrados, Justine podía sentir la intensidad de la concentración de Jason. Las caricias, la suspensión y las ataduras le proporcionaban una sensación de incorporeidad. No podía hacer más que someterse a él.

Jason bajó la mano para coger las cuerdas que había entre sus ingles y las reajustó tirando de cada una de ellas suavemente entre los pliegues exteriores de su sexo, dejándola abierta. Justine empezó a temblar y a tensarse, su interior palpitaba y se cerraba alrededor de la nada.

Otro susurro:

—¿Más?

—Sí —dijo Justine entre sollozos.

Pasaron unos segundos mientras Justine se retorcía entre sus ataduras, sus tobillos atados se doblaban y los dedos de sus pies se curvaban. Las manos de Jason sujetaron sus nalgas, forzándola a mantenerse quieta. Su boca descendió y la cubrió de un calor escurridizo y de lengüetazos sinuosos. Justine jadeó mientras luchaba con las ataduras. Jason introdujo lentamente el pulgar y empezó a dibujar profundos círculos mientras los músculos de Justine se tensaban indefensos ante la nueva invasión. Su columna vertebral pareció fundirse y ella se disolvió en el calor al tiempo que se corría con tal fuerza que apenas le quedó aire para gritar.

Jason retiró el pulgar, su boca jugaba sobre su piel, relajándola. Transcurrieron varios minutos sin que pronunciaran palabra, mientras él mecía su cuerpo atado como si fuera una vasija de la que bebía. La luz de la lámpara se deslizó sobre la cabeza oscura que asomaba entre los muslos de Justine, confiriéndole un tono dorado a las capas de la cabellera de Jason. Justine gimoteó sorprendida al experimentar que el deseo volvía a crecer y sus carnes henchidas se tensaron y contrajeron alternativamente.

Sintió la caricia de su aliento cuando él le habló en voz ronca:

—Utiliza la palabra clave, Justine, si no lo haces te tomaré aunque estés atada. ¿Lo has entendido, cariño? Dime que pare antes de que sea demasiado tarde.

—No pares —consiguió decir, atragantándose con las palabras dulces y salvajes en su garganta.

Jason le dio un áspero beso en la entrada de su cuerpo y se levantó para desvestirse. Su cuerpo brillaba poderoso y las sombras cruzaban su piel dorada como las rayas de un tigre. Se colocó en una de las esquinas de la cama, agarró el arnés hecho de cuerdas y atrajo a Justine hacía sí. Era asombrosamente fuerte, la levantó sin esfuerzo. Justine estaba indefensa, no podía moverse ni participar. Jason había atado su cuerpo con tal esmero que podía manipularla como si fuera un juguete.

Se agachó, se posicionó y la penetró en un impulso húmedo y templado. Su boca se acercó a la de ella y absorbió sus gemidos de placer. Siguió besándola mientras agarraba las cuerdas que utilizaba para levantarla y moverla contra su cuerpo.

Era como cabalgar las olas del mar, una ondulación constante mientras las cuerdas la mantenían abierta y exponían sus carnes sensibles a cada lúbrica zambullida. La boca de Jason cubrió la suya, su lengua la llenó, mientras sus manos agarraban las cuerdas para que ella pudiera cabalgar cada ola. Justine botaba con impotencia, ingrávida, cegada, llevada por el calor de un clímax tan prolongado que no tenía comienzo ni final.

Nunca se había entregado de forma tan plena, nunca había imaginado que fuera posible y, sin embargo, era lo que siempre había ansiado: sublimarse en puro sentimiento. Oír su nombre en la voz de Jason, su cuerpo estremeciéndose contra el suyo, su fuerte pulso enterrado en ella. Sentir sus brazos a su alrededor, su rostro acariciándole el cuello.

Cuando las últimas sacudidas se disiparon, Jason la devolvió a la cama y empezó a trabajar con los nudos, deshaciéndolos lentamente, con suavidad, deteniéndose para acariciar una curva íntima, un hueco húmedo. Cada tramo de cuerda roja fue hábilmente enrollado y apartado. Justine, aturdida y deslumbrada a partes iguales, estaba echada, no se movió mientras él frotaba y besaba las débiles marcas que habían dejado las cuerdas sobre su piel. Le pesaban las extremidades, su ritmo cardíaco era pausado. Cada nervio estaba alerta al placer que le procuraban las manos de Jason, a la energía íntima que fluía entre ellos.

—¿Qué es un grabado *Shunga*? —preguntó finalmente Justine con la voz velada, como si acabara de despertar de un profundo sueño.

—Antiguo arte erótico. —Jason la envolvió en una sábana y la apretó contra su pecho—. Imágenes pintadas a mano que muestran a parejas en posturas sexuales. —Su mano jugaba con el pelo de ella—. A fin de que resulte lo más estimulante posible, normalmente los hombres aparecen con los genitales exageradamente abultados.

—En tu caso darían en el clavo.

Sintió la sonrisa de Jason contra su cabeza. Pero un segundo más tarde, la bajó para mirarla con un destello de preocupación en los ojos.

—¿Te he hecho daño?

—No. —Justine siguió el borde de su labio superior con la punta del dedo—. Solo quería decir que estás muy... que has estado muy bien. —Bostezó y apoyó la cabeza contra su pecho—. Y tenías razón.

—¿En qué, cariño? —susurró Jason.

—En lo de estar atada. En cierto modo, me siento un poco diferente. Siento... —Se detuvo, buscando las palabras exactas—. Hubo un momento en que estaba abierta y lo sentí todo y lo asimilé todo, y aunque tú estabas al cargo sentí que...

Justine vaciló, reticente a decirlo.

—Que yo te pertenecía —dijo Jason quedamente—. Supiste que soy tuyo.

Justine no pudo contestar, a pesar de que era verdad. Sobre todo porque era verdad. Cuando quiso acomodarse entre sus brazos notó un leve dolor muscular aquí y allá, sutiles recordatorios de cuerdas y carne y placer.

Al cabo de un rato se dio cuenta vagamente de que Jason había abandonado la cama y había vuelto con un paño húmedo y caliente que pasaba suavemente por su rostro, sus extremidades y entre sus muslos. La necesidad de dormir era incontenible. Jason los cubrió con los edredones y Justine sintió que se hundía entre capas y más capas de tentadora oscuridad.

—Volveré a tu lado, Justine —le oyó decir—. Lo sabes, ¿verdad?

—Prometiste que no lo harías.

—Querrás que vuelva. —Al ver que ella no contestaba, la apretó contra sí—. No tengas miedo —susurró.

Justine tenía todos los motivos del mundo para temer por los dos. La seguridad que sentía estando entre sus brazos no era más que una ilusión. Pero por el momento se conformaría con ello.

El alarido del despertador puso a Justine en un estado de alerta. Con una exclamación ahogada cruzó el colchón a gatas y le dio al botón de repetición. Se desplomó boca arriba y gimió ante la perspectiva de un nuevo día.

Después de estirarse con un escalofrío, bostezó y echó un vistazo por el dormitorio. La débil luz matinal se filtraba a través de las persianas y le confería a la estancia un tono apagado, como de postal antigua. Su mirada se fue hacia una extraña mancha roja: tres rollos de cuerda de cáñamo sobre la mesita de noche.

La vergüenza tiñó su rostro de un rojo profundo cuando las imágenes de la noche anterior aparecieron en destellos en su memoria. Le hubiera gustado poder decir que lo sucedido la noche anterior era fruto de una copa de vino de más. Porque nadie practicaba esa clase de sexo estando sobrio. Sexo extravagante. Sexo salvaje. Sexo no-puedo-volver-a-verte-nunca-más.

Justine se echó lentamente en la cama y se llevó la sábana hasta la nariz. De no haber estado los rollos de cuerda a la vista, tal vez podría haberse convencido a sí misma de que no había sido más que un sueño. Desgraciadamente recordaba cada detalle. La manera en que Jason había agarrado las cuerdas para acercar su cuerpo al suyo, la manera en que había seguido y besado las marcas que estas habían dejado sobre su piel. La visión de él, tan concentrado y resuelto, el rubor de la pasión en su rostro. Sus susurros endemoniados: «Te pertenezco.»

Lo había sentido. Él se había entregado a ella, se había concentrado por completo en ella, había tomado su boca con besos a la vez duros y dulces y había exhalado su nombre entremedio, cada músculo de su cuerpo se había contraído para acercarla, para penetrarla, cada vez más adentro. Al final, un sonido se había atascado en su garganta, como si algo lo hubiera herido. Incapaz de abrazarlo, Justine lo había agarrado por abajo en un firme y dulce apretón mientras él se corría dentro de ella.

Al recordarlo, Justine profirió un largo y tembloroso suspiro. Su pecho se encendió con los rescoldos del fuego erótico.

El calor se disipó, no obstante, cuando recordó que Jason se había marchado. Si los espíritus lo querían, a esas horas estaría a salvo, ahora que ya no estaba a su lado. «No pienses en él. No lo eches de menos, ni a él ni a su sonrisa cegadora, ni esos largos besos, ni la manera en que su piel siempre parecía más ardiente de lo normal, como si sufriera una perpetua y ligera fiebre.

¿Cómo impides amar a alguien? Puedes dar por terminada una relación, pero es imposible dejar de abrigar los sentimientos que la alimentan.» Solo el tiempo podría hacerlo... quizá.

Justine se incorporó en la cama, se retiró el pelo enredado de la cara y alargó la mano hacia la mesita de noche para coger la larga cadena con la llave de cobre.

No estaba.

¿Se había caído al suelo? Frunció el ceño al tiempo que saltaba de la cama y empezaba a buscar por el suelo. Miró detrás de la mesita de noche. Nada.

Sintió náuseas, salpicadas de punzadas de adrenalina, como cuando estaba a punto de caerse pero conseguía incorporarse en el último instante y sus nervios zumbaban anticipándose al dolor. Su boca y su garganta se secaron. Estaba demasiado aturdida para siquiera sentir los latidos de su corazón. Incluso antes de obligarse a mirar debajo de la cama supo lo que encontraría.

El *Triscaideca* había desaparecido.

19

El único aspecto positivo de la situación era que ahora que se habían marchado los huéspedes, nadie oiría el aullido de ira que salió de la casa de atrás. Ni nadie fue testigo de la explosión del despertador, de dos bombillas y de la tostadora.

Para cuando Justine hubo recuperado el control, la casa estaba llena de una suave neblina de humo y ella estaba sentada en cuclillas en el suelo. Sus ojos ardían salvajemente. Pensaba matar a Jason Black. De una forma creativa. Lenta.

Se llevó las manos a la cabeza e intentó pensar a través de la nube roja de rabia que invadía su mente.

¿Cómo podía Jason haberle robado su libro de conjuros? Nadie podía quitárselo, era imposible. Y sin embargo él lo había conseguido.

«Te prometo que no volveré a menos que tú me lo pidas.»

El muy cabrón sabía que ella querría que volviera, aunque solo fuera para que le devolviera el libro. Soltó un grito ahogado de rabia.

¿Qué demonios se imaginaba que iba a poder hacer con el

Triscaideca? ¿Acaso creía que podía abrirlo sin más y recitar un conjuro como si estuviera leyendo una receta de Betty Crocker?

No. Si algo no era Jason era estúpido. Sabía que necesitaría a una hechicera que pudiera ayudarle. El concepto de pagar a alguien para que lanzara un conjuro —se alquila magia— era ancestral. Desde el punto de vista de Jason, robar el *Triscaideca* era como una jugada realizada en el último segundo del partido, un jugada infalible. Como él mismo le había contado la noche anterior, tenía las horas contadas. Pretendía hacer exactamente lo que le daba la gana y luego convencería a Justine para que lo perdonara. «¡Qué mal lo tiene!», pensó Justine.

Justine se levantó con dificultad y fue al dormitorio. Se puso unas mallas y una camiseta muy holgada. Su mirada se volvió hacia el espacio oscuro debajo de la cama y su barbilla tembló. No se había separado del *Triscaideca* desde que Marigold se lo dio.

Abandonó su casa y se dirigió a la posada vacía. El grupo de Inari se había marchado y Zoë no vendría hasta la tarde. Había cuatro habitaciones reservadas durante el fin de semana, pero todavía faltaban un par de días.

Justine subió los escalones corriendo y se dirigió a la habitación Klimt. Jason no había dejado nada. Ninguna nota. Ningún mensaje en su teléfono. Había cubierto la cama con la colcha pulcramente. Justine se sentó en la cama y marcó el número de teléfono de Priscilla. Le resultaba especialmente mortificante que no tuviera siquiera el número del móvil de Jason y que se viera obligada a pasar por su ayudante.

—¡Estúpida, estúpida, estúpida! —se dijo entre dientes—. Justine Hoffman, no vuelvas a acostarte con un hombre sin antes tener su número de teléfono.

En ese momento, Priscilla, Jason y los demás se encontraban en el avión de la compañía, volviendo a San Francisco. O tal vez el grupo de Inari se dirigía a San Francisco mientras Jason se desplazaba hacia otro lugar. Con el *Triscaideca*. ¡Maldita sea! ¿Qué pensaba hacer con él?

Saltó el contestador de Priscilla que la animaba a dejar un mensaje.

—Priscilla —dijo lacónicamente—. Dile a Jason que me llame cuanto antes. Tiene algo que me pertenece. Quiero que me lo devuelva.

Después de colgar se dejó caer de nuevo sobre la cama. Intentó decidir qué hacer a partir de entonces. Era indudable que debería llamar a Rosemary y a Sage para pedirles consejo, pero la sola idea de tener que confesarles que había metido la pata de manera monumental, de tener que contarles que había perdido uno de los grimorios más reverenciados por la Tradición... No, ni hablar. Manejaría eso sola. Era su lío, su error, y ella cargaría con las consecuencias.

Todavía echada en la cama, volvió a llamar a Priscilla y dejó un nuevo mensaje:

—Soy yo otra vez. Esto es importante, Priscilla. Dile a Jason que no sabe lo que está haciendo. Se está poniendo en peligro a sí mismo y posiblemente a más gente. Haz que me llame inmediatamente.

Estaba que echaba chispas. Colgó y miró hacia el techo. Priscilla debía de saber algo respecto a lo que se proponía Jason. Probablemente, él le había encargado que encontrara a alguien que pudiera lanzar un conjuro. Y Justine estaba bastante segura de que Priscilla no se dejaría incomodar por la moralidad cuestionable de los planes de Jason. Era demasiado ambiciosa para permitir que alguien se interpusiera en su camino hacia una carrera exitosa. Priscilla haría cualquier cosa que le pidiera Jason sin vacilar ni un segundo.

«Tengo que dar con él antes de que intente nada.»

¡Arrogante, escoria embustera! La cuestión era qué podía hacer Jason con el *Triscaideca* en sus manos. Las posibilidades eran abrumadoras.

Mientras intentaba no pensar en lo impensable, Justine se enfureció al descubrir que estaba frotando inconscientemente la mejilla contra la almohada de Jason, en un intento de su subconsciente de obtener consuelo a través de su aroma. ¡Por los huesos de Hades! Agarró la almohada y la lanzó contra la pared.

En su empeño por agotar la violenta energía que la tenía atrapada, Justine se pasó tres horas cambiando un par de tablones dañados del viejo suelo de madera del comedor. Era un proyecto que había aplazado una y otra vez, hasta que encontrara el momento ideal para llevarlo a cabo. Ahora había llegado ese momento. Disfrutó especialmente aporreando los nuevos tablones con un mazo de goma mientras se imaginaba que golpeaba ciertas partes de la anatomía de Jason Black.

Cuando sonó el teléfono, el corazón de Justine empezó a latir con fuerza contra sus costillas. Apareció un número desconocido en la diminuta pantalla del móvil. Apretó como pudo el botón para aceptar la llamada y se llevó el teléfono a la oreja.

—¿Hola?

Al oír la voz exasperantemente calmada de Jason, los sentimientos encontrados se agolparon en su interior.

—Sabes por qué lo hice.

—Sí, sé por qué. Pero eso no quita, ni mucho menos, que seas un gilipollas ladino y ventajista. ¿Dónde estás?

—De viaje.

—¿Adónde?

—La Costa Este.

—¿Dónde en la Costa Este?

—Ya hablaremos de ello más tarde.

Justine ardía de indignación.

—Quiero que me devuelvas mi libro ahora mismo. El *Triscaideca* no te hará ningún bien. No entiendes lo más importante que hay que saber de la magia: está a punto de producirse un desastre.

—Pronto recuperarás tu libro.

—¡La próxima vez que te vea te arrearé una descarga eléctrica con mis propias manos!

El tono de Jason se tornó ligeramente adulador cuando dijo:

—Entiendo que estés enfadada.

—Ya, claro, es curioso cómo tiendo a exagerar cuando me roban.

—No te lo he robado. Lo he cogido prestado.

—¡Ah, por favor! —dijo Justine, colérica, y colgó.

En menos de treinta segundos su teléfono volvió a sonar. Justine contestó sin preámbulos:

—Cuéntame ahora mismo quién va a lanzar conjuros o vuelvo a colgar.

Jason vaciló un buen rato.

—Priscilla.

¿Priscilla? Justine se llevó los dedos a la boca y se apretó el labio contra los dientes. Cuando volvió a poder hablar dijo vacilante:

—Fiveash. Sabía que su apellido quería decir algo. Es hechicera. Es... Dios mío, ¿es bruja de linaje?

—Sí. Inexperta, pero tiene credenciales.

Eso no era angustia, sino un tormento en cuerpo y alma. Una mezcla tóxica de bochorno, indignación y dolor inyectada directamente en vena.

—Has utilizado a Priscilla para venir aquí y asediarme.

Tenías pensado llevarte el *Triscaideca* desde el principio. ¡Incluso antes de conocerme!

Al menos, Jason no la insultó intentando negarlo.

—Después de conocerte, los motivos cambiaron. Antes pensaba hacerlo por egoísmo. Ahora es porque quiero estar contigo. Porque...

—Me importa un comino que hayan cambiado tus motivos o cuáles sean tus razones —dijo Justine encendidamente—. Tus actos son los mismos. Y sea lo que sea que piensas intentar a través de mi grimorio resultará contraproducente.

—Me arriesgaré.

—¡No solo me refiero a ti, estúpido egocéntrico! Podría repercutir en Priscilla, o en mí, o en cualquiera, aunque nada tenga que ver con todo esto. Escúchame bien: la responsabilidad recae sobre la hechicera que debe asegurarse de que el conjuro no haga daño a nadie. No sabes a quién le puede llegar a afectar.

—Sé que conlleva ciertos riesgos si sigo adelante con esto. Pero si no lo hago, Justine... No me queda otra. No me queda arena en el reloj. Y estar contigo, todo cuanto pueda, es lo único que ahora mismo me importa.

—No puedes utilizar la magia para hacer el gilipollas en cuestiones de vida o muerte. Los espíritus hallarán la manera de volverlo en tu contra.

—Entonces toma tú la decisión —dijo Jason con serenidad—. Tú me amas. Conocemos las consecuencias. ¿Quieres que me quede de brazos cruzados, esperando a que caiga la breva?

—Yo no te quiero —intentó decir Justine, salvo que tuvo que detenerse entre palabras para coger aire y, para su horror, también para contener las lágrimas.

El amor, pensó amargamente, no es algo con lo que se negocia ni mercadea, sigue sus propios derroteros y tiene sus propias reglas. El amor aparece cuando menos lo esperas y cuando menos lo deseas. Es como una especie invasiva que se cuela en tu jardín sin previo aviso, desarrollada para crecer salvaje y descontroladamente, resistente a cualquier método utilizado para erradicarla.

Básicamente, el amor es una plaga.

—Lo único que quiero —dijo Jason— es ocuparme de esto y luego volver contigo. Haré todo lo que me pidas de ahí en adelante. Te daré todo lo que siempre has deseado.

—¡Ni te atrevas! ¡No estoy en venta!

—Te daré friegas en los pies cuando estés cansada. Te respaldaré cuando te sientas sola. Te amaré como ninguna mujer ha sido amada en este mundo. —Jason se detuvo—. Solo tienes que permitirme que haga esta única cosita.

Justine bajó las cejas.

—No tenías permiso para robar mi grimorio.

—Tomar prestado.

—Volverás a hacer lo mismo en cuanto decidas que necesitas algún conjuro útil para arreglar algo.

—No es cierto.

—¿Y se supone que debo creerte? ¿Crees que soy tonta?

Una pausa prolongada.

—No eres tonta —dijo Jason quedamente—. Te preocupas por mí y yo me he aprovechado de ello. Y lo siento.

—No sientes nada de lo que has hecho. Solo lamentas que esté enfadada.

—No estoy seguro de qué tipo de remordimiento se trata. Solo sé que lo siento mucho.

—Si eso es verdad, no permitas que Priscilla intente lanzar un conjuro con el Triscaideca. Devuélvemelo.

—Y luego ¿qué?

—Encontraré la manera de mantenerte a salvo. Dejaré de... preocuparme por ti. Si es necesario me arrancaré el corazón.

Silencio, y luego una lenta exhalación.

—No puedes hacer eso —dijo Jason—. Ya me has dado tu corazón.

La llamada se cortó.

—¿Jason? Jason... —Justine consultó la lista de llamadas recientes de su teléfono y marcó el número. Saltó automáticamente el buzón de voz—. ¡Oh, maldito cabrón!

Lanzó una mirada al material y las herramientas que se amontonaban a su alrededor y empezó a temblar al sentir una drástica necesidad de hacer algo, de destruir algo.

No debería estar permitido, pensó con vehemencia, dejar a una mujer con tantos poderes sola estando de ese humor.

20

—Otro mensaje de Justine —dijo Priscilla en un tono de voz forzado, y devolvió el teléfono al bolso—. Está más histérica que el electricista de un pueblo amish.

—Lo superará.

—Yo no lo haría si fuera ella.

Priscilla bajó la mirada hacia el *Triscaideca* y pasó la mano por la tela que lo cubría. El libro y la tela estaban saturados del agradable aroma seco y dulce de la salvia blanca. A pesar de que Jason le había sugerido que dejara el pesado volumen en el asiento de atrás, ella había insistido en guardarlo en el regazo.

—Pareces nerviosa —dijo Jason, y tomó la carretera que los alejaría del aeropuerto de Little Rock National en el Nissan que había alquilado—. ¿Es porque no quieres que conozca a tu familia o porque no estás segura de que funcione el conjuro?

—Supongo que las dos cosas. Cuesta un poco acostumbrarse a mi parentela. La mayoría de mis familiares han vivido siempre en un radio de diez millas del parque nacional de Toad Suck.

—No tendré ningún problema para llevarme bien con ellos... ¿Y has dicho Toad Suck, «sorbido de sapo»?

—Es allí adonde nos dirigimos. Toad Suck, Arkansas. La gente dice que es un pueblo, pero en realidad es una comunidad sin gobierno municipal.

—¿De dónde procede el nombre?

—Viene de los viejos tiempos, cuando la tripulación de los barcos de vapor se albergaba en la taberna mientras esperaba a que el nivel del agua del río de Arkansas subiera. Los lugareños solían decir que esos hombres del río sorbían alcohol «hasta hincharse como sapos».

Jason sonrió y cogió la I-40 en dirección norte.

—Hay otra versión —prosiguió Priscilla—, según la cual los primeros colonos franceses llamaban la zona *Tout Sucre*, que significa «todo azúcar». A lo largo de los años la gente ha ido cambiando la pronunciación del nombre hasta convertirlo en Toad Suck.

Era fácil de entender por qué los colonos le habían puesto el nombre de Tout Sucre. Las tierras eran exuberantes y fértiles, con colinas cubiertas de bosque y ricos valles con tierra de aluvión. Bosques de arces de azúcar cuyas ramas estaban cubiertas de hojas que con la llegada del otoño estaban mudando de color. Los riachuelos atravesaban la meseta de Ozark, pasando por el valle hasta bajar a las montañas de Ouachita.

—Los Fiveash llevan en Toad Suck desde tiempos inmemoriales —dijo Priscilla—. Trabajan duro, acuden a la iglesia y envían a sus hijos a la escuela. Hacen las compras en Dollar Tree porque no quieren vestirse para ir al supermercado Wal-Mart. Creen que consumir productos de proximidad significa cazar tus propias ardillas. Y cuando mis parientes se pongan a hablar desearías que llevaran subtítulos.

—No te preocupes —dijo Jason, ligeramente sorprendido

por el tono defensivo de su voz—. Ya sabes que no soy un esnob.

—Sí, señor. Lo único que digo es que cuando empecé a trabajar en Inari, pensabas que necesitaba pulirme un poco. Pues bien, comparada con el resto de la familia yo soy la princesa Diana.

—Entendido —dijo Jason, divertido—. No habrá ningún problema, Priscilla.

Priscilla asintió con la cabeza, aunque seguía pareciendo preocupada.

—Por cierto, no te presentaré a mi madre. Desde que murió mi padre no ha querido saber nada de la magia. Iremos directamente a la casa rodante de mi abuela Fiveash. Allí la conocerás a ella, a mi tía abuela Bean y a mi tío Cletus. Cletus no participará en el conjuro, naturalmente; es hombre.

—¿Existen lo que llamaríamos brujos? ¿Magos?

—No, no es más que un mito. Según el *Malleus Maleficarum...*

—¿Qué es eso?

—Un libro sobre la caza de brujas escrito por un sacerdote católico en el siglo XIII. Según él, el diablo tentó a las mujeres enviando a atractivos ángeles caídos para que las sedujeran. Y así fue como las mujeres se convirtieron en sus sirvientas. Así se iniciaron las brujas. Hipotéticamente. Pero ahora la magia ya no tiene nada de satánico.

—¿Te preocupa la maldición de las brujas? —Jason mismo se sorprendió por su pregunta—. Debería preocuparte. Debes de tener miedo a enamorarte de alguien.

Priscilla parecía desconcertada, se había ruborizado. Era poco habitual que mantuvieran esta clase de conversaciones personales entre ellos.

—De hecho no. Durante toda mi vida mi único propósito ha sido salir de Toad Suck. Formándome, matándome a trabajar... No tengo tiempo para romances. —Se quedó pensativa y añadió—: A pesar de que ya no vivo aquí sigo sintiendo que todavía no he conseguido escapar. Siempre he querido algo diferente, sin saber muy bien qué. Supongo que dinero. Mi madre dice que nunca seré feliz por mucho dinero que gane.

—No —dijo Jason quedamente—. Cuando la gente se ve impulsada a ganar mucho dinero, nunca es por el dinero en sí.

Priscilla se quedó callada mientras reflexionaba.

Unos minutos más tarde, Jason dijo:

—No te estreses con lo del conjuro. Lo harás lo mejor que puedas.

—Para ti es muy fácil decirlo. Soy yo quien lo tiene que hacer bien. La magia no es como las matemáticas, donde siempre hay una respuesta correcta. A veces se trata de elegir entre un montón de respuestas equivocadas. O aun peor, un montón de respuestas que nos parecen correctas pero cada una de ellas tiene sus inconvenientes.

Jason intentó pensar en algo que pudiera aligerar la presión.

—Priscilla, ¿sabes cuál es el golpe más difícil en el golf?

—El molino —dijo con contundencia.

—¿El qué? No, no estoy hablando de minigolf sino del golf de verdad. El golpe más difícil es el golpe largo para salir del búnker. —Al ver su semblante inexpresivo, Jason añadió—: Cuando la bola se queda varada en el foso de arena. Tienes dos maneras de sacarla. O bien puedes utilizar un *pitch* o un *drive*. El *pitch* es un golpe corto y alto, poco arriesgado, solo para sacarla del búnker. Si utilizas un *swing* largo y fuerte te arriesgas a alcanzar la gloria o el fracaso total.

—Entonces, ¿lo que me estás diciendo es que cuando intentemos lanzar el conjuro esta noche tú te inclinarías por el gran riesgo?

—No. Hazlo de la manera segura. Es demasiado importante para arriesgarlo todo. Tú da el golpe corto y alto, sácame del maldito búnker. Si puedes comprarme unos años al lado de Justine, haré que cuenten por toda una vida.

Priscilla lo miró atónita.

—Estás enamorado de ella.

—Por supuesto. ¿Qué pensabas?

—Pensaba que solo querías deslumbrarla para conseguir el libro de conjuros.

Jason la miró, ofendido.

—¿Por qué te resulta tan difícil creer que pueda enamorarme de alguien?

—Porque cada vez que rompes con una mujer me pides que compre una joya cara y la envuelva para ella. Tus facturas en Tiffany's causaron la burbuja económica en el mercado de los metales preciosos.

Jason frunció el entrecejo, pero mantuvo la vista en la calzada.

—Justine es distinta a todas las demás.

—¿Por qué? ¿Porque es bruja?

—Porque es Justine.

Priscilla bajó la mirada al *Triscaideca* y dibujó unos círculos sobre la tapa con el dedo.

—¿Y ella está enamorada de ti? —preguntó con cautela.

—Eso creo. —Jason dio un suave volantazo para sortear unos buitres que se habían montado un banquete en medio de la carretera—. Y me gustaría vivir lo suficiente para intentar merecérmela.

—Entonces será mejor que encuentre un conjuro especialmente poderoso —dijo Priscilla en un tono áspero.

Treinta y cinco minutos más tarde tomaron la salida del parque nacional de Toad Suck. Priscilla lo guio a través de una serie de recodos por una carretera que se iba estrechando y complicando cada vez más, hasta que llegaron a un camino de acceso privado de grava lleno de profundos baches en los que las ruedas del coche se hundían sin que pudieran esquivarlos. Se detuvieron frente a una casa rodante en medio de una arboleda de cornejos rosas y blancos. Frente al hogar móvil había una terraza improvisada con una plancha de madera contrachapada y un juego de tumbonas de plástico. Un perro de raza indeterminada holgazaneaba en una de las esquinas de la terraza, y cuando vio el coche que se acercaba meneó su cola rala y desaliñada.

—Seguramente te parecerán un poco raros al principio —dijo Priscilla cuando Jason detuvo el coche—. Pero en cuanto te acostumbres a ellos te parecerán incluso más raros.

—Nada de emitir juicios de valor —le aseguró Jason.

Era una de las cosas que había aprendido en los diez años que llevaba viviendo en San Francisco. Una persona con el pelo de colores como el arcoíris y múltiples *piercings* podía perfectamente ser un millonario; o alguien que se vestía como si hubiera pescado su ropa de un contenedor de basura, un respetable representante de la comunidad. Los prejuicios no servían de nada, por no decir que eran estúpidos.

Cuando Jason bajó del coche le sorprendió la tranquilidad del lugar. Lo único que se oía era el golpeteo de un pájaro carpintero en un cercano grupo de pinos y cedros y el susurro de un arroyo. El aire expulsaba vapor como si acabaran de plancharlo. La lánguida y mansa brisa estaba saturada del olor a hierba caliente y a pinaza.

La cacofonía que producía el tintineo de las joyas de un par de ancianas en el interior de la casa rodante rompía el silencio. Ninguna de ellas tenía menos de ochenta años. Iban vestidas de manera muy similar, con chanclas, una túnica de colores alegres y pantalones cortos. Una de ellas llevaba el pelo recogido en un moño como un cono de helado de vainilla de la central lechera Dairy Queen, y la otra en un remolino de pelo rojo y vistoso. Entre gritos y cotorreos las dos salieron al encuentro de Priscilla y la abrazaron al mismo tiempo.

—Prissy, corazón, estás en los huesos —exclamó la anciana pelirroja—. ¿No te dan de comer en California?

—Por supuesto que no —dijo la otra anciana antes de que le diera tiempo a replicar a Priscilla—. Lo único que comen esos hippies de la Costa Oeste son chips de col rizada. —Sonrió a Priscilla—. Te cocinaremos comida de verdad, niña. Cazuela de perritos calientes y galletas de manzana.

Priscilla se rio y besó su curtida mejilla.

—Abuela, tía Bean, quiero que conozcáis a mi jefe, el señor Black.

—¿Es el propietario de la compañía de informática en la que trabajas?

—Videojuegos —dijo Jason, y dio la vuelta al coche para ir a su encuentro. Le tendió la mano a la mujer pelirroja—. Por favor, llámeme Jason.

—Los ordenadores serán la ruina de este mundo —dijo, ignorando su mano extendida—. Nosotros no nos entretenemos dando la mano, amor, solo damos abrazos. —Lanzó los brazos alrededor de Jason y lo envolvió en una desconcertante mezcla de aromas: productos de fijación capilar, perfume, desodorante, loción corporal y un toque peculiar de insecticida—. Soy la abuela de Priscilla —dijo—. Tú también puedes llamarme así.

La mujer del pelo del color de la vainilla, de torso fuerte, corto y redondo como un barril, también se acercó para abrazarlo.

—En realidad me llamo Wilhelmina, pero a la gente le dio por llamarme Bean cuando era pequeña, y se me ha quedado el nombre.

Puesto que ninguna de las mujeres parecía dispuesta a liberar sus brazos, Jason se fue hacia el remolque con la abuela de Priscilla y Bean a cada lado. Priscilla los siguió con el libro de conjuros en la mano. Una ráfaga de aire helado los alcanzó en cuanto se abrió la puerta principal. Un equipo de aire acondicionado zumbaba desde el alféizar de la ventana y enfriaba el interior del remolque hasta niveles árticos. Entraron en un salón cuya pared principal estaba cubierta de matrículas de hojalata.

La casa estaba limpia, pero abarrotada de mesas y estanterías llenas de coleccionables: figuritas, antiguos anzuelos y moscas, chapas, cajas de galletas. A Jason, que prefería los espacios diáfanos y despejados, le provocó un ligero ataque de claustrofobia. Al ver que las dos ventanas de la cocina estaban completamente bloqueadas con hileras de jarras de cerveza y termos metálicos, se vio obligado a respirar hondo para calmarse.

—Ahora —dijo la abuela a Priscilla—, echémosle un vistazo al libro de conjuros.

—Es muy antiguo —dijo Jason, incómodo al ver el valioso grimorio de Justine al lado de una cazuela cubierta con papel de aluminio que apestaba a perritos calientes y a kétchup sobre la misma mesa de comedor—. No puedo permitir que le pase nada.

—Tendremos cuidado —dijo la abuela, y le lanzó una mirada astuta a Jason—. Nunca pensé que vería uno así, sobre todo con nombre.

—Nosotras nunca aprendimos magia con un grimorio —dijo Bean, al tiempo que seguía la mirada de Jason. Cogió la cazuela, se volvió para dejarla en una de las encimeras y se limpió las manos en la túnica—. Solo las brujas de la elite los tienen. Nosotras siempre hemos guardado nuestros conjuros y fórmulas en tarjetones para recetas.

—Un libro como este —dijo la abuela— tiene más poder que lo que está escrito en sus páginas.

Las ancianas soltaron pequeñas exhalaciones de admiración cuando Priscilla desenvolvió el *Triscaideca*. La cubierta de cuero relucía con un acabado del color de una ciruela negra. En el centro había el ojo de una cerradura de cobre en forma de esfera de reloj. Incluso si Jason no hubiera conocido el carácter sobrenatural del libro, se habría dado cuenta inmediatamente de que se trataba de un objeto antiguo de un valor incalculable.

—¿Por qué la esfera de un reloj? —preguntó.

—No es un reloj —contestó la abuela—. Son las fases de la luna. La tierra está aquí, en el centro. —Trazó unas líneas invisibles que discurrían desde el ojo de la cerradura hasta cada uno de los puntos del círculo exterior—. Cuarto creciente en la parte superior, luego luna creciente, aquí luna llena... —Sus dedos se deslizaron hasta el borde de la cubierta—. Por tanto, el sol brillaría desde esta posición.

Priscilla frunció el ceño, inquieta.

—Esta noche es luna llena, abuela. ¿Es el momento ideal para lanzar un conjuro?

—Depende del conjuro. Tendremos que leer unos cuantos, tú, Bean y yo, para decidir cuál es el mejor. —La abuela se volvió hacia Jason y dijo, con un tono de voz colmado de conmiseración—: Prissy me contó con qué nos enfrentamos. Entre la falta de alma y la maldición de la bruja tienes más problemas que un manual de matemáticas. Y solo podemos lanzar un solo conjuro, si echáramos más se anularían entre ellos. —Hizo una pausa—. ¿Quién tiene la llave?

—Yo —dijo Jason, y sacó la cadena que guardaba bajo su jersey.

La abuela la cogió y asintió con la cabeza en un gesto formal.

—Bean, antes de que abramos el libro creo que deberíamos pasar la escoba por la cocina.

—Iré a buscarla... —dijo Bean, y salió corriendo pasillo abajo.

—Jason —prosiguió la abuela—, pasaremos un buen rato leyendo. Sube los pies, si quieres. También puedes mirar la tele. Los Razorbacks juegan contra los Aggies.

—¿Le importa si doy un paseo por la zona?

—Por favor, adelante.

Cuando Jason cogió sus gafas de sol de la mesa y se volvió hacia la puerta, Bean se le acercó con un aerosol y comenzó a rociarlo. Jason reculó en un acto reflejo mientras Bean dirigía el espray a sus perneras e incluso lo bajaba para darles un repaso a sus tobillos. El olor a repelente de insectos envolvió el aire del salón en una nube tóxica.

—No. De veras. Yo no...

—Lo necesitarás —dijo Bean en un tono de voz autoritario, al tiempo que se desplazaba hasta su espalda y seguía rociándolo con insistencia.

—No conoces los mosquitos de Arkansas —dijo la abuela—. En diez minutos te dejarían más seco que un cerdo en un día de matanza.

—¡Vaya, vaya! —se oyó la voz de Bean desde atrás—. Esto es lo que yo llamo un superior posterior. ¡Menudo trasero!

Jason miró de reojo a Priscilla, que estaba intentando reprimir una sonrisa.

—Gracias —masculló entre dientes, y se dio a la fuga en cuanto Bean hubo terminado.

—Una cosa más —dijo la abuela—. Si ves a Cletus arriba, no le hagas caso.

La puerta se cerró.

Jason se detuvo.

—No hay una segunda planta en una casa rodante —dijo en voz alta.

Jason dio la vuelta a la estructura desvencijada. Descubrió que los cornejos en la parte de delante del remolque escondían una silla plegable, una nevera de plástico y una sombrilla, todo ello dispuesto sobre el techo plano. La silla estaba ocupada por un anciano que llevaba una gorra de pesca, pantalones cortos y una camiseta que proclamaba «No solo soy perfecto, también soy sureño». El hombre miraba intensamente un teléfono móvil que sostenía en una mano, mientras que en la otra tenía una cerveza.

—¿Cletus? —preguntó Jason cautelosamente.

El hombre contestó sin apartar la mirada del teléfono.

—Soy yo. ¿Tú eres el tío que ha traído Priscilla?

—Sí. Me llamo Jason.

—Sube y tómate una cerveza fría conmigo —dijo, y señaló una escalera apoyada contra el remolque.

Jason subió al techo, que estaba cubierto con una gruesa alfombra de goma que apestaba a neumáticos nuevos.

Se acercó al anciano y se dieron la mano brevemente. Los ojos de Cletus eran como frías esquirlas azules debajo de unas nevadas cejas que parecían orugas. Su piel tenía el color y la textura de una hoja de tabaco. La mayoría de las personas de la edad avanzada de Cletus no habrían sido capaces de subir al techo. Pero él era un hombre duro, curtido, de brazos fibrosos y complexión nervuda.

Cletus metió la mano en la nevera, sacó una lata de cerveza y se la dio.

—Gracias.

Jason se sentó en un parche de la cubierta del techo, debajo de la sombrilla.

—Supongo que has venido hasta aquí para que la abuela y Bean te apañen un conjuro —dijo Cletus.

—Ese es el plan. —Jason abrió la lata de cerveza y bebió—. ¿Eres el tío abuelo de Priscilla?

—Tío abuelo político. Mi hermano gemelo, Clive, estuvo casado con Bean, hace mucho tiempo. Murió a causa de un ataque de abejas seis semanas después de su boda.

—¿Era alérgico a las abejas?

—Más bien alérgico a los maleficios. Clive sabía el riesgo que corría al casarse con Bean. Todo el mundo sabe cómo son las mujeres Fiveash. Viudas negras, todas ellas. No lo pueden remediar. Te casas con una y luego te mueres.

—¿Por qué se casó Clive con Bean si ya lo sabía?

—Por aquel entonces, Bean era de muy buen ver y Clive se volvió loco. Dijo que tenía que ser suya, con maldición o sin ella. Nadie pudo hacerle entrar en razón, ni siquiera Bean. Estaba desahuciado desde el momento en que posó sus ojos sobre ella.

—Conozco la sensación —dijo Jason sin atisbo de ironía en la voz.

Cuando se acabó la cerveza, Cletus arrugó la lata y la lanzó lejos del techo.

—La maldición persigue a todas las mujeres Fiveash. Espero que no te hayas encariñado con Priscilla.

—No, señor.

—Eso está bien. Sigue así. No quieras acabar como Clive. Ni tampoco como el marido de la abuela, Bo.

—Y él ¿cómo murió?

—Lo alcanzó un rayo en el embarcadero de Toad Suck, cuando todavía había transbordadores. —Cletus hizo una pausa para reflexionar—. Una semana antes de que ocurriera, Bo me contó que fuera a donde fuera, los relojes dejaban de funcionar. Su reloj se detuvo. ¡Maldita sea, incluso el cronómetro de la cocina se paraba en cuanto aparecía Bo! —Arrancó la lengüeta de la lata de cerveza y la lanzó por el borde del techo—. Lo más curioso es que poco antes de su accidente, Clive me contó que tenía el mismo problema. Hasta entonces siempre había llegado puntualmente al trabajo, pero empezó a fichar tarde porque todos y cada uno de los relojes de su casa se habían detenido. Una semana más tarde, Clive falleció.

Jason lo miró fijamente, muy atento a sus palabras.

—¿Los dos se murieron una semana después de que se detuvieran los relojes? —Su mirada bajó hasta su reloj de acero inoxidable. Al ver que seguía funcionando, soltó un suspiro de alivio.

Antes de que le hubiera dado tiempo a levantar la vista oyó que Cletus le decía:

—Chico, estás metido en un lío o tienes un problema, ¿verdad?

Después de una hora en compañía de Cletus, Jason bajó del techo y volvió a entrar en el remolque. Las tres mujeres estaban concentradas en la lectura del *Triscaideca*.

—¿Qué tal va todo? —preguntó Jason.

—Este libro es increíble —dijo Priscilla—. Hay conjuros para prácticamente todo lo que puedas imaginar.

—¿Has encontrado algo que pueda contrarrestar la maldición de las brujas?

—Nada en concreto —dijo Priscilla—. Lo cual no tiene sentido, porque alguna bruja de linaje tiene necesariamente que haber intentado arreglar el problema alguna vez a lo largo de las generaciones. ¿Por qué ninguna escribió nunca nada al respecto?

—Bean y yo intentamos salvar a nuestros maridos —dijo la abuela—. Al ver que no funcionaba, supuse que nuestra magia era demasiado débil porque nunca nos enseñaron a lanzar conjuros. Pero siempre pensé que un libro como este tendría la respuesta.

Jason se centró en Priscilla.

—¿Qué te parece si intentamos el golpe para salir del foso de arena?

—Hemos encontrado un conjuro de longevidad —dijo—. Uno muy poderoso, o eso parece.

Jason mantuvo el semblante inexpresivo.

—¿Encierra algún inconveniente el supuesto conjuro de longevidad?

—No, por lo que hemos podido averiguar. Todo el mundo quiere vivir más tiempo, ¿no es así? —Frunció el ceño—. Pero se lo estás preguntando a la persona equivocada. Ninguna de nosotras ha practicado magia a este nivel. En el fondo le estás pidiendo a alguien que no es más que una ayudante de hamburguesería que improvise un plato de alta cocina francesa.

Jason no había olvidado la advertencia que le había hecho Justine respecto al conjuro de longevidad: que llegaría el día en que tal vez suplicaría morirse. Sin embargo, en ese momento la longevidad era la respuesta a todo. Le permitiría estar con Justine y también era su mejor opción para eludir la maldición de las brujas.

—Hay otro conjuro que queremos añadir —dijo Priscilla.

Jason levantó las cejas.

—Pensaba que la regla era solo un conjuro por persona.

—El segundo no es para ti, sino para Justine.

Jason se quedó callado y escuchó detenidamente.

—Queremos echarle un maleficio —dijo Priscilla quedamente—. Tan parecido al original como sea posible. No sería tan bueno, por supuesto, pero creemos que entre las tres...

—No.

—Ella estaría mejor así. Y tú también.

—No es un tema que pienso discutir con vosotras.

—Tendrías lo que querías desde el comienzo —insistió Priscilla, al tiempo que se ruborizaba—. Tendrías más tiempo para vivir y estarías a salvo de Justine.

—Aunque el destino de toda la Tierra pendiera de un hilo, no querría que le volvieran a lanzar un maleficio a Justine.

—Todavía eres joven —dijo Bean—. Podrías encontrar a otra mujer.

Jason sacudió la cabeza.

—Es Justine o nadie.

Priscilla se lo quedó mirando.

—Te estás comportando de una manera más alocada que una cucaracha envenenada con insecticida. Hace muy poco que la conoces, es demasiado pronto para que tomes una decisión como esta.

Jason la miró a los ojos sin parpadear.

—Desde luego que no. Llega un día en que tu vida cambia en un abrir y cerrar de ojos. Algo que nunca habías imaginado te alcanza por sorpresa. Y no hay tiempo para averiguar cómo o por qué pasa. Simplemente te ves obligado a seguir tu instinto.

—No, si eso me pasara a mí, yo recordaría que hay cosas que acaban antes de empezar —dijo Priscilla.

Jason contempló el rostro serio de la abuela y de Bean.

—Hacedlo lo mejor que podáis y doblaré el precio que convenimos. Pero dejad a Justine fuera de esto.

—No creo que... —dijo la abuela.

—Lo triplicaré —dijo Jason.

La abuela y Bean se miraron.

—Hagámoslo —se apresuró a decir la abuela—. Priscilla, tú te ocuparás de hacer el círculo. Bean, necesitaremos el cáliz y el paño de altar.

Bean se acercó al alféizar para rescatar un vaso de cristal grueso con el logo de Budweiser.

—¿Eso es un cáliz? —preguntó Jason, atónito.

—Desde luego que lo es. Hemos realizado nuestra mejor magia con él.

Bean metió la mano en un cajón, sacó un trapo de cocina y lo extendió sobre la encimera.

Después de echarle un vistazo al trapo que llevaba impresa la silueta de Elvis tocando la guitarra, Jason miró a Priscilla con recelo.

—No importa el aspecto que tenga el paño de altar —le dijo en voz baja mientras las dos ancianas se entretenían con los preparativos—. Deja que lo hagan a su manera. Ellas saben mejor que nadie lo que les conviene. —Tras una breve pausa añadió—: Y no te cojas un berrinche si mencionan a Dionne Warwick un par de veces durante el conjuro. A Bean le hace feliz y a los espíritus no les importará.

21

Al tercer día después de la partida de Jason, Justine luchaba por seguir enfadada. La ira le había dado la energía suficiente para dejar todo a punto para la nueva entrada de huéspedes: tareas de mantenimiento tales como reparar un inodoro estropeado, reajustar el mando a distancia de un televisor, reabastecer las habitaciones con jabones y demás artículos de tocador. La ira también la había impulsado a través del tedio que suponía la contabilidad y el pago de facturas, hacer nuevos pedidos y enviar correos electrónicos con las confirmaciones de las reservas a los clientes.

El problema era que Justine no estaba segura de lo que ocurriría si daba rienda suelta a su ira. No quería ablandarse con respecto a Jason. Y no quería ver sus actos contextualizados: el amor no era una circunstancia atenuante. Tenía que centrarse exclusivamente en lo que había hecho e ignorar sus motivos para hacerlo. Razón por la cual le había confiado muy poco a Zoë, que era una gran defensora de la contextualización. Y del amor.

Cuando se encontraba en medio de la colada de la ropa blanca y las toallas, Justine recibió una llamada de Priscilla, que hasta entonces no le había devuelto ninguno de sus mensajes coléricos.

Justine había esperado esa llamada, se había mantenido despierta por la noche repasando largas y mortificadoras broncas que dejarían a Priscilla transida de culpa. Pero cuando contestó, Justine descubrió furiosa que lo único que fue capaz de decirle fue un «hola» atragantado. Todas las vehementes palabras ensayadas se habían enredado irremediablemente entre ellas como finas cadenas.

—Jason no sabe que estoy hablando contigo —dijo Priscilla—. Me mataría si lo supiera.

—¿Dónde está mi libro de conjuros? —preguntó Justine con firmeza.

—Lo tiene Jason. Cuida muy bien de él. Te lo llevará a finales de esta semana.

—¿Dónde está ahora mismo?

—Hay una conferencia en San Diego. En uno de esos enormes jaleos de videojuegos. Tiene que asistir a un acto para recaudar fondos y...

—¿Estás con él?

—No. Se quedó en Little Rock hasta anteayer por la noche, y ayer se fue a California.

—¿Little Rock? —repitió Justine, desconcertada—. ¿Arkansas?

La voz de Priscilla sonó apagada cuando dijo:

—Mi abuela y mi tía abuela son brujas. Me han echado una mano para encontrar el conjuro que pudiera irle bien a Jason.

—Utilizando mi *Triscaideca* —dijo Justine con tirantez—. ¡Magnífico! ¿Qué conjuro habéis utilizado?

—El de longevidad.

La ira de Justine descendió como un alpinista haciendo rápel. Cayó en una densa neblina de pesadumbre. Cerró los ojos y se apoyó contra el secador, necesitada de su calor. Tuvo que respirar hondo un par de veces antes de volver a decir nada.

—¿Habéis utilizado alta magia?

El tono de voz de Priscilla era cauto cuando dijo:

—Mi abuela dijo que creía que había funcionado. Así que no hay nada de lo que preocuparse. Tendrás tu libro y luego...

—Hay dos cosas preocupantes en todo este asunto —dijo Justine con aspereza—. Una es si habéis lanzado el conjuro mal. La otra es si lo habéis lanzado bien.

—No te entiendo.

—Déjame que te diga una cosa. Solo porque puedas hacer algo no quiere decir que debas hacerlo. No hay manera de saber exactamente lo que habéis puesto en marcha. No lo sabremos hasta que ya sea demasiado tarde. Y si lo habéis hecho bien... Jason sufrirá por ello más tarde. La longevidad sobrenatural es una maldición, Priscilla. No se la desearías ni a tu peor enemigo. No te garantiza que no vayas a sufrir alguna enfermedad o demencia senil, o cualquier otra cosa terrible que pueda sobrevenirle al cuerpo humano. Lo único que te garantiza es que vivirás, y vivirás, y vivirás, hasta que llegue el momento en que harías cualquier cosa por acabar con la miseria. —Su garganta se cerró—. ¡Yo ya se lo expliqué a Jason, maldito idiota terco!

—Lo ha hecho porque te quiere —saltó Priscilla.

—¡Venga ya! Pensaba hacerlo de todas maneras, por sus propios motivos egoístas.

—Te quiere —repitió Priscilla.

—¿Por qué lo crees? —preguntó Justine en un tono sarcástico—. ¿Porque él te lo ha dicho?

—Porque es la verdad. Todo el mundo sabe que serás su muerte. El conjuro de longevidad no resistirá a la maldición de las brujas. Pero a Jason le importa un pimiento, lo único que quiere es comprar más tiempo para poder estar contigo. —Priscilla soltó un jadeo de frustración—. Mi padre murió joven, al igual que el tuyo. La gente le advirtió que no se casara con mi madre. Le dijeron que saliera corriendo para que el maleficio no pudiera alcanzarle. Siempre me pregunté por qué no hizo caso de las advertencias. Nunca entendí cómo un hombre podía estar tan enamorado de una mujer hasta el punto que prefiriese morir antes que vivir sin el objeto de su amor. Bueno, pues ahora he sido testigo de primera mano. No hay manera de salvar a Jason. Ha encontrado algo que desea incluso más que un alma, y ese algo eres tú. Si no lo quieres, él esperará.

—Pues se pasará el resto de su vida esperando —le espetó Justine.

—Ya se lo dije.

—¿Y él qué dijo?

—«Entonces la espera será mi manera de quererla.»

Justine enmudeció y su mano se cerró en un puño contra la superficie metálica y caliente del secador.

—Le pido a La Diosa que ningún hombre llegue a amarme de esta manera —prosiguió Priscilla—. Y siento haber participado en esto. Pero en realidad te llamaba para contarte dónde está Jason, por si no quieres perder tiempo. Porque aunque el conjuro funcione, no dispondrás de él para siempre.

—No te preocupes por nada —dijo Zoë jovialmente, y metió la ropa doblada en la maleta abierta que había sobre la cama de Justine. Zoë no solo había accedido cuando Justine le preguntó si la podía cubrir, sino que se había mostrado entusiasmada. De hecho, Zoë había insistido en ayudarla a hacer las maletas para su viaje a San Diego.

—He hablado con la hermana de Nita para que nos eche una mano con la limpieza —prosiguió Zoë—, y Annette vendrá temprano para ayudarme con los desayunos y solo tenemos unas cuantas habitaciones reservadas. Así que puedes quedarte todo el fin de semana.

—Todos intentáis deshaceros de mí —gruñó Justine.

Zoë sonrió.

—Te lo mereces. Ninguno de nosotros recuerda la última vez que te fuiste de fin de semana romántico.

—No será un fin de semana romántico. Voy para que Jason me devuelva el libro de conjuros, y luego pienso pegarle una bronca y quedarme en mi propia habitación. La única razón por la que no volveré el mismo día es porque todos los vuelos de vuelta están llenos.

—Llévate una muda por si acaso. Y algo mono para la cena. —Zoë sacó un pequeño vestido negro del armario—. Este será perfecto.

—No pienso vestirme para la cena. Me comeré una hamburguesa en la habitación.

—¿Dónde están tus sandalias de tiras?

Justine frunció el ceño ante la determinación de Zoë.

—En el fondo del armario.

—¿Y qué me dices de un collar?

—No tengo ninguno que vaya a juego con el vestido.

—Aquí tienes. Este será perfecto.

Zoë se quitó el broche antiguo de cristal que llevaba enganchado al jersey de estilo retro y lo colocó en el punto más bajo del escote del vestido.

—Zoë, muchas gracias, pero es del todo innecesario. No saldré a cenar con Jason ni con nadie.

Zoë dobló el vestido con cuidado.

—Nunca se sabe.

—Jason ni siquiera sabe que voy. Solo quiero decirle adiós para siempre y luego volveré aquí para retomar mi vida de lenta desesperación. No sabía lo bien que estaba antes de que todo esto empezara.

—¿Por qué tienes que despedirte de él en San Diego? —preguntó Zoë amablemente—. Podrías dejarle un mensaje en su buzón de voz. O enviarle un SMS.

—No puedes enviarle un SMS a alguien en el que pone «adiós para siempre» —dijo Justine, indignada—. Estas cosas hay que hacerlas cara a cara.

—En sandalias de tiras —añadió Zoë con satisfacción, y metió los zapatos en la maleta.

El hotel del Coronado se había ganado la condición de icono desde sus inicios en el siglo XIX. A pesar del gran tamaño del balneario de estilo victoriano, los amplios porches pintados de blanco, los pabellones y las arcadas le conferían un aire de ligereza y calidad. Justine nunca había visitado el Del, como lo solían llamar los habitantes de San Diego, pero sí había leído acerca de él mientras estudiaba dirección de hoteles.

A lo largo de su historia se habían hospedado allí un sinnúmero de celebridades, incluida la realeza de Hollywood, entre ellos Rodolfo Valentino, Charlie Chaplin y Greta Garbo. El hotel también había alojado a varios presidentes de Estados Unidos, miembros de la realeza internacional y leyendas como Thomas Edison y Babe Ruth. Incluso había un fantasma residente cuyas apariciones habían tenido su repercusión en la prensa desde que en 1892 una joven sin compañía murió allí.

Por un instante, al entrar en el lujoso vestíbulo con su moqueta roja y dorada y sus resplandecientes acabados de madera oscura, Justine se arrepintió de su vestimenta informal. A pesar de que la mayoría de la gente que se encontraba en el vestíbulo también vestía tejanos, parecía la clase de lugar donde la gente debería ir de punta en blanco.

Justine se colocó en la fila que se había formado delante

de la recepción y dejó su bolsa de viaje en el suelo. Priscilla le había facilitado el número de la habitación de Jason y una copia de su programa. La conferencia se celebraba en otro hotel, lo que quería decir que probablemente Jason estaría fuera en ese momento. Pero en cuanto volviera le iba a contar exactamente lo que pensaba de él. Lo ruin que era por haberle robado el *Triscaideca* y lo estúpida que había sido ella acostándose con él, confiando en él...

Sus pensamientos se vieron interrumpidos por una sensación de calor que recorrió su espalda, desde la nuca hasta el final de la columna vertebral. Echó una mirada furtiva a su alrededor. Los demás que hacían cola con ella parecían despreocupados. La gente que ocupaba las islas de tresillos seguía riendo y charlando ociosamente.

Un pequeño grupo de hombres salió del anticuado ascensor y atravesó el vestíbulo a paso relajado. Estaban enfrascados en una conversación y se detuvieron al llegar a la enorme mesa redonda que soportaba el mayor arreglo floral que Justine había visto jamás. Uno de los hombres, muy sexy y sofisticado en el elegante traje oscuro que vestía, irradiaba tal carisma que casi traspasaba, aunque no del todo, la línea que separa la confianza en sí mismo y la presunción. Se había cepillado su cabellera negra con esmero, aunque empezaba a caer en mechones desordenados sobre su frente. Justine recordó el tacto de ese pelo entre sus manos, la dulce y firme presión de su boca contra la suya.

Justine se volvió y agachó la cabeza. Estaba horrorizada por la fuerza del placer que sintió al encontrarse en la misma estancia que Jason. Su corazón había adoptado la cadencia de una locomotora fuera de control. Se obligó a permanecer inmóvil a pesar de que sus músculos se habían tensado, dispuestos a salir corriendo, hacia él o lejos de él, Justine no estaba del todo segura.

Pensó que tal vez la estaría mirando, casi podía sentir sus ojos sobre la piel. Sin embargo, el vestíbulo estaba a rebosar de gente y Jason no esperaba que ella estuviera allí. Era poco probable que la descubriera. Al rato se atrevió a lanzar una mirada hacia el grupo. Se habían ido.

La fila avanzó y ella se agachó para coger la bolsa de viaje.

Un par de zapatos de cordones relucientes aparecieron en su campo de visión. Justine se enderezó con el corazón en el cuello. Alzó la mirada hacia él mientras los pensamientos se agolpaban en una confusión de deseo y necesidad.

El tono de voz que empleó era relajado, pero su mirada la acariciaba.

—No vas a conseguir una habitación aquí. Están todas reservadas.

Justine sentía como si una capa de miel hubiera cubierto el interior de su garganta. Tragó saliva antes de contestar:

—Ya tengo una reserva hecha.

Jason cogió la bolsa de viaje de sus débiles dedos.

—La han cancelado. Podemos compartir mi habitación.

La conciencia electrizante de la presencia del otro se había propagado a los demás que los rodeaban. Unas cuantas miradas los seguían, algunas curiosas, otras envidiosas.

Jason la condujo hasta un alto ficus que los ocultaba parcialmente y dejó la bolsa de Justine y su maletín a un lado. La escudriñó intensamente.

—¿Qué haces en San Diego? —Antes de que le diera tiempo a Justine a contestar, añadió—: Permíteme que deje claro que no me estoy quejando. Estoy feliz de tenerte aquí.

—Tú no me tienes aquí. He venido para recuperar el *Triscaideca.*

—Pensaba llevártelo pasado mañana.

—No podía esperar tanto tiempo.

—¿Por el libro de conjuros —preguntó Jason—, o por mí?

Justine había decidido de antemano que no flirtearía con él, que no sonreiría ni se ablandaría ni sucumbiría a sus encantos.

—Quiero mi libro.

Sin decir nada, Jason cogió su maletín negro de cuero y se lo dio.

—¿Has estado cargando con él todo el tiempo? —preguntó Justine, desconcertada.

Jason sonrió levemente.

—Como si fueran los códigos nucleares.

Justine le dio la espalda, abrió el maletín y echó un vistazo a su interior. Metió la mano y levantó una esquina de la tela de lino. Se le escapó un suspiro de alivio al ver la familiar cubierta del grimorio.

Jason se acercó a ella. Agachó la cabeza y su boca acarició suavemente su cuello.

Un escalofrío sensual recorrió su cuerpo.

—Sigo teniendo el firme propósito de darte tu merecido.

—Muy bien, hazlo —dijo él, justo antes de que Justine sintiera sus dientes en un suave mordisco—. Con las dos manos.

Enfurecida, Justine se volvió hacia él.

—Me mentiste.

—Técnicamente no.

—¡Pamplinas! En el mejor de los casos fue una mentira por omisión.

—Era la única manera que tenía de estar contigo.

—¿Y eso justifica los medios? —preguntó Justine en un tono cáustico—. Ni siquiera has justificado el fin.

Jason la examinó con aparente calma, pero Justine presintió la fuerza de la emoción contenida debajo de la superficie.

—La razón por la que tú deshiciste el maleficio —dijo—. Querías amor. Ahora lo tienes. Te quiero lo suficiente, mi amor es tan grande como el de una docena de personas. Tal vez haya algo que no estaría dispuesto a hacer por ti, alguna regla o ley que no quebrantaría, pero que me aspen si se me ocurre cuál podría ser. Sé que no soy perfecto. Pero si tú...

—Eres lo contrario a perfecto. —Justine agarró el maletín y lo miró con tristeza en los ojos—. Y yo nunca quise la clase de amor con el que la gente se hace daño y las cosas salen mal, y tú ya ni siquiera estás seguro de quién eres.

Jason no tenía derecho a mirarla con compasión cuando él era la causa de su miseria. Alargó la mano, cálida y firme, para coger la de Justine.

—Vayamos a algún sitio, cariño. No me siento cómodo discutiendo mis sentimientos más íntimos detrás de una planta en el vestíbulo de un hotel.

Recogió la bolsa de viaje con la mano que tenía libre y tiró de Justine en dirección al mostrador del conserje.

Al ver que se acercaban, apareció un hombre de detrás del mostrador que adoptó un aire de seguridad, de lo más adecuado para el conserje de un hotel de primera categoría. Se dice que un gran conserje es medio Merlín, medio Houdini, capaz de resolver un amplio espectro de problemas a la velocidad de la luz. Podía tratarse de cualquier asunto, desde reponer un cepillo de dientes perdido hasta fletar un avión privado. Solo había una palabra que un conserje experimentado jamás le diría a un huésped: la palabra «no».

—Buenas tardes, señor Black. ¿Puedo ayudarle en algo?

—Sí, por favor. Tal como están las cosas, voy a necesitar otra habitación.

—Naturalmente. ¿Puedo preguntarle si hay algún problema con la habitación que ya tiene?

—No, está bien. Pero necesito un poco más de espacio. Me gustaría mudarme a una de las cabañas de la playa.

—No necesitamos una cabaña en la playa —se apresuró a decir Justine.

Jason la ignoró.

—Una que nos asegure la mayor privacidad posible, por favor —dijo.

—Si no me equivoco hay una suite al final, cerca de la piscina Sapphire. Bastante privada. Es una King de un dormitorio, con patio propio, chimenea exterior, jacuzzi y acceso directo a la playa.

—Eso suena caro —comentó Justine.

—Nos la quedamos —dijo Jason, y le dio la bolsa de viaje de Justine—. ¿Sería tan amable de llevar esto a la cabaña y trasladar mi equipaje allí también?

—Concédanos entre media hora y tres cuartos —dijo el conserje—. Les prepararemos unas llaves nuevas y quedarán instalados en la nueva suite. ¿Le parece bien esperar en la terraza? ¿Tal vez podría llevarles un poco de vino o algún refresco mientras esperan?

Jason miró a Justine.

—¿Qué te parece?

—¡Oh! ¿Me consultas algo? —Su tono era pura acidez—. ¿Quieres saber mi opinión? ¿Mis preferencias?

El semblante del conserje era educadamente neutral cuando Jason se volvió hacia él.

—Creo que daremos una vuelta por el paseo marítimo —dijo Jason—. Haga el favor de llamarme cuando esté lista la cabaña. Oh, y por favor, cancele la reserva de mi amiga. Se quedará conmigo.

—Sí, señor. —El conserje sonrió y miró expectante a Justine—. ¿Sería tan amable de decirme a nombre de quién se hizo la reserva?

—Justine Hoffman —masculló.

—Señorita Hoffman. Bienvenida al Del. Haremos todo lo posible para asegurarnos de que disfruta de una agradable estancia.

Justine acompañó a Jason a través del vestíbulo del edificio principal de estilo victoriano. Cuando estaban a punto de llegar a la entrada del patio, un botones vestido con un uniforme completo que incluía un chaleco rojo y un bombín negro reconoció a Jason.

—Señor Black. ¿Necesita que le traiga el coche?

—Ahora mismo no, gracias.

—Que tenga un buen día, señor.

Cuando retomaron el camino a través del vestíbulo, Justine frunció el ceño y dijo:

—No me impresiona la manera en que la gente te hace la pelota.

—Sí te impresiona. Incluso yo estoy impresionado. Trae, deja que te lleve el maletín.

—Solo me quedaré una noche —dijo Justine, y le pasó el maletín—. Me iré mañana por la mañana.

—Quédate todo el fin de semana —la tentó Jason.

—Lo siento, no puedo.

—Todavía no me has perdonado por tomar prestado tu libro de conjuros —dijo, y no era una pregunta.

—Te llevaste mi posesión más preciada sin antes consultármelo. Casi me da un infarto cuando descubrí que había desaparecido. Me quitaste diez años de mi vida de golpe.

—Dime cómo puedo compensarte.

—No hay nada que tú puedas hacer.

—Alquilaré un avión para que dibuje con humo una disculpa en el cielo sobre toda la ciudad de San Diego. Te llevaré al Taj Mahal. Fundaré una organización benéfica a favor de los gatitos maltrechos.

Justine le lanzó una mirada de desdeño.

—Te gustan los libros —prosiguió Jason, impasible—. ¿Sabías que L. Frank Baum escribió *El mago de Oz* mientras estuvo hospedado en el Del?

—Sí, lo sabía. ¿Y qué?

—Ahora mismo hay una exposición de objetos relacionados con *El mago de Oz* en el vestíbulo. Incluida una primera edición autografiada por el autor y por todo el reparto de la película que se rodó en 1939.

—Genial —dijo Justine—. Me gustaría verlo. Pero ¿por qué...?

—Te lo compraré para que tengas un recuerdo del fin de semana.

Justine se detuvo en seco, obligándolo así a detenerse también. ¿Realmente le había hecho una oferta tan extravagante?

—Eso no es un recuerdo. Un recuerdo es una camiseta o un globo de nieve.

—Necesitarás algo para leer en el viaje de vuelta a casa.

—Un libro así debe de costar una fortuna —dijo Justine, y añadió en un tono tremendamente ofendido—: ¿Cuántas veces tengo que decirte que no me puedes comprar? —Hizo una pausa—. ¿Todo el elenco?

—Incluido Toto. —Al ver la expresión de su rostro, Jason exprimió la ventaja que tenía sobre ella al máximo—. Su preciosa huella aparece en el interior de la tapa.

¿Alguna vez se habría tenido que enfrentar una mujer a tal tentación?

—No quiero el libro —se obligó a decir Justine—. Ni aunque las zapatillas rojas estuvieran incluidas.

—¿Y si te llevo a cenar esta noche? Una mesa al pie del océano, mientras admiramos la puesta de sol.

Justine quería alargar la frialdad que le estaba mostrando. Sin embargo, tenía hambre y estaba cansada, y la perspectiva de una espléndida cena con vistas al océano le resultaba demasiado tentadora para resistirse.

—Podría estar bien —dijo, a regañadientes—. Pero aunque cene contigo no quiere decir que te haya perdonado.

—¿Al menos me has perdonado un poco?

—Tal vez tengas un perdón apenas mensurable para la ciencia.

—Algo es algo. —Jason sacó su teléfono móvil del bolsillo interior de su americana—. Reservaré mesa.

—¿Tú solo? —preguntó Justine en un tono burlón—. ¿No vas a pedirle a un subordinado que lo haga por ti?

Jason le lanzó una mirada sarcástica y empezó a marcar el número.

—Espera —dijo Justine, recordando su programa—. Tienes planes para esta noche.

—Estoy completamente libre.

—Se supone que esta noche tenías que cenar con unos tipos de simulación por ordenador.

Jason levantó la vista del móvil.

—¿Cómo lo sabes?

—Priscilla me dio tu programa.

Jason echaba chispas por los ojos cuando masculló:

—Mala subordinada.

—No pasa nada. Yo me relajaré en el jacuzzi mientras tú sales a cenar con tu cita. —Justine se detuvo un instante antes de proseguir—: Espero que no haya reglas en cuanto a la desnudez. No me he traído el bañador.

Justine oyó cómo se le cortaba la respiración.

—Voy a cancelar la cena.

—¿En el último momento?

—Cancelo cenas constantemente —le informó—. Forma parte de mi encanto huidizo.

Justine no pudo reprimir una sonrisa.

—Huidizo sería la palabra, sí. —Cuando llegaron al paseo marítimo, Justine se detuvo para admirar las vistas, la playa de arena tintada por el silicato de mica plateado y el océano de un deslumbrante azul—. No me extraña que L. Frank Baun escribiera un libro tan magnífico estando aquí —dijo—. Las vistas son espléndidas, ¿no te parece?

—Sí. —Pero Jason la miraba a ella—. ¿Alguna vez has leído *El mago de Oz*?

—Cuando era pequeña. ¿Y tú?

—No, pero he visto la película al menos media docena de veces. —Apartó su pelo con delicadeza cuando una brisa jugó con los mechones sueltos—. A propósito, siempre apoyé a la bruja.

La cabaña en la playa era sofisticada y estaba provista de unos lujosos suelos de madera dura, abundantes ventanas y muebles de lo más confortables. Una paleta de colores crema y neutros, junto con el azul del cielo y del océano, visible desde cada una de las estancias, le conferían una sensación de frescura y amplitud. Había una cocina abierta, un comedor y un salón principal con una chimenea coronada por un televisor de pantalla plana. La enorme cama de matrimonio del dormitorio estaba cubierta con mantas y edredones suaves y pesados. Una formidable bañera dominaba el cuarto de baño contiguo donde también habían instalado una cabina de ducha. Después de investigar cada una de las estancias de la elegante villa, Justine volvió al salón principal.

Jason se había quitado la americana y la estaba colgando en el respaldo de una silla. Lo había pillado en un momento de descuido. El cansancio se reflejaba en su rostro, su atractivo estaba un poco ajado, gastado en los bordes. De alguna manera eso lo hacía incluso más sexy, más humano, un hombre con defectos y necesidades.

«Querías amor —le había dicho en el vestíbulo—. Ahora ya lo tienes.»

Por enfadada y herida que se sintiera, Justine sabía que era verdad.

Y el eco de las palabras de Priscilla todavía resonaban en su cabeza: «Incluso si funcionara el conjuro, no dispones de una eternidad.»

¿Se podía permitir dejar pasar un instante de amor? ¿Acaso había alguien que se lo pudiera permitir?

Jason levantó la mirada cuando ella se acercó a él. Adoptó en el acto la máscara habitual con la que pretendía decirle al resto del mundo que era dueño de sí mismo.

—¿Te gusta la cabaña? —preguntó—. Porque si no es así... —Se interrumpió a sí mismo, su única reacción al ver que Justine se arrancaba la camiseta y la lanzaba al sofá fue un rápido parpadeo. Su mirada se pegó al cuerpo esbelto de ella, envuelto en un sujetador blanco de algodón y unos tejanos—. Justine —dijo con cansancio en la voz—, quiero dejar muy claro que no tienes ninguna obligación, es decir, que no tienes que...

—¿Estás intentando decirme que no estoy obligada a acostarme contigo a cambio de alojamiento y comidas?

—Eso es.

Jason no se movió cuando ella alargó la mano de esbeltos dedos para desanudarle la corbata de seda.

Justine arrojó la corbata a un lado.

—Así pues, cuando cancelaste mi reserva e insististe en que me quedara en esta cabaña contigo ¿no te acechaban los pensamientos sexuales?

—No acechaban —dijo Jason, y respiró con dificultad cuando ella empezó a desabrocharle la camisa—. Se precipitaban. Pero insisto, no tienes que acostarte conmigo si no quieres.

Justine dejó abierta su camisa y se bajó los tirantes del sujetador. Al llevarse la mano al cierre del sujetador arqueó los pechos hacia él.

—Entonces, ¿si te pidiera que esta noche durmieras en el sofá, te parecería bien?

—Sí.

Dejó caer el sujetador al suelo. Se puso de puntillas y deslizó la mano alrededor de su tenso cuello.

—Lo dudo —susurró, y apretó sus labios separados contra la mandíbula de Jason—. Pero eso sí, te concederé unos puntos por intentar comportarte como un caballero.

El familiar calor y aroma de su piel fue su perdición. Todo rastro de melancolía fue expulsado por una sensación de alivio tan envolvente y vertiginoso que se sintió como si estuviera ebria.

Jason acercó su boca a la suya en un beso lento y cálido. Sus largos dedos se abrieron sobre el contorno de su mandíbula, mejillas, nariz y frente como si estuviera ciego y solo fuera capaz de percibirla mediante el tacto. El beso se tornó voraz, hasta que los dos empezaron a jadear mientras cada uno intentaba desvestir al otro torpemente.

Pronto, un rastro de prendas marcaba el camino hasta el dormitorio. Jason se detuvo al llegar a la cama, la apretó con firmeza contra su cuerpo y cerró las manos alrededor de sus pechos. Dibujó su afelpado contorno y, con el pulgar y el índice, pellizcó delicadamente su pezón hasta que se tornó duro y adquirió un profundo tono rosa. Se inclinó para acariciarlo con la lengua. En el mismo instante en que el equilibrio de Justine flaqueó, su brazo estuvo allí para sujetarla, bajando su cuerpo hasta la amplia cama cubierta de frescas sábanas blancas.

No había nada en el mundo más allá de esa habitación silenciosa con las persianas entornadas. La tierra había dejado de rotar, no existía el tiempo, ni el profundo océano azul, ni ningún conjuro roto, ni ningún destino truncado por estrellas hostiles. Tan solo existía ese hombre. Su amante, su hechicero, que ataba su corazón con cuerdas invisibles.

La apretó contra la cama y se inclinó sobre sus pechos para besar sus turgentes pezones. Las sensaciones se dispararon desde sus pechos hasta sus ingles en destellos vibrantes. Jason deslizó la mano hasta el lugar mullido entre sus muslos y uno de sus dedos se coló entre las carnes apretadas de su sexo mientras el pulgar se asentaba en el promontorio ardiente. Empezó a masajearla en lentos e incitantes círculos, de dentro afuera. El placer subió y cogió velocidad. «Todavía no.» Se retorció para liberarse de sus manos y se inclinó sobre su regazo para llevárselo a la boca mientras su lengua se movía en círculos sobre la sedosa punta. Su sabor era intensamente excitante, un indicio de frescura salada, como el océano.

Jason se quedó inmóvil. Cerró los ojos y apretó los puños, como si lo estuvieran torturando. Pronto se movió para detenerla y apartó su cabeza con manos temblorosas.

Empujó a Justine hacia atrás hasta dejarla a cuatro patas y siguió las tensas líneas de su cuerpo con las palmas de sus manos. Se colocó detrás de ella y la textura áspera del vello de sus piernas irrumpió entre las suyas, separándolas. Justine dio un respingo al sentir el contacto con su dureza, un empellón cortante a lo largo de toda la hendidura abierta. Entre gemidos agarró puñados de sábana y esperó a ciegas. Jason la levantó de las caderas hasta que alcanzaron un ángulo ascendente, como si fuera un gato estirándose.

Respiraban al unísono, mientras sus corazones y sus pulmones trabajaban a destajo. Jason la penetró inesperadamente de un empellón exigente. Justine se retorció y se apretó contra él. Sus carnes se cerraron en un acto reflejo alrededor de la insistente presión. Jason marcó una cadencia implacable, cada uno de sus movimientos embravecidos por el instinto carnal. Los músculos internos de Justine se contraían y se aflojaban en tensiones opuestas de placer y necesidad. Otro empellón escurridizo y duro, y otro, cada vez más profundo, hasta que no quedó ni una sola parte de ella que él no hubiera alcanzado.

Demasiado placer, su rostro ardía de él, sus carnes se estremecían. Estaba tan cerca, apenas a unos latidos.

—Jason. Por favor...

Justine soltó un gemido que interrumpió sus palabras cuando las manos de Jason se posaron sobre sus nalgas y empezaron a rotar para que sintiera la firme presión circular en su interior.

—Dime —oyó que susurraba—. Dime lo que necesitas.

Se sorprendió a sí misma pronunciando palabras con la voz entrecortada que escapaban de un corazón abierto en canal.

—Ámame. Necesito que me ames.

Justine sintió su respuesta, un profundo temblor, una cálida sacudida en su interior. Jason contestó con la voz ronca. Inclinado sobre ella, masculló palabras cariñosas, al tiempo que apuntalaba sus caderas contra las suyas. Una mano se deslizó entre sus muslos, amasando como contrapunto a sus profundas embestidas. El clímax estalló en ella, inmolador y deslumbrante.

Apretó el rostro contra el colchón y soltó algunos gemidos de placer mientras sus carnes lo estrujaban y tiraban de él. Jason se impulsó hasta el fondo y se detuvo, inmóvil, ni siquiera respiró durante un instante cuando la descarga bombeó a través de su cuerpo. Un escalofrío, un gruñido al deleitarse en el cálido aprisionamiento de su cuerpo.

Más tarde, mientras yacían en la cama, mareados y agotados a partes iguales, Justine cayó en la cuenta de lo que él le había dicho en el momento cumbre.

«Siempre.»

22

Puesto que ninguno de los dos parecía querer abandonar la cama, Jason canceló la reserva en el restaurante. Se detuvo para admirar las largas líneas del cuerpo de Justine. Estaba estirada boca abajo con la sábana subida hasta sus esbeltas caderas.

—Tienes una piel preciosa. Como las violetas blancas.

Deslizó las puntas de sus dedos por su columna, maravillado con la perfecta palidez de su espalda. Justine se ruborizaba fácilmente, con un sonrojo persistente. Encontró una delicada sombra rosada en su hombro y otra a un lado de su pecho.

—Después de hacerte el amor —dijo Jason—, estas preciosas manchitas rosas aparecen por todos lados, sobre todo en tu...

—No me avergüences —protestó Justine, y escondió el rostro en la almohada.

Jason se inclinó para besar cada manchita que encontró y siguió acariciándola con manos imperiosas.

—Hacer el amor... —reflexionó en voz alta—. Nunca lo había llamado así antes. Es demasiado anticuado. Sin embargo, llamarlo contigo de otra manera no me suena bien.

Desde las profundidades de la almohada se oyó la voz ahogada de Justine que decía:

—Confía en mí, la manera en que tú lo haces no tiene nada de anticuada.

Jason sonrió y fue dejando besos a intervalos regulares a lo largo de su columna.

—¿Tienes hambre?

Justine levantó la cabeza.

—Estoy muerta de hambre.

—Podríamos pedir que uno de los chefs del hotel nos prepare algo aquí en la cabaña.

—¿De veras? —Justine lo sopesó un instante—. Pero entonces tendría que vestirme.

—No, déjalo. Pediremos servicio de habitación. —Jason abandonó la cama, buscó una carta encuadernada en cuero en el comedor y se la llevó a Justine—. Pide algo de cada una de las columnas —dijo—. Me salté el almuerzo.

—Yo también. —Justine echó una ojeada al menú con evidente placer—. ¿Quieres que pida por ti?

—¿Si no te importa?

Jason se estiró sobre la cama, plenamente satisfecho con poder observar su rostro expresivo mientras leía. Le encantaba la manera en que mostraba sus sentimientos por fuera, como si se tratara de una etiqueta que había olvidado retirar de su ropa. Pero, aun así, sus motivaciones no siempre le quedaban claras.

Jason acarició su brazo.

—Justine.

—¿Sí?

—¿Por qué acabamos de tener sexo?

—¿Hubieras preferido que hiciéramos otra cosa?

—No —dijo Jason fervientemente—, pero ha sido más pronto de lo que esperaba. Estaba dispuesto a concederte todo el tiempo y el espacio que necesitaras. No me hubiera quejado si me hubieras pedido que durmiera en el sofá.

—Caí en la cuenta de que el tiempo es demasiado importante para perderlo. —Sus dedos siguieron delicadamente las líneas de su nariz y de su boca—. Aunque una relación entre nosotros es una locura y del todo inconveniente y básicamente está condenada al fracaso... Pero nada de eso importa ahora. Porque te quiero a pesar de todo.

Jason cogió su mano, apretó sus dedos contra sus labios y los sostuvo allí.

—Siempre creí que el amor no podía ser verdadero si llegaba demasiado rápido —le contó Justine con pesar—. Eso es lo que hace que todo esto me resulte tan confuso. No puedes simplemente encontrarte con una persona y decir que es el hombre de tu vida. Hay que pasar más tiempo juntos, hacer un montón de preguntas, observar al otro en toda clase de situaciones.

Jason habló a través de la pantalla de sus dedos:

—Ya lo hicimos.

—Durante dos días.

—¿No basta?

—No, enamorarse debería ser un proceso. No como un rayo. Hay una expresión en francés que lo expresa muy bien. Es *coup* de algo. ¿*Coup de gras*?

—*Coup de foudre* —dijo Jason—. «Golpe de rayo.» Vaya, flechazo. Amor a primera vista. Un *coup de grâce* es un golpe de gracia con el que se remata a alguien. Lo que, para nosotros...

—No bromees con ello —le advirtió Justine, y le tapó la boca con firmeza. Cuando Jason enmudeció obedientemente, retiró la mano—. ¿No se supone que debe pronunciarse *coup de gras*? —preguntó—. En francés no pronuncias la última letra.

—Sí, pero la palabra es *grâce*. Un *coup de gras* sería un golpe de grasa. Como si remataras a alguien a fuerza de beicon.

Su estómago gruñó y Justine sonrió avergonzada.

—Creo que voy a pedir un *coup* de beicon —dijo, y volvió a concentrarse en la carta.

Un par de minutos más tarde marcó el número del conserje y pidió varios platos de la carta, incluida una botella de vino. Cuando sopesó si pedir o no un postre, el conserje le ofreció enviarles los ingredientes para que pudieran hacer nubes en la chimenea exterior.

Justine cubrió el micrófono del teléfono y preguntó a Jason:

—¿Te gustan las nubes de azúcar?

Él la miró, gravemente ofendido.

—Me duele que te atrevas siquiera a preguntarlo.

Con una sonrisa en la boca, Justine le dijo al conserje:

—Sí a las nubes.

Después de que Justine colgara, le dijo a Jason:

—Espero que se te dé bien asar nubes.

—Se me da bien.

—Porque yo siempre las quemo.

—Lo sé.

Justine arrugó la nariz.

—¿Cómo?

—Porque asar nubes requiere paciencia.

—¿Estás insinuando que soy impaciente?

Jason paseó los dedos a lo largo de su muslo cubierto por la sábana.

—Lo declaro como un hecho categórico —dijo, y Justine sonrió.

La cena había llegado después de que hubieran salido de la cama y se hubieran duchado. Justine se puso un albornoz del hotel y se quedó en el dormitorio mientras Jason, que se había vestido con ropa informal, le abría la puerta al personal del servicio de habitaciones. Desplegaron un banquete compuesto de platos exquisitamente elaborados, decantaron el vino y se volvieron a marchar discretamente.

—¿Qué pinta tiene? —preguntó Justine, al tiempo que se aventuraba a salir del dormitorio.

—Fantástica —dijo Jason con la mirada puesta en su cuerpo envuelto en el albornoz del hotel.

Justine le sonrió.

—Me refería a la cena.

—La cena también.

Sirvió el vino y sentó a Justine a la mesa. Empezaron por unas rodajas de tomate madurado al sol regadas con un delicado aceite de oliva y flor de sal marina, seguidas de ensalada de crujientes hojas de hinojo con rodajas de gelatina de higos franciscanos. El plato principal de Justine era ossobuco, una tierna carne estofada que se deshacía incluso antes de llegar a la boca. Para Jason había pedido una tarta vegetariana de ricota espolvoreada con piñones y tiras de Citrus meyeri ahumado. Eran platos realmente buenos, y los sabores eran tan sublimes que más tarde se arrepentirían de no haberse acabado hasta el último bocado. Hicieron buena cuenta de la cena y el hambre redujo la conversación a su mínima expresión hasta que finalmente estuvieron satisfechos.

Salieron al patio para sentarse alrededor de la hoguera. Las llamas de color naranja danzaban alegres contra la oscuridad y calentaban el aire plácidamente. Jason asó un constante flujo de nubes, cada una de ellas perfectamente dorada y con la piel de azúcar agrietada que dejaba entrever la parte blanca que se deshacía en su interior. Cuando Justine estuvo demasiado llena para seguir comiendo se volvió hacia Jason, le arrebató la brocheta y la dejó a un lado.

—Ya basta —dijo, y se sentó en su regazo—. He comido tantas que me siento como una nube de azúcar gigante.

—Déjame probar. —Jason había detectado un poco de azúcar quemado en su pulgar y se lo llevó a la boca y lo lamió—. Perfecto. Ahora solo necesito extender una capa de chocolate por tu piel.

Justine se acomodó contra su cuerpo y se estremeció de placer por el contraste entre el calor de la hoguera y la fría noche, intensificado por el sonido de las olas del Pacífico rompiendo en la orilla. Por los masculinos brazos que la rodeaban, por los latidos contra su espalda.

Los dos se habían quedado callados, profundamente relajados a medida que se acumulaba el calor entre ellos. Un sentimiento desconocido se coló a través de su cuerpo. Justine se dio cuenta de que era alegría, lastrada por la conciencia agridulce de su fugacidad.

—No sabía que la felicidad venía en estos sabores —dijo Justine, distraída, y apoyó la cabeza contra el hombro de Jason.

—¿Nubes y chocolate?

—Y tú. Mi sabor preferido. —Justine volvió la cabeza hasta que sus labios rozaron la oreja de Jason—. ¿Realmente hay gente que consigue tener todo esto durante toda la vida? —susurró.

Jason se quedó en silencio un rato más.

—No muchos —dijo finalmente, y Justine no se quejó, a pesar de que sus brazos estaban un poco demasiado apretados.

—¿No quieres dar un paseo turístico por la zona? —preguntó Justine avanzada la mañana, en medio de la resaca después de una sesión pausada de sexo que había empezado con Jason besando cada centímetro de su cuerpo.

Jason se echó a los pies de la cama para jugar con los dedos de sus pies.

—Ya he estado visitándote a ti.

—Supongo que tu madre nunca te dijo que miraras con tus ojos en lugar de hacerlo con tus manos. —Uno de sus delicados pies se contrajo cuando él besó el empeine—. ¡Nada de cosquillas! Por la presente declaro mis pies zona prohibida.

Jason agarró su tobillo y lo inmovilizó.

—No puedes. Acabo de descubrir un fetichismo latente.

—Ya tienes muchos fetiches. No necesitas uno más.

—Pero mira este pie. —Jason acarició la lustrosa superficie de la uña de su dedo gordo pintada con un esmalte entre violeta y púrpura y adornada con una diminuta calcomanía de un arco de color rosa. Jason agachó la cabeza y Justine chilló al sentir su lengua moviéndose en el espacio entre los dedos de sus pies.

—Para —protestó, y tiró inútilmente de su pie atrapado—. No pienso tolerar tus... tus perversiones pedestres...

—Pedias.

Otra pequeña y húmeda lenguarada la hizo retorcerse y soltar una risita.

—¿Qué?

—Perteneciente o relativo al pie.

—Tú —dijo Justine con severidad— juegas demasiado al Scrabble.

—Soy insomne —le recordó Jason.

Dieron un largo paseo por la playa. Sus pies se hundían en la arena, tan suave como el talco. Cerca del borde del agua el terreno llano se tornaba húmedo y frío. La marea se había retirado rápidamente y había dejado varada una pequeña constelación de estrellas de mar en la arena. Justine divisó el círculo blanco y desteñido de un escudo de mar, lo cogió y retiró los sedimentos para examinar el dibujo en forma de estrella que formaban los poros.

Jason se había detenido a unos metros para admirar la bahía de la Glorieta. Los buques de guerra, los barcos turísticos y los buques mercantes pasaban lentamente por debajo del arco de dos millas de longitud que conformaba el puente de acero que unía San Diego con Coronado. Justine se le acercó por detrás y deslizó sus brazos alrededor de su esbelta cintura y abrió la mano para mostrarle su hallazgo.

—¿Cuál es el plan para el resto del día? —preguntó contra la espalda de su camisa.

Jason cogió el escudo de mar y se volvió hacia ella. Sus ojos estaban ocultos detrás de unas gafas de sol, pero su boca describía una curva relajada.

—El plan es hacer lo que a ti te venga en gana.

—Compremos unos bocadillos en uno de esos establecimientos del paseo y volvamos a la cabaña para hacer una siesta. Y luego necesitaré un rato para prepararme para el cóctel de esta noche.

La boca de Jason se contrajo hasta conformar un guion.

—Tendré que cancelarlo.

—Según el programa que Priscilla me dio apareces en las invitaciones como uno de los anfitriones. Y es para una organización benéfica contra el cáncer. Así que no puedes cancelarlo.

—Estoy considerando fingir una enfermedad.

—Cuéntales que sufres severas inflamaciones localizadas —sugirió Justine inocentemente—. Diles que la única cura es irte de cabeza a la cama. Yo lo corroboraré.

Justine no pudo evitar soltar una risita nerviosa al ver su semblante y salió corriendo por la playa, obligándolo así a seguirla.

Después de volver a la cabaña y retirar la arenilla de sus

piernas en la ducha, Justine se zambulló rápidamente en la cama. Jason dedicó unos minutos a enviar SMS y correos electrónicos a sus contactos comerciales y luego puso el despertador para que los despertara una hora más tarde.

Se quedó paralizado al ver que los números digitales del reloj parpadeaban.

12.00

12.00

12.00

Por un breve instante se le cortó la respiración.

Pasaba constantemente, se dijo Jason. Algún corte en el suministro eléctrico, o alguien que había apretado el botón equivocado, alguna doncella que se habría olvidado de reiniciar el despertador. Nada de que preocuparse.

Sin embargo, se había quedado helado y su corazón empezó a latir desbocado. Se fue directo hacia la cómoda sobre la cual había dejado su reloj de pulsera de Swiss Army. El segundero se había detenido. El reloj se había parado a las 14.15 horas.

—Ven a la cama —se oyó la voz adormilada de Justine entre un montón de almohadas.

Jason estaba vagamente sorprendido de que pudiera oírla a través del caos de sus pensamientos, aunque se obligó a actuar de manera normal y mantener la calma.

Se quitó la ropa, se deslizó a su lado en la cama y la cogió en brazos. Su cuerpo se adaptó a él voluptuosamente.

—¿Has puesto el despertador? —preguntó Justine.

—No. —Sus manos se deslizaron por el río satinado de su pelo—. El reloj se ha parado. No te preocupes, no dormiré mucho.

No pensaba dormir nada.

—Qué extraño —murmuró Justine—. ¿Te conté lo de los relojes en la posada?

Volvió a bostezar y se acurrucó contra él. La mano de Jason se detuvo en mitad de una caricia.

—¿Qué has dicho? —preguntó quedamente.

Justine no contestó, se había quedado dormida.

—Cariño, no te duermas todavía. ¿Qué decías de los relojes?

Justine se revolvió y emitió un sonido de protesta.

Jason luchaba por mantener la voz bajo control.

—Solo dime qué pasó con los relojes de la posada.

—Nada del otro mundo. —Justine se frotó los ojos y añadió—: Un par de días antes de mi marcha todos los relojes de las habitaciones de los huéspedes dejaron de funcionar. Fue raro porque el reloj de pared de mi casa también dejó de funcionar y no está conectado a la red eléctrica. Funciona con pilas.

—¿Por qué crees que pasó? —preguntó Jason con cautela.

—No tengo ni idea. Ahora quiero dormir.

Justine bostezó sonoramente. En un par de minutos su cuerpo se relajó y empezó a respirar profundamente.

Había dicho que pasó hacía dos días. Hasta ese momento, Jason nunca había observado nada parecido.

Su reloj se había parado a las dos y cuarto, que era más o menos cuando se había encontrado a Justine en el vestíbulo la tarde anterior, cuando ella hacía cola para registrarse en el hotel.

¿Y si los relojes no se habían parado con su presencia, sino con la de Justine? Le vino un horrible pensamiento a la cabeza: ¿era posible que cuando lanzaron el conjuro de longevidad de alguna manera el efecto de la maldición de las brujas se hubiera transferido a Justine?

Un escalofrío lo recorrió de los pies a la cabeza, sentía como si estuviera en medio de una pesadilla de la que no podía escapar.

El instinto más primitivo de un hombre, un instinto no menos imperioso que el de la necesidad de comida o sexo, era el de proteger a su mujer. De cualquiera y de cualquier cosa. El horror lo consumió cuando cayó en la cuenta de que no solo no había logrado proteger a Justine, sino que posiblemente había acelerado su muerte.

23

Jason estaba lleno de rabia, enfocada exclusivamente hacia sí mismo por haber puesto sus intereses, concretamente a Justine, por encima de lo que era mejor para ella. Había intentado maquinar el resultado de manera que se acomodara a lo que él quería, como si la vida fuera un maldito juego dirigido por él mismo.

Era un error que nunca volvería a cometer. Pero quizá ya fuera demasiado tarde para corregirlo.

¡Dios mío!

Eso era lo que Justine temía haberle hecho a él. Eso era lo que su madre, Sage, la abuela de Priscilla y Bean habían sufrido. Matar a los que más amaban. Solo Dios sabe cómo pudieron sobrevivir a ello.

Se dio cuenta de que hasta entonces nunca le había aterrado nada realmente.

A lo largo de los últimos diez años de su vida se había acostumbrado a la idea de su propia mortalidad. A pesar de que había decidido hacer todo lo posible por prolongar su vida, nunca se había permitido el lujo de imaginarse a sí mismo en el futuro, a una edad avanzada. Pero era crucial, imperativo para Justine tener la vida para la que estaba destinada. No quería ser responsable de quitarle siquiera un solo minuto.

Se alejó lentamente del esbelto cuerpo de Justine y abandonó la cama. Se vistió en medio de la penumbra, cogió su teléfono y salió al patio. Después de cerrar las puertas de cristal hizo una llamada.

Oyó que Sage respondía:

—¿Hola?

—Sage —dijo quedamente—. Soy Jason. El amigo de Justine.

—¡Qué sorpresa tan agradable!

—Me temo que no la encontrarás tan deliciosa después de que te cuente lo que he hecho. ¿Tienes unos minutos? Es importante.

—Sí, por supuesto.

—¿Podría ponerse Rosemary también?

Sage lo dejó en espera y fue en busca de su pareja.

Mientras Jason esperaba, supo que tendría que confesarlo todo a las dos ancianas, incluido el hecho de que había tomado prestado, que le había robado el *Triscaideca* a Justine.

Se frotó la frente con las yemas de los dedos, como para borrar el odio que sentía hacia sí mismo. Una cosa era racionalizar tus acciones en la privacidad de tu mente. Pero cuando tenías que dar cuenta de tus actos a otra persona estas se tornaban más difíciles de justificar.

Oyó la voz de Rosemary.

—¿Hay algún problema con Justine? —preguntó sin más preámbulos.

—Sí. Creo que está en peligro por mi culpa. Es más, estoy seguro de ello. Os necesito a las dos para que me ayudéis a arreglarlo.

El cóctel privado se celebraba en una suite del ático del hotel de convenciones mientras que los campeonatos y las demostraciones tenían lugar en los grandes salones detrás del vestíbulo. Una pared de cristal que iba del suelo al techo ofrecía una vista del proyecto de remodelación del embarcadero del puerto, con pabellones, parques y un paseo marítimo.

Justine se sentía cómoda en medio de la atmósfera sin pretensiones de la fiesta. Las personas que habían acudido a la celebración eran, en su mayoría, lugareños y gente de la industria de los videojuegos, todos ellos amables y con los pies en la tierra. Algunos vestían con ropa de diseño; otros, camisetas y pantalones de color caqui. Justine estaba agradecida a Zoë por haber insistido en meter el pequeño vestido negro en la maleta, era perfecto para una velada como esa.

—Pensé que sería incapaz de hablar con nadie —le dijo a Jason—. Esperaba que la conversación sería demasiado técnica, o que todos serían unos estirados. Pero de momento, todo el mundo ha sido increíblemente amable conmigo.

—Los congresos suelen ser así —contestó Jason, y le sonrió—. Todos pasamos tanto tiempo solos frente al ordenador que cuando nos juntamos con la gente de verdad es como si acabaran de soltarnos del sótano.

La voz de una joven añadió entre risas:

—Por eso me refiero a mi ordenador como mi novio cabeza cuadrada.

La mujer y dos hombres, todos ellos en la veintena, se habían acercado a ellos.

—También se refiere así a su actual novio —dijo uno de los chicos. Su rostro era estrecho y zorruno; sus ojos, brillantes y llenos de buen humor—. Soy Ross McCray —le tendió la mano a Jason—, y estos son mis compañeros, Marlie Trevino y Troy Noggs.

Mientras los tres le daban la mano a Jason por turnos, Mar-

lie, una rubia recia y rubicunda, dijo en una especie de susurro de apuntador:

—Los tres trabajamos para Valiant Interactive.

Jason los miró, reflexivo.

—Tenéis un juego que está programado para salir al mercado el mes que viene. *Justicia en la sombra*, si no me equivoco. Dicen que está muy bien.

El trío parecía emocionado.

—Soy creador de personajes —dijo Ross—, y ellos son
programadores.

—Esta es Justine Hoffman —dijo Jason, y deslizó un brazo alrededor de sus hombros—. Una amiga íntima. Es la propietaria de una posada en los San Juan.

—¡Mola! —exclamó Marlie, y le tendió la mano a Justine—. ¿Es tu primera convención? Hazme caso, no bajes a las
salas de reuniones completamente sobria. Y no te sientes, en
ningún caso, en uno de los pufs de las salas de competición.

Durante unos minutos, Jason prestó atención mientras le
contaban que el día del lanzamiento del juego se había retra-
sado por culpa de unos problemas gráficos, y su preocupación
por la reacción de los fans al tener que descargar un parche
antes de empezar a jugar por primera vez.

—Yo no me preocuparía —dijo Jason—. Si un parche des-
cargado el primer día significa que la experiencia es mejor, re-
negarán durante cinco minutos y luego se olvidarán. —Miró
a Justine—. ¿Puedo ofrecerte algo para beber?

—Vino blanco, por favor.

Miró a la otra mujer y preguntó:

—¿Quieres tomar algo, Marlie?

Marlie parecía encantada y sorprendida por la oferta.

—Sí, gracias. Me gustaría probar una de esas bebidas azules que he visto que toma la gente.

—Ahora mismo vuelvo.

Marlie parecía orgullosa cuando Jason se fue al bar. Se volvió hacia Justine y dijo:

—¡Oh, Dios mío! Acabo de conocer a Jason Black y ahora va y me trae una copa. Estoy viviendo un momento total de fan adolescente.

—Siempre había oído que era un genio en el cuerpo de un modelo —dijo Ross secamente—, pero la verdad es que no lo veo.

—Es porque estás cegado por su carisma —dijo Troy.

—No es precisamente una estrella del rock —dijo Justine, y se rio.

—Es más que eso —dijo Troy—. Es una leyenda. —Al ver su reacción, añadió—: No, ahora en serio. Está al nivel de una figura de culto.

Justine lo miró con escepticismo.

—Yo pensaba que había mucha gente haciendo las mismas cosas que Jason.

El comentario fue recibido casi como una blasfemia y los tres se apresuraron a ponerla al corriente. Sí, había miles de grandes directores y desarrolladores de juegos, pero Jason hacía RPG, juegos de rol, mejor que nadie en el negocio. Los había llevado a un nivel tan superior que, en ese momento, no tenía realmente competencia. A menudo se citaba su trabajo como ejemplo de los videojuegos llevados a nivel de disciplina artística y ofrecía unos mundos tan persuasivos que cualquiera que jugara un juego de Inari, se veía irremediablemente atraído por su triste y siniestra belleza.

A pesar de que Juegos de Inari se había ganado una gran reputación por su magia técnica, así como por el asombroso realismo de los efectos de agua o los detalles en los rostros de los personajes, la verdadera magia se hallaba en la manera en que los juegos creaban conexiones de carácter emocional.

—Inari siempre te aprieta y te hace sufrir —dijo Marlie—.

Hacia el final de SkyRebels todo el mundo acaba llorando como niños.

—Yo no lloré —dijo Ross.

—¡Ah, venga ya! —dijo Marlie—. ¿Cuando el tipo hiere de muerte al dragón y se da cuenta de que en realidad es su mujer?

—Y ella se marcha para morir sola en algún lugar —añadió Troy—. ¿No sentiste nada, Ross? ¿De veras?

—Es posible que se me hayan empañado los ojos por un segundo —reconoció Ross.

—Estuvo sollozando hasta deshidratarse —le dijo Marlie a Justine.

Cuando Jason volvió con una copa de vino para Justine y un cóctel para Marlie, Justine le dijo:

—Tendré que probar uno de tus juegos. Acaban de contarme lo increíble que es tu trabajo.

—Es todo mérito de mi grupo en Inari, son lo mejor de todo lo que hago.

Una nueva voz se incorporó a la conversación cuando un par de jóvenes se les acercaron:

—¿Cómo puede ser que solo digas estas cosas a nuestras espaldas?

—Demasiados elogios desmotivan —contestó Jason, y les tendió la mano. Los presentó como los diseñadores de juegos de Inari que habían participado en una mesa redonda por la mañana. Entre risas, pasaron a comunicarle que ni ellos ni nadie en el grupo Inari había experimentado nunca un nivel desmotivador de elogios.

Al ver que uno de los anfitriones le hacía gestos para que se acercara al otro extremo de la sala, Jason deslizó la mano por debajo del codo de Justine.

—El alcalde y el comisionado del puerto acaban de llegar —dijo en voz baja—. ¿Me acompañas?

Justine sonrió y dijo:

—Por supuesto.

Jason se dirigió al grupo que los rodeaba:

—¿Nos disculpáis? Justine y yo tenemos que departir con una gente.

—¿No pensabas pasar el resto de la noche con nosotros? —preguntó Troy, ligeramente perplejo.

Jason sonrió.

—Ha sido un placer conoceros. Buena suerte con el lanzamiento del mes que viene.

Pero justo cuando se estaban dando la vuelta, Marlie preguntó tímidamente:

—Solo una cosa más, será rápido, Jason. ¿Hay alguna manera de que dejes que me saque una foto contigo? Tengo mi teléfono con cámara aquí mismo, y solo sería cuestión de un segundo.

Jason la miró apesadumbrado.

—Lo siento, pero hago todo lo que puedo por evitar que me saquen fotografías.

Marlie encubrió su decepción con una sonrisa.

—Me lo imaginaba. Pensé que, a pesar de todo, tenía que intentarlo.

Uno de los diseñadores de Inari dijo solapadamente:

—Tenemos una teoría acerca de la fobia que tiene Jason hacia las cámaras: teme secretamente que le puedan robar el alma.

Jason miró a Justine con un destello de complicidad divertida en los ojos.

—Una cosa más —dijo Marlie—. Después del cóctel unos cuantos asistiremos a las actividades que se organizan abajo. Si queréis, podéis acompañarnos.

—¿Qué actividades? —preguntó Justine.

—El concurso de belleza Miss Klingon.

—¡Yo solía ver *Star Trek*! —exclamó Justine entre risas. Miró a Jason—. ¿Qué te parece si vamos?

—Antes me corto un brazo.

—Podríamos quedarnos en el fondo de la sala —lo tentó Justine—. Nadie te verá.

—Me preocupa bastante más lo que yo pueda ver allí —dijo Jason. Pero al mirar a Justine sonrió arrepentido y murmuró—: ¿Cómo podría yo negarte algo?

Después del cóctel tomaron el ascensor hasta la planta de las salas de fiesta y de conferencias. Las puertas se abrieron para revelar un caos festivalero en el que parecía que todo estaba permitido. Prácticamente todo el mundo se había disfrazado: romulanos, robots, Soldados Imperiales, guerreros de Mortal Kombat y de Assassin's Creed, incluso una manada de perros disfrazados del cuerpo canino de la Flota Estelar.

Jason cogió a Justine firmemente de la mano y se la llevó a través de la sala abarrotada. Una de las zonas comunes estaba especialmente cargada: resultó que alguien con un disfraz de Jabba el Hutt se había quedado atrapado en la puerta del servicio de hombres y los curiosos estaban intentando sacarlo de allí.

Alguien resolvió el dilema agujereando el traje de Jabba con un sable curvado. El público parecía muy entretenido contemplando la deflación flatulenta. Cuando el disfraz hubo encogido lo suficiente, unos voluntarios se pusieron a trabajar conjuntamente para sacar al hombre de entre metros y más metros de látex y tela. Todos estallaron en vivas cuando finalmente consiguieron liberarlo.

—¡Démonos todos un abrazo! —exclamó uno de los rescatadores—. ¿Nos abrazamos?

Justine se rio de las travesuras y miró a Jason.

—Es divertido.

—Es de locos.

—Sí. Casi me siento normal por contraste.

Jason la rodeó con su brazo para protegerla en medio de la muchedumbre. Se sentían como una tranquila islita en medio de un mar agitado.

—Ya sabes —dijo Jason—, hay cosas mejores a las que aspirar que a ser normal.

—¿Como qué?

Jason inclinó la cabeza y le dijo al oído:

—Siendo exactamente quien eres.

—Eso es demasiado fácil.

Jason se rio quedamente y corrigió:

—Siendo exactamente quien eres y gustarte.

—Eso es demasiado difícil. —Justine levantó la mano y la encorvó contra su cara, alrededor de la curva de su marcada mandíbula. Le sobrevino una oleada de ternura y en aquel momento deseó estar a solas con él—. Oye —dijo suavemente—, ¿qué me dices si nos saltamos el concurso de belleza y volvemos al Del?

—¿Estás segura? La sala de baile está justo allí.

—Estoy segura. Me empiezan a doler los pies. Y hay demasiado ruido aquí. Además, si has visto la interpretación de un baile Klingon, ya los has visto todos.

Justine se despertó a la mañana siguiente bañada en la clase de alegría que solo podían dar dos días de gran comida, sexo y sueño.

Desgraciadamente, Jason no compartía su estado de ánimo. Estaba preocupado por algo que por lo visto no pensaba discutir con ella.

La noche anterior, Justine se había dado cuenta de que Jason estaba despierto, aunque había permanecido completamente inmóvil en la cama.

—¿Te ayudaría tomarte una copa? —le había preguntado en medio de la oscuridad—. Estoy segura de que hay vodka en el minibar.

—No, gracias, estoy bien.

—Si quieres leer o mirar la tele, lo que sea que sueles hacer en tus noches de insomnio, hazlo, no te preocupes por mí.

Jason había declinado la oferta.

Tras unos minutos de tenso silencio, Justine había dicho:

—Noto que estás preocupado por algo. ¿Podrías darme una pista? Si es algo que he dicho o hecho...

—No, no tiene nada que ver contigo. —Jason se dio la vuelta y la miró. Su mano se posó en la curva de su cadera—. Tiene que ver con el trabajo. Es demasiado técnico para explicártelo. Ya me las apañaré.

Justine se acercó a él y se incorporó sobre las rodillas.

—¿Necesitas algo que te distraiga?

—Es posible. —Su respiración se aceleró al sentir las serpentinas de su cabellera contra la piel—. ¿Tienes alguna idea?

—Solo una.

Justine lo empujó boca arriba y se colocó encima de él y empezó a trepar por su cuerpo. Él estaba debajo de ella, cada uno de sus músculos en tensión. La boca de Justine lo rozaba aquí y allá, como si estuviera guarneciéndolo con besos. Jason levantó las manos y empezó a jugar suavemente con su pelo.

Justine se montó encima de él, bajó el cuerpo con cuidado y gimió por la deliciosa y completa invasión al tiempo que empezaba a cabalgar lentamente. Él se acopló a su cadencia hasta que empezaron a moverse en ondulaciones fluidas, como si fueran criaturas proteicas, mientras una marea de sensaciones los levantaba con sus frescas olas. Eso era lo único que importaba, ese torrente de calor contra calor, amor contra amor.

—Por mucho que me esfuerce —dijo Justine a la mañana siguiente, mientras tomaban café en la cocina—, sigues preocupado.

Jason hablaba por teléfono con el ceño fruncido mientras sus dedos golpeaban velozmente la pantalla táctil.

—Mi teléfono no para de cambiar automáticamente de zona horaria y fecha. He intentado reajustarlo manualmente, pero el reajuste solo dura unos cuantos segundos. Estoy a punto de meterlo en el microondas y acabar con él de una maldita vez.

Justine estiró la mano para coger su bolso, que estaba sobre la encimera, y sacó su teléfono móvil. Miró la pantalla táctil y dijo, aturdida:

—Según mi teléfono, estamos en Beijing y son las ocho de la tarde. ¿Qué está pasando? Primero el despertador y ahora esto. Me pregunto si...

—Pura coincidencia —dijo Jason bruscamente—. El despertador del dormitorio se paró por culpa de un apagón.

—¿Y qué me dices de los teléfonos móviles?

—Probablemente hayan recibido actualizaciones que han fastidiado la conectividad. —Jason volvió a meterse el teléfono en el bolsillo—. ¿Has hecho la maleta? Tenemos que irnos en un par de minutos.

—¿Quieres deshacerte de mí? —preguntó Justine en un tono de voz ligero, y devolvió su teléfono al bolso.

—No, quiero que llegues al aeropuerto con el tiempo suficiente para pasar los controles de seguridad.

Un botones apareció para llevarse sus bolsas de viaje al

coche de alquiler que estaba aparcado frente al hotel. Mientras él y Jason mantenían la típica conversación la-estancia-ha-sido-de-su-agrado de rigor, Justine repasó la cabaña una última vez para asegurarse de que no se había dejado nada. Cogió el maletín que contenía el *Triscaideca* y siguió a Jason.

—¿Crees que alguna vez volveremos? —preguntó con nostalgia en la voz, y echó un último vistazo a la playa de Coronado.

—Si tú quieres, sí. —Jason le quitó el maletín y la cogió de la mano para volver al hotel—. Pero pensaba que no te gustaba viajar.

—A veces puedo ser flexible. Si tú estás dispuesto a visitar la isla, yo te compensaré viajando a San Francisco o a cualquier otro lugar de tu elección. Los dos tenemos que hacer un pequeño esfuerzo en una relación a distancia. —Justine hizo una pausa—. Eso es lo que tenemos, ¿no es así? ¿Una relación de verdad?

—¿Qué otra cosa podría ser?

—Bueno, pues podría ser una de esas relaciones confusas que parece una de verdad, salvo que nunca estás segura de si puedes o no dejar tu cepillo de dientes en su casa. Y en la que nunca pronuncias la palabra «relación», tan solo te refieres a ella como «eso que estamos haciendo». Y en la que no se contempla la posibilidad de que sea exclusiva, por mucho que lo desees en secreto.

—Nuestra relación no tiene nada de confusa —dijo Jason—. Sí al cepillo de dientes, no a lo de ver a otras personas.

Justine le dio un apretón. A veces podía ser tan directo... Sin embargo, seguía habiendo tantas cosas en él que le resultaban misteriosas, secretas, complejas...

—Me desperté esta mañana pensando en algo que dijeron los tipos de Valiant Interactive ayer por la noche —dijo Justine—. Me hablaron del final de uno de tus juegos, en el que un hombre hiere a un dragón y luego descubre que era su mujer y el dragón sale volando para morir en soledad.

—Sí.

—Es muy lúgubre. ¿Por qué tiene que morir al final?

—No tiene por qué morir. El juego tiene un nivel secreto. Hay jugadores que tropiezan con él casualmente y otros que han oído rumores, pero que no saben cómo acceder a él. Pero si consigues llegar hasta ese nivel el hombre tiene una oportunidad más para encontrar a su mujer y salvarla.

—¿Cuál es el secreto para acceder a ese nivel?

—Durante el tiempo que uno tarda en superar los diferentes niveles del juego, tiene que tomar miles de decisiones en cuanto a la manera en que su personaje vive, lucha, trabaja, se sacrifica por los demás. Se enfrenta constantemente a la posibilidad de coger atajos o ser fiel a sus principios. Al final, si la mayoría de sus decisiones han sido morales, el último nivel se abre solo.

—Es decir, ¿que tu personaje tiene que ser perfecto durante todo el juego?

—No tiene que ser perfecto. Solo lo suficientemente bueno para conseguirlo. Tiene que aprender de sus errores y velar por los intereses de los demás antes que por los suyos.

—Pero ¿por qué hay un nivel secreto? ¿Por qué no contárselo a la gente directamente y así incentivarla para que tome las decisiones correctas?

Jason sonrió levemente.

—Porque me gusta la idea de que a veces en la vida, o en nuestra imaginación, nos recompensen por hacer lo correcto.

24

—Hemos cambiado todas las pilas de los relojes y hemos revisado los circuitos eléctricos —dijo Justine—, y todo sigue igual de mal.

—Lo siento, cariño —dijo Jason, que iba paseando mientras hablaban por teléfono—. Sé que debes de sentirte terriblemente frustrada.

—Creo que puede haber una causa sobrenatural que lo provoque.

Jason se detuvo.

—¿Como qué? —preguntó, al tiempo que se esforzaba por mantener el mismo tono de voz relajado.

—No estoy segura. Me preguntaba si la posada podría estar encantada. Es un edificio histórico. A lo mejor albergamos a un fantasma que odia los relojes o algo así.

—Deberías preguntárselo a Rosemary y a Sage.

—Sí. Pronto les haré una visita y se lo comentaré. ¿Qué tal el trabajo? ¿Resolviste el problema que tanto te preocupaba?

—Creo que estará resuelto esta noche.

—¡Oh, qué bien! Me alegro. A lo mejor podrías venir a San Juan este fin de semana.

—Espero que sí.

—¿Me echas de menos? —preguntó Justine.

—No —dijo él—, me paso el día entero prohibiéndome echarte de menos. No me permito pensar en nubes, besos sabrosos ni en lo suaves que son los espacios entre los dedos de tus pies, ni en las ganas que tengo de hablar contigo hasta que hayamos consumido todo el oxígeno en la habitación. Y, sobre todo no me recreo en el hecho de que esté donde esté siempre hay un vacío a mi lado que tiene exactamente tu forma y tamaño.

Habló con Justine unos minutos más con los ojos cerrados para poder saborear el sonido de su voz. No estaba del todo seguro de lo que estaban hablando, pero no importaba mientras pudiera oírla.

¿Qué podía decirle a la mujer que amaba cuando quizá era la última vez que hablaba con ella? «Lo eres todo para mí. Me has concedido los mejores días de mi vida.» Uno de los aspectos más infames del amor es que solo se puede expresar a través de clichés. Te lleva a sonar como un fraude en un momento en que precisamente derrochas sinceridad. Sin embargo, al final de la conversación se sorprendió a sí mismo diciendo:

—Te quiero.

Y ella se lo dijo a él.

Y con eso bastó. Estas dos palabras tan trilladas, palabras cotidianas, cumplieron con su cometido.

Después de colgar se fue a la habitación contigua donde Sage estaba quitando el polvo y limpiando, preparando el faro para todos sus invitados. Para diez invitados, para ser más exactos.

—Le juré que nunca volvería a mentirle —dijo Jason—. Ni haría nada a sus espaldas. Y menos de una semana más tarde estoy haciendo las dos cosas.

—Por la mejor de las razones —dijo Sage.

Jason levantó el casco de buzo de Julio Verne para que ella pudiera limpiar el estante.

—Últimamente ha sido mi modus operandi habitual —dijo—. Hacer lo equivocado por una buena razón. Hasta ahora no me ha funcionado demasiado bien.

—No te preocupes. —Sage le dio una palmadita en el brazo cuando devolvió el casco a su sitio—. Lo arreglaremos todo. En cuanto le contemos a la hermandad lo que ha pasado, todas dejarán lo que tengan entre manos para venir inmediatamente.

—No es muy frecuente que un hombre pase una noche con una docena de brujas cabreadas.

—Preferimos que nos llamen hechiceras. O magas. Y aunque las hay que se muestran menos indulgentes que otras, todas estamos de acuerdo en que deberíamos darte las gracias por asumir la responsabilidad. La mayoría de los hombres habrían salido corriendo.

—Para empezar, la mayoría de los hombres no habrían causado todos estos problemas.

—Todos hemos cometido errores... —dijo Sage amablemente.

A la luz de las circunstancias, ella y Rosemary se habían mostrado mucho más indulgentes de lo que Jason esperaba o se merecía. Cuando las llamó desde San Diego les había explicado la situación con una honestidad despiadada, no había escatimado en detalles, no había puesto excusas. Las dos se habían mantenido en silencio durante prácticamente toda la confesión. Habían asimilado todo lo que les había dicho y de vez en cuando le habían planteado alguna que otra pregunta.

Las dos ancianas habían coincidido en que la situación era terrible. Sage confirmó que el colapso de los relojes marcaba la llegada de la maldición de las brujas; ese mismo fenómeno había precedido la muerte de su esposo, Neil. Había que hacer algo enseguida o tendría consecuencias mortales para Justine.

Las dos mujeres estaban intrigadas e incluso se mostraron incrédulas al conocer que la abuela y la tía abuela de Priscilla habían conseguido lanzar un poderoso conjuro recogido en el *Triscaideca*.

—Si alguien nos hubiera consultado —dijo Rosemary con mordacidad—, podríamos haberle explicado por qué un conjuro de longevidad es una mala idea. De todas formas, el hecho de que hayan sido capaces de lanzarlo no deja de ser impresionante.

—Tenía que haberlo consultado con vosotras —reconoció Jason—, pero estaba empeñado en forzar las cosas para intentar que salieran de la manera que yo quería. Es evidente que ya es demasiado tarde para preguntarlo, pero ¿qué hicimos mal?

—Aunque uno sea capaz de repeler la maldición de las brujas —le explicó Rosemary—, no quiere decir que desaparezca, simplemente se desvía hacia otra persona. Que es lo que ha ocurrido en este caso. El conjuro de longevidad redireccionó la maldición hacia Justine.

—¿Cómo devolveremos las cosas a su estado original?

Se produjo una pausa incómoda.

—Me temo que no podemos —dijo Sage—. Las cosas nunca pueden volver a como estaban originalmente. Se darán algunas diferencias. Creo que seremos capaces de anular el conjuro de longevidad, pero no será fácil. La longevidad es una categoría única en el arte de la magia. Es alta magia. Tiene sus riesgos.

—Eso no me importa.

—Riesgos significativos.

—Quiero llegar hasta el final.

—Podrías morir —dijo Rosemary—. Y puesto que careces de alma sería el fin de tu existencia.

—¿Pero Justine estaría bien? ¿Estaría a salvo?

—Estaría a salvo —dijo Sage—. No sé si estaría bien.

Habían decidido consultar con la hermandad. Acordaron por unanimidad que participarían como grupo para anular el conjuro de longevidad y que, sobre todo, tendrían que hacerlo cuanto antes. Se encontrarían en la isla de Cauldron y realizarían el ritual en Crystal Cove, frente a la escuela abandonada donde ya habían llevado a cabo muchos ritos y ceremonias con éxito.

Ningún miembro de la hermandad se había opuesto a la petición de Jason para que mantuvieran a Justine al margen de todo. De ninguna manera iban a permitir que Jason pusiera a Justine en la tesitura de tener que tomar una decisión atroz o sacrificarse por él. Protegerla de ello era lo mínimo que podían hacer.

Sus pensamientos volvieron al presente cuando de pronto alguien llamó a la puerta del faro. Había llegado la primera hechicera a la reunión.

Jason siguió a Sage hasta la sala principal y vio que Rosemary le daba la bienvenida a una mujer de mediana edad, esbelta y alta, una pelirroja con un peinado muy estiloso y finas facciones. Su onda rockera a lo Stevie Nicks de Fleetwood Mac se veía reforzada por una falda de terciopelo arrugado, un top ceñido debajo de un delicado chaleco de macramé y unas vistosas botas con plataforma.

Rosemary y Sage se acercaron para abrazarla y ella se rio, aparentemente encantada de verlas.

En cuanto oyó su peculiar risa gutural, Jason supo quién era.

La mujer miró por encima del hombro de Sage y descubrió a Jason. La placidez se desvaneció en su rostro. Él también se enfrió. Su mirada, cristalina y ahumada en virtud del uso abusivo de la sombra de ojos, se mantuvo firme cuando fue a su encuentro.

—Jason Black —dijo él, y le tendió la mano, aunque tuvo que retirarla al ver que ella no iba a corresponderle—. Esperaba conocerla en circunstancias más favorables que estas. Pero es un placer...

—Difícilmente podrías haberle hecho algo peor a una hechicera que robarle su grimorio —dijo Marigold secamente.

—Se lo devolví —señaló Jason, procurando despojar su voz de cualquier tono que pudiera sugerir que estaba a la defensiva.

—¿Quieres que reconozca tus méritos por ello? —preguntó Marigold con aspereza.

Jason enmudeció. Ni él ni nadie en su sano juicio podía recriminarle que no le gustara un hombre que había puesto la vida de su hija en peligro.

La examinó y detectó algunos rasgos de Justine aquí y allá: la complexión esbelta, las piernas largas, la forma de su mandíbula, la piel, perfecta como la porcelana china. Sin embargo, el rostro de Marigold, a pesar de su belleza, parecía una máscara, una fachada que ocultaba la violenta amargura de alguien cuyos mayores temores acerca del mundo se habían confirmado.

—Tal como yo lo he entendido —dijo Marigold—, contrataste a un par de hechiceras de tres al cuarto para que lanzaran un complicado conjuro y, ¡sorpresa!, algo salió mal.

Rosemary contestó antes de que le diera tiempo a Jason a replicar:

—Lanzaron el conjuro de forma muy competente. De hecho, el problema que tenemos es precisamente la fuerza del conjuro.

—Sí. La maldición de las brujas ha sido trasladada a Justine. ¿Sabe ella lo que vamos a hacer esta noche?

—No —dijo Jason—. No serviría de nada, sencillamente se pondría a discutir conmigo. Es culpa mía. Mi responsabilidad. Yo me ocuparé. —Jason se detuvo antes de añadir sinceramente—: Te agradezco que hayas venido a echarnos una mano, Marigold.

—Nunca dije que fuera a ayudaros.

Rosemary y Sage lucían la misma expresión de confusión en sus caras.

—Tengo una condición —prosiguió Marigold—. Solo accederé a hacerlo si me prometes que no volverás a ver ni a hablar con Justine. Quiero que desaparezcas de su vida.

—O si no ¿qué? —preguntó Jason—. ¿Permitirás que la maldición de las brujas se lleve por delante a tu hija?

Marigold no respondió. Pero por una milésima de segundo la verdad asomó en su rostro y esta verdad le heló la sangre. Sí. Estaba dispuesta a arrojar a Justine al volcán.

—Marigold —dijo Rosemary con dureza—. ¿Realmente crees que es necesario este regateo?

—Lo es. Él es quien en primer lugar la ha puesto en peligro. Y Justine es igualmente responsable por haber roto el maleficio. Quiero que aprenda una lección.

—Dale lecciones cuando estés a solas con ella —dijo Jason, visiblemente irritado—. Ahora mismo el objetivo es alargar su vida más allá de los próximos tres malditos días.

—¿Para que pueda seguir metiendo la pata? —lo sorprendió diciendo Marigold.

Jason le lanzó una mirada de incredulidad.

—Tiene derecho a hacerlo, ¿no te parece?

—Si fueras padre comprenderías que a veces lo peor que podemos hacerle a un hijo es protegerle de las consecuencias de sus actos. Justine tiene que aprender algo de este castigo.

La voz de Marigold denotaba un extraño e inquietante punto de satisfacción. Si alguna vez Jason se había cuestionado el alejamiento entre Justine y su madre, en ese mismo momento el tema quedó zanjado. Esta no era una madre que le daría la bienvenida a la hija pródiga, salvo que esa hija volviera arrastrándose y diezmada.

—Es posible —dijo Jason—. Pero si mi hija se enfrentara a su castigo no compraría unas entradas para la tribuna ni traería palomitas para luego llamarlo una gran técnica pedagógica.

Marigold le lanzó una mirada hostil y se dirigió a Rosemary y a Sage.

—El problema se podría resolver fácilmente si lo lanzáramos desde lo alto del acantilado.

—Yo daría un salto con carrera si esa fuera la única manera de ayudar a Justine —dijo Jason—. Pero con la esperanza de preservar el poco tiempo que pueda quedarme, me gustaría darle una oportunidad a eso de romper el maleficio.

—Entonces júramelo —insistió Marigold—. Dime que dejarás a Justine, pase lo que pase.

—No puedo prometer algo cuando sé que rompería la promesa a las primeras de cambio.

Sin decir palabra, Marigold giró sobre los talones y fue hacia la puerta.

Rosemary salió corriendo detrás de ella.

—¡Marigold! Piensa bien lo que estás haciendo. La vida de tu hija pende de un hilo. Tienes que hacer esto por ella.

La máscara de Marigold se quebró durante el tiempo suficiente para revelar un destello de ira angustiada.

—¿Y qué ha hecho ella por mí? —gritó, y dio un portazo y abandonó la casa.

Jason y Sage se quedaron solos en silencio.

—Yo también tengo uno así —dijo Jason al rato—. En este caso se trata de mi padre.

Sage estaba perpleja.

—Marigold no solía ser así.

—Probablemente siempre haya sido así. Solo que ha empeorado intentando ocultarlo. —Jason metió las manos en los bolsillos y se acercó a la ventana para contemplar la puesta de sol del color de la sangre—. ¿Todavía podemos anular el conjuro sin ella o debería empezar a ensayar mi salto?

—Todavía podemos anular el conjuro. Pero... Estoy segura de que Marigold volverá para ayudarnos. No le dará la espalda a su propia hija.

Jason le lanzó una mirada incisiva.

—Pues lleva cuatro años haciéndolo, Sage.

Rosemary entró en el faro. Parecía apenada.

—El taxi bote seguía en el muelle. Marigold no tenía intención de quedarse. Solo vino para llamar un poco la atención. Le dije que si no estaba dispuesta a ayudar al grupo en un momento de necesidad, sobre todo cuando el bienestar de su propia hija está en juego, no tenía mucho sentido que siguiera perteneciendo a la hermandad.

Sage se había quedado boquiabierta.

—¿Qué te contestó?

—No me contestó.

—Nunca abandonaría la hermandad voluntariamente —dijo Sage.

—No. Razón por la cual no vamos a pedirle que la abandone voluntariamente. En cuanto haya hablado con las demás hechiceras me aseguraré de que la echen. —Al ver la expresión de Sage, Rosemary añadió—: Llevo años defendiendo a Marigold. Siempre intenté centrarme en sus lados buenos e ignoré el resto. Pero no puedo dejarlo pasar, Sage. Ya no podemos seguir fingiendo, ni ante Justine ni ante nosotras mismas, que Marigold se preocupa por alguien más que no sea ella misma.

Angustiada, Sage se acercó a la mesa para enderezar un montón de revistas.

—Es posible que aparezca esta noche y nos sorprenda.

Rosemary miró a su pareja con una mezcla de amor y exasperación. Se volvió hacia Jason.

—No aparecerá —dijo secamente.

—Personalmente me alegro —dijo Jason—. Mi sexto sentido me dice que habría añadido un paso más a mi ritual. Como el destripamiento.

Cuando el último vislumbre de luz se desvaneció del oscuro y lacado cielo, la hermandad empezó a llegar en grupos de dos y tres. Todas vestían cómodamente en tejanos y largas camisas customizadas con pañuelos de colores vivos y joyas de cobre. Formaban un grupo simpático y locuaz, y era evidente que disfrutaban de la ocasión para estar juntas. Al verlas echando un vistazo a la comida que Sage había sacado —dip de pimientos rojos asados con chips de pita, crostinis de alcachofa y champiñones, brochetas de pelotas de calabaza—, Jason pensó que podían perfectamente estar asistiendo a la reunión mensual de un club de lectura cualquiera.

—Jason —murmuró Rosemary a las once de la noche—. Deberíamos empezar a preparar la escuela para el ritual. Está más o menos a un kilómetro de aquí. Si no te molesta, podrías empezar a llevar a las hechiceras en grupos de tres para que puedan empezar a montarlo todo.

—Por supuesto. ¿Qué significado tiene que sean grupos de tres?

Su tono de voz era seco cuando dijo:

—Es el número de asientos que tiene el carrito de golf.

—¿El carrito de golf?

—Nadie tiene un coche en la isla. Los residentes usan bicicletas o ligeros vehículos eléctricos. Nosotras guardamos el nuestro en el cobertizo verde. ¿Te importaría sacarlo y conducirlo hasta la puerta principal? Para entonces te tendremos preparado el primer grupo de hechiceras y provisiones.

—No hay problema —dijo Jason.

La mirada de Rosemary era reflexiva y amable cuando dijo:

—Esta no es la habitual actividad nocturna de un hombre de tu posición, ¿verdad?

Jason sonrió levemente.

—¿Hacer de chófer para unas brujas en un carrito de golf y llevarlas a una escuela abandonada en medio de la noche? Pues la verdad es que no. Pero es un cambio en mi habitual rutina que agradezco.

Una de las hechiceras, una anciana con el pelo blanco y unos ojos azules y brillantes, se acercó a Rosemary y le dio una palmadita en el hombro.

—Se hace tarde —dijo—. ¿No debería haber llegado Marigold hace ya un rato?

—Marigold no vendrá —dijo Rosemary con la boca tensa—. Parece ser que tenía otros planes.

Tras un par de intentos exasperantes de ajustar la hora y la fecha en su teléfono, Justine se rindió y se descargó una aplicación de Scrabble. Tal vez si jugaba un par de rondas contra el ordenador le ayudaría a entender por qué Jason era tan aficionado a ese juego. Se acurrucó en una esquina del sofá, ajustó el nivel del juego en «fácil» y empezó a jugar.

Media hora más tarde había llegado a unas cuantas conclusiones: sería una jugadora mucho más exitosa si el diccionario de Scrabble permitiera el uso de ciertas palabras de cuatro letras, que Quat era el nombre de un arbusto africano de hoja perenne y que el sonido de las baldosas electrónicas al pincharlas era adictivo.

Estaba reflexionando acerca de su falta de destreza con las

palabras que empezaban por Z cuando oyó que llamaban a la puerta. Se preguntó si habría algún problema con algún huésped, o si Zoë había decidido pasarse por su casa y saltó del sofá para abrir la puerta en calcetines.

Cuando la abrió el corazón le dio un vuelco. Frente a ella estaba la última persona que esperaba ver.

—¿Mamá?

25

Siempre que Justine había intentado visualizar un reencuentro con su madre, había pensado en que sería poco a poco: una llamada, una carta, una pequeña visita. Pero debería habérselo imaginado. Marigold siempre había sido una persona de impulsos, iba detrás de cada nuevo capricho para luego hacer todo lo posible para evitar las consecuencias. Sabía que aparecer de repente en la puerta de su hija, sin previo aviso, le daría cierta ventaja, la sorpresa dejaría a Justine fuera de juego.

Justine siempre había soñado con que las dos volverían a entablar una relación y volverían a aceptarse mutuamente. Un nuevo acuerdo que no incluyera ganar o perder, sino más bien algo de paz. Pero tras cuatro años de distanciamiento la mirada de su madre era la misma, la misma ira que se había reflejado en sus ojos a lo largo de toda su infancia. Sin indicios de cambio alguno.

—Madre, ¿qué haces aquí?

Justine abrió la puerta y retrocedió unos pasos para dejarla pasar.

Marigold entró y echó un vistazo alrededor.

Tiempo atrás, Justine se habría preocupado por la opinión que tendría Marigold al ver su casita, la posada, la vida que se había construido.

Habría buscado desesperadamente la aprobación de Marigold, esa aprobación tan pocas veces encontrada. Pero en un momento dado tuvo una especie de revelación y supo que ya no necesitaría la aprobación de su madre. Le bastaba con saber que había tomado las decisiones correctas por ella misma.

—¿Hay algún problema? —preguntó Justine—. ¿Ha pasado algo? ¿Qué haces aquí?

La voz de Marigold era despectiva cuando respondió:

—¿Tan raro es que quiera ver a mi propia hija?

Justine tuvo que pararse a pensarlo unos instantes.

—Sí —dijo—. Nunca has disfrutado de mi compañía, y todavía no he hecho lo que querías que hiciera. Así es que no veo la razón para que estés hoy aquí, a no ser que haya un problema.

—El problema, para variar, eres tú —dijo Marigold categóricamente.

Para variar. Esas dos palabras instalaron el pasado entre ellas como si fuera una presencia viva. Un gigante de pie entre ambas, proyectando una inevitable sombra de culpa.

El corazón de Marigold no se había ablandado ni un poco. Es más, se había fosilizado hasta tal punto que, como una hermosa estatua de piedra, en cuanto cambiara de postura se rompería en pedazos. Nunca sería capaz de volver la mirada atrás o cambiar siquiera de opinión, y mucho menos de darle un abrazo a su propia hija. Qué terrible debe de ser, pensó Justine con un dejo de lástima, permanecer tan rígida mientras la vida cambia a tu alrededor.

—¿Tiene esto algo que ver con el maleficio? —preguntó Justine suavemente—. Rosemary y Sage ya deben de habértelo contado. Seguro que estás enfadada.

—Hice un sacrificio por ti y tú lo desechaste. ¿Cómo crees que puedo sentirme?

—Quizá de la misma manera que me sentí yo al descubrirlo.

Y en ese mismo instante pudo comprobar, por su extraña mirada, que Marigold nunca se había puesto siquiera a pensar en cómo se había sentido ella en todo ese tiempo.

—Siempre fuiste una ingrata —le espetó Marigold—. Pero nunca pensé que fueras estúpida. Te di lo que necesitabas; hice lo mejor para ti.

—Hubiera preferido que esperaras hasta que fuera mayor, —dijo Justine suavemente—. Hubiera preferido que me lo explicaras antes, quizás incluso que me lo consultaras para saber si yo quería participar en ello o no.

—Supongo que también debería haberte pedido permiso para alimentarte, vestirte y llevarte al dentista o al pediatra.

—Eso es diferente. Esas cosas forman parte de la crianza de un niño.

—Ingrata —le soltó Marigold.

—No. Estoy agradecida de que me criaras y me cuidaras. Tengo que pensar que lo hiciste lo mejor que pudiste. Pero el asunto es que tomaste una decisión en mi nombre, una decisión que no te correspondía tomar. Atar a tu hija a una maldición de por vida no entra en la categoría de visitas al dentista o vacunas contra la polio. Y lo sabes, o me lo habrías mencionado en algún momento.

—Lo mantuve en secreto porque sabía que si lo descubrías, lo arruinarías todo. Sabía que harías algo estúpido. Y así fue. —La palidez de la piel de Marigold contrastaba fuertemente con el rojo furia de su pelo, con las líneas rojizas de sus cejas sobre esos ojos tan duros. Ardía como un ángel vengador, cuando prosiguió—: Vengo de la isla Cauldron. Están realizando un ritual de medianoche por culpa de tu egoísmo. Y si fracasan, morirás. La maldición de las brujas ha caído sobre ti.

Justine se dio cuenta de que su corazón no estaba del todo a salvo. Un ser humano siempre encuentra la manera de herir a otro.

—Te enamoraste de un hombre que te traicionó —dijo Marigold—, y la maldición de las brujas va a matarte a menos que ellas hagan algo. Es un error tuyo. Te lo mereces.

Justine intentó conservar la cordura. Su propia voz parecía venir de un sitio lejano.

—¿Qué tipo de ritual van a hacer?

—Están intentando deshacer un hechizo del hombre con el que estás liada. Ahora mismo él está allí. Lo he conocido. Puede que muera por ti hoy. Y si eso ocurre, la sangre correrá por tus manos.

Cuando hubo dejado al último grupo de hechiceras delante de la vieja escuela, Jason las siguió.

Al parecer, las brujas del Círculo habían estado entretenidas. El sitio parecía el escenario de una película de terror: unas telas negras lo cubrían todo y había velas encendidas por doquier. En el cuenco del pedestal ardía el incienso que espesaba el aire con su aromático humo. Habían dibujado una inmensa estrella de cinco puntas con tiza en el suelo y luego habían dispuesto unos cuantos puñados de cristales en algunos puntos alrededor de la zona central. Cálices y varillas adornaban el perímetro de la estrella.

A Jason se le puso el vello de punta en la nuca. Violet, una hechicera que rondaba los treinta años, cogió su mano y le dio un agradable apretón.

—Perdona, sé que todo tiene un aspecto un tanto macabro. Pero queremos que todo salga bien, así que no nos hemos cortado.

—Tim Burton se hubiera quedado impresionado con esto —comentó Jason, y ella sonrió.

Al ver la cara de las mujeres que lo rodeaban, Jason se tranquilizó. Estaban tratando de ayudarlo, y, al ayudarlo, ayudarían a Justine.

—Hay algo que necesito saber —continuó Jason. Y se quedó sorprendido al comprobar que todas ellas enmudecían para escucharlo. Un par de hechiceras dejaron de barrer, mientras otra que estaba disponiendo unos cristales abandonó su tarea—. Necesito saber si lo que hice tendrá alguna consecuencia para Justine en el futuro. En otras palabras, hagáis lo que hagáis, debéis aseguraros de que Justine estará a salvo. Así que adelante. No importa lo que pueda pasarme a mí. ¿Lo habéis entendido?

—Lo hemos entendido. —Violet lo miró con cierta preocupación—. Rosemary ya te explicó los riesgos, ¿no es así? Es difícil deshacer el hechizo. Tanto como separar arena mezclada con azúcar. Y una vez la maldición de las brujas vuelva a recaer en ti, dispondrás de muy poco tiempo. Nadie puede asegurar en qué condiciones quedarás cuando se levante el hechizo, ni qué pasará.

—No importa —dijo Jason secamente—, tan solo decidme qué es lo que debo hacer.

Sage se acercó a él y lo cogió de la mano.

—Lo único que tienes que hacer es sentarte en medio de la estrella mientras nosotras nos ocupamos de lo nuestro. Intenta relajarte y deja tu mente en blanco.

Jason se dirigió al centro de la estrella y se sentó, mientras las hechiceras se reunían alrededor de la estrella.

—Una vez comencemos —dijo Rosemary—, tendrás que

permanecer en silencio. Nada de interrupciones. Todas necesitamos mantener la concentración.

—Entendido. Nada de hablar, nada de SMS. —Miró al grupo que se había congregado a su alrededor—. ¿Habéis apagado todas el teléfono móvil?

Rosemary lo miró con dureza, aunque las comisuras de sus labios se contrajeron.

—Ya basta, a menos que tengas alguna pregunta más.

—Solo una.

—¿Sí?

—¿Para qué es ese cuchillo con el mango curvo?

—Para cortar hierbas.

Jason miró el cuchillo, no las tenía todas consigo.

—Es medianoche —dijo alguien.

Rosemary miró a Jason.

—Comencemos.

Sage ya le había explicado que la mayor parte del ritual se realizaría en rúnico. Incluiría cantos, bendiciones e invocaciones hasta que el hechizo quedara finalmente eliminado.

—Sería de gran ayuda para nosotras —le había dicho Sage— si pudieras entrar en un estado de meditación mientras tiene lugar el ritual. Concéntrate en tu respiración, deja tus pensamientos fuera, o al menos inténtalo.

—Sé meditar —le había asegurado Jason.

Se sentó con la espalda recta y relajado y se centró en la respiración. Trató de concentrarse en una sola imagen. Su mente saltó de un recuerdo a otro hasta que se detuvo en el oscuro oleaje de la playa de Coronado por la noche. El suave ir y venir de las olas acariciando la playa, la manera en que se había relajado y la había escuchado mientras el cálido peso del cuerpo de Justine reposaba en su regazo, su cabeza apoyada en su hombro. Las olas enroscándose sobre sí mismas, abriéndose paso desde las profundidades oscuras del océano hasta la orilla hechizada. Le sobrevino una sensación de paz.

Oyó a las mujeres que invocaban a los espíritus invisibles, seduciéndolos, invitándolos a acudir. Una energía fresca y oscura se filtró en el aire que lo envolvía. Lo absorbió con cada inspiración y sintió cómo se llevaba los pensamientos que persistían en su interior, la ira y el miedo, hasta que su mente se abrió como los dedos de una mano que se abre y el lugar que debería haber habitado el alma quedó brutalmente expuesto. La verdad lo alcanzó en el espacio comprendido entre una inspiración y otra.

Ya no le quedaba más tiempo.

Recibió la revelación con asombro y por un instante despertó un ciego instinto de lucha. Todavía no. Ahora no. Pero, en ausencia de un alma, su corazón lo compensó con dolorosos latidos de aceptación. «Déjate llevar, déjate llevar, déjate llevar.»

Justine no estaba de humor para aceptar un no como respuesta. Puesto que ya no había ferrys ni taxis que pudieran llevarla, llamó a un amigo que tenía un pequeño barco de arrastre y le suplicó que la llevara a la isla de Cauldron.

—Sé que no son horas, te pagaré, haré lo que sea, solo llévame a la isla, sabes que no está lejos.

Su amigo aceptó, a sabiendas de que Justine no le iba a dar opción de decirle que no.

Diez minutos más tarde, Justine llegó al puerto de Friday Harbor y subió a bordo de la embarcación que la estaba esperando. Cada minuto que pasaba antes de que zarparan era como otro agonizante pellizco a sus nervios, hasta que sus reverberaciones atenazaron su cuerpo, que vibró de pánico. Jason había vuelto a actuar a sus espaldas y el Círculo había hecho lo mismo. Todos la habían dejado fuera de algo que la afectaba de forma directa. Era infinitamente más peligroso eliminar el conjuro de longevidad que lanzarlo. Un conjuro como ese podía abrirse camino a través de tu cuerpo hasta matarte con sus púas mientras intentabas deshacerte de él. Igual que el amor.

El barco zarpó del muelle lentamente hasta dejar atrás la zona de baja velocidad. El motor rugió con ferocidad creciente a medida que se alejaban del puerto, desafiando las olas, mientras el viento golpeaba la cara de Justine y alborotaba su pelo. El peso del *Triscaideca*, que había metido en una bolsa de lona, golpeaba contra su muslo.

Sus pensamientos se habían desbocado. Había hablado con Jason ese mismo día, y él no le había dicho nada, le había dejado creer que estaba en San Francisco. Y lo más probable era que ya por entonces estuviera en la casa del faro. Se había mostrado relajado e informal, sin dejar entrever lo que ya tenía planeado.

Justine volvió a oír la voz de Marigold: «La maldición de las brujas ha caído sobre ti.»

Esas eran las consecuencias desconocidas. Exigía un sacrificio de sangre, era el precio que tenía que pagar una mujer de su estirpe por el amor. Alguien tenía que pagarlo, y Jason había decidido que lo haría él.

«La sangre correrá por tus manos.»

Qué fácil sería convertirse en Marigold. Solo tenía que dejarse llevar. Y cuando toda esa amargura hubiera devorado sus entrañas, solo le quedaría un camino: dejarla salir.

La embarcación atracó en la isla de Cauldron el tiempo suficiente para que Justine saltara al resbaladizo y erosionado muelle. Atacó la escalera, que parecía no tener fin, a embestidas que castigaban sus muslos, contraídos de dolor, pero hizo caso omiso y siguió subiendo. El faro estaba desierto; el patio, silencioso y oscuro como un cementerio. Las nubes se amontonaban sobre la luna menguante como ropa sucia, ocultándola poco a poco.

Todavía jadeante por el esfuerzo, Justine se acercó al cobertizo cercano al faro, cogió una bicicleta y se lanzó por el sendero irregular que conducía a Crystal Cove. Las ruedas traqueteaban sobre las piedras que sobresalían como nudillos de la tierra, alternando vertiginosas subidas y bajadas que le quitaban el aliento.

Las ventanas de la escuela parpadeaban en tonos rojos y negros, parecían saludarla mientras las ruedas de la bicicleta rodaban despidiendo gravilla. Justine se bajó de la bicicleta antes incluso de haberse detenido y dejó que la estructura de metal se estampara contra el suelo.

Empujó la puerta de un golpe e irrumpió en la sala.

El ritual acababa de terminar, el círculo de hechiceras se había disuelto y dos o tres se apiñaban en el centro de la estrella.

—Justine —escuchó que decía Rosemary en un tono extraño.

—Que alguien encienda una luz —pidió Justine con impaciencia.

La luz de un foco portátil brilló y un charco sobrenaturalmente blanco empujó las sombras contra la unión entre el suelo y las paredes.

Jason estaba sentado en el centro de la estrella con los brazos relajados alrededor de las piernas dobladas y la frente apoyada en las rodillas. No se movió, ni siquiera levantó la mirada cuando Justine se le acercó. Sage, Rosemary y Violeta estaban a su alrededor.

—¡Apartaos! —gritó Justine. Corrió hacia Jason, soltó el *Triscaideca* y cayó de rodillas a su lado—. ¿Jason? Jason, ¿qué te pasa?

Nada en él daba a entender que la había oído. Justine lanzó una fiera mirada a las hechiceras. Fuera lo que fuera lo que vieron en ella, bastó para que retrocedieran. Justine se dio cuenta de que Jason estaba sudando profusamente y el pelo en la base de su nuca estaba empapado.

—¿Qué le habéis hecho? —les recriminó.

—El hechizo ha sido anulado —dijo Rosemary—. Ya estás a salvo, Justine.

—¡No deberíais haber hecho esto sin mí! —les dijo con violencia—. Sabíais que hubiera querido que me informarais antes de hacer nada.

—Fue decisión suya.

Justine volvió la mirada hacia Jason y posó una mano en su nuca, en su cuello, para persuadirle de que la mirara.

—Déjame verte —le dijo—. Jason, por favor.

Se interrumpió en el momento en que la cabeza de Jason empezó a mecerse sobre su inestable cuello. Su tez estaba gris, brillaba de sudor; sus ojos no acababan de enfocar. El dolor había tensado su piel y sus pómulos parecían cuchillas. Cada respiración era un jadeo entrecortado y seco.

—¿Qué tienes? —preguntó con impaciencia—. ¿Dónde te duele? ¿Qué es lo que te pasa?

Justine vio que intentaba decir algo, pero tenía las mandíbulas tan apretadas que no dejaban salir las palabras. Se llevó la mano derecha al brazo izquierdo y sus dedos escarbaron entre los músculos. Entonces ella comprendió.

Su corazón estaba a punto de detenerse.

—Se le ha acabado el tiempo, Justine —escuchó decir a Sage con la voz conmovida—. Se lo advertimos.

—¡No! —Justine sacó el *Triscaideca* de la bolsa—. Yo arreglaré esto. Encontraré el hechizo adecuado. Esperad un momento, os juro que lo haré, os lo prometo. Os lo prometo...

—Al menos eso fue lo que intentó decir, pues las palabras

salían de su boca entrecortadas y rotas. No fue consciente de que lloraba hasta que vio las pesadas gotas sobre las páginas del antiguo libro. La tinta se corría, sus ojos estaban inundados de lágrimas. Empezó a arrancar las páginas del libro y a arrugarlas frenéticamente, con las manos llenas de furia.

—¡Justine! —escuchó gritar a Sage, llena de consternación. Algunas de las hechiceras empezaron a moverse hacia ella.

—¡Alejaos de mí! —les soltó con los ojos llenos de furia, su mano extendida, apuntándoles como si fuera un arma.

En eso sintió que la mano de Jason le tocaba el brazo. Dejó a un lado el *Triscaideca* y se volvió hacia él. Sus profundos ojos castaños se fijaron en los de ella. Tras una fina capa de dolor, Justine alcanzó a vislumbrar un sutil brillo de comprensión. Jason se inclinó para decirle algo y ella lo reincorporó con sus brazos.

El susurro que exhalaba su boca era cálido y suave en su oído.

—De todos modos, nunca hubiéramos tenido el tiempo suficiente.

Su cabeza cayó sobre su hombro mientras su cuerpo se fue aflojando lentamente hasta caer en sus brazos. Justine aspiró el familiar y tentador aroma de su piel y de su pelo. Su cuerpo se hacía más pesado mientras se debatía entre espasmos y temblores.

—Te pondrás bien —dijo Justine con desesperación en la voz, y cerró los ojos mientras se estrujaba el cerebro en busca de algún tipo de hechizo, cualquiera.

Los dedos de Jason se enredaron en su pelo y tiraron de él para acercar su cabeza a la suya.

—Ha valido la pena —murmuró.

Justine sentía que la vida se le escapaba como a través de un colador, a pesar de que ella intentaba contenerla con sus manos que presionaban su pecho, su espalda, su brazo, su cabeza.

—No, no, no...

—Bésame.

—No.

Sin embargo lo hizo, su boca encontró la suya, suave y caliente, mientras sus lágrimas caían sobre el rostro de Jason, sobre sus ojos cerrados. En sus labios apareció una mueca de dolor y los brazos de Justine se cerraron a su alrededor. Lo sujetaría con tal fuerza que la muerte no se lo podría arrebatar. Lo mantendría a su lado, lo albergaría dentro de sí.

Un último suspiro, una muda exhalación. Los dedos enredados en su pelo se relajaron y su mano se soltó y cayó sobre el regazo de Justine. El tiempo se detuvo, los segundos atrapados caían como gotas de lluvia sobre una hoja.

Justine lo dejó en el suelo con suavidad y miró su rostro inexpresivo, la manera en que sus pestañas descansaban sobre las mejillas, el matiz gris de su boca. La fuerza de una terrible energía se irguió en su interior y atravesó sus huesos, el cartílago, los nervios, la sangre. Un pulso que amenazaba con hacer estallar sus venas. No permitiría que se fuera. Ella lo sostendría en el espacio entre la vida y la nada, lo sostendría en algún lugar.

El rostro de Justine estaba transido de sudor y lágrimas. Trasladó las manos hasta su pecho. Una sacudida recorrió el cuerpo inerte de Jason, como si lo hubiera inundado una oleada de energía. Justine oyó las exclamaciones de horror de las hechiceras que los rodeaban.

—Justine, no...

Ella mantenía las manos firmes sobre él y, una y otra vez, dejaba que el voltaje abrasador y fatal los atravesara a los dos. Oyó que Rosemary le suplicaba que lo dejara, que no tenía sentido, que se haría daño a sí misma. Sin embargo, nadie se atrevió a acercarse. Ella y Jason estaban rodeados por una energía blanca y azulada, candente como el núcleo de una estrella en extinción. Habían creado un circuito cerrado, que se fundía y se consumía brillante y rápido. «Deja que él se la lleve. Deja que el alma de Justine se los lleve a los dos para que él no pueda abandonarla y ella nunca tenga que llorar.»

Justine pasó por encima de él, le cogió la cabeza y acercó su boca a la suya. El resplandor se intensificó, seguido por un negror deslumbrante.

No tenía pulso, yacía inerte, la vibración de energía se había extinguido. Solo el grito de su alma en medio de la silenciosa inconsciencia.

«¿Dónde estás?»

Una fuerza más poderosa que la gravedad la arrancó de la oscuridad, atrayéndola en una rueda ascendente, en un torbellino en el que el amor volvía a enroscarse en el amor.

«Aquí.»

Él estaba con ella; increíble e irrevocablemente.

Y el tiempo volvía a correr.

Justine volvió lentamente en sí y abrió los ojos. Era consciente de la presencia de las hechiceras, de los muros de la escuela de Crystal Cove, de la luz titilante de las velas y las lámparas de aceite. Pero no le quitaba los ojos a Jason, a sus quietas facciones. Y sus manos rodearon su rostro como pálidos corchetes. Pronunció su nombre con cuidado.

Sus pestañas se levantaron y reflejaron el halo ámbar de la luz de las lámparas, dejando al descubierto sus oscuros iris, adormilados y suaves.

—No podía dejar que te fueras —dijo Justine, y acarició su mejilla, el borde de su mandíbula.

Jason le sostuvo la mirada, sus ojos estaban llenos de asombro al percibir lo que ella ya sabía.

—Algo ha cambiado —dijo con voz ronca.

Justine asintió y bajó la cabeza hasta su frente.

—De alguna manera —susurró— compartimos el alma. Pero creo que la mitad ya te pertenecía desde un principio.

Algo suave acarició su mejilla. Justine ignoró el ligero roce e intentó seguir durmiendo plácidamente. Otro suave roce, este contra su mentón. Emitió un gruñido de irritación y se volvió para acurrucarse entre las voluminosas y mullidas profundidades de su almohada.

—Justine. —Un murmullo aterciopelado: era la voz de Jason. Sus labios se movían cerca de su oreja—. Casi es mediodía. Despierta para que pueda hablar contigo.

—No quiero hablar —murmuró Justine. Su agotado cerebro pasó revista a los recuerdos de la noche anterior. Qué sueños tan extraños había tenido. Había visto a Marigold, había temido por la vida de Jason, había corrido hasta Crystal Cove...

De pronto sus ojos se abrieron y vio el rostro masculino justo encima del suyo. Jason se apoyó en el codo con una leve sonrisa en los labios. Se acababa de duchar y vestir, y estaba recién afeitado.

—He estado esperando a que despertaras —dijo, al tiempo que seguía la forma de su clavícula hasta la curva de su hombro con las puntas de los dedos—. Ya no lo podía soportar más.

Una mirada rápida a su alrededor reveló que se encontraban en el dormitorio de la torre del faro de la isla de Cauldron. Ella estaba desnuda debajo de las sábanas; su cuerpo estaba relajado, aunque exhausto.

—Me siento como si hubiera corrido una maratón —dijo, aturdida.

—No me extraña, después de la noche que hemos pasado.

Justine se incorporó, tapándose con la sábana hasta por encima de los pechos. Jason se apresuró a colocar unas cuantas almohadas detrás de su espalda. Justo cuando caía en la cuenta de que tenía la boca increíblemente seca, él le ofreció un vaso de agua.

—Gracias —dijo, y bebió con avidez—. ¿Qué fue exactamente lo que pasó ayer noche?

Jason la miró detenidamente.

—¿No lo recuerdas?

—Sí, pero no estoy segura de lo que realmente pasó y lo que puedo haber soñado.

—¿Quieres la versión larga o la corta?

—La corta.

Justine le devolvió el vaso y él lo dejó sobre la mesita de noche.

—Para mí la noche comenzó con un ritual a medianoche para anular un conjuro, seguido por una experiencia cercana a la muerte y una reanimación cardíaca realizada por ti. Luego parece ser que prendiste fuego a la escuela como si asistiéramos a un espectáculo de magia en un casino de Las Vegas. Las hechiceras dijeron que nunca habían visto nada parecido; siento haberme perdido el espectáculo.

—Creo que tú fuiste el espectáculo —dijo Justine—. ¿Dónde está todo el mundo?

—Rosemary y Sage están descansando. Algunas de las hechiceras se fueron ayer por la noche. Otras se quedaron charlando hasta la hora del desayuno y hace poco se fueron también. No sabía que las brujas trasnochaban de esta manera.

—Es algo que comparten con los insomnes.

Jason sonrió y alargó la mano para procurar alisarle la salvaje mata de pelo. Era tan guapo que casi dolía tener que mirarlo. Todo aquello que le había resultado atractivo y dinámico en él parecía haberse intensificado, si es que eso era posible.

—¿Qué dijo la hermandad al respecto? —preguntó.

—¿Respecto a qué parte?

—Respecto a cualquiera.

—En lo que todas estuvieron de acuerdo fue en que, en cierto modo, tengo un don imposible. Concedido por ti. —Jason la miró a los ojos, sin esforzarse por ocultar la mezcla de adoración y sobrecogimiento que asomaba en ellos—. Sage piensa que, en cierto modo, me infundiste parte de tu alma, de la misma manera que una llama puede dar lugar a otra. Sin embargo, nadie había oído hablar de una cosa así antes. Y ninguna de ellas es capaz de comprender cómo lo hiciste.

—No lo sé —dijo ella tímidamente—. Simplemente... te quiero. Tenía que conseguir que te quedaras a mi lado.

—Y me tienes —aseguró él—. De hecho, me tendrás incluso cuando quieras deshacerte de mí.

Justine sonrió y movió la cabeza.

—Nunca.

La palabra quedó aplastada entre sus labios cuando él se inclinó sobre ella para darle un beso.

Al retirarse la miró tiernamente con una expresión en los ojos difícil de interpretar.

—La hermandad también debatió algo más —dijo—. Piensan que la maldición de las brujas no debería aplicarse en nuestro caso, por el sacrificio que hemos hecho. —Al ver su mirada perpleja, Jason añadió—: ¿Podrías hacer tu truco del chasquido? ¿Podrías prenderle fuego a algo?

Perpleja, Justine concentró toda su energía y chasqueó los dedos. La chispa que se esperaba que aparecería brilló por su ausencia. Justine parpadeó sorprendida y volvió a intentarlo.

Nada.

Unos surcos paralelos de preocupación aparecieron entre las cejas de Jason.

—No recuerdo las palabras sobrenaturales que utilizaron —dijo—. Pero básicamente has excedido tu cupo para generar fuego. Fundiste tu circuito. —Hizo una pausa y su mirada buscó la de ella—. ¿Te haría muy infeliz si resulta que te has quedado sin poderes?

—No, yo... Solo que nunca imaginé... No. Sobre todo si te he salvado.

Justine intentó comprenderlo en toda su dimensión. Si ya no tenía los poderes de una bruja de linaje, probablemente podría seguir trabajando con unos cuantos conjuros sencillos y preparar una poción de vez en cuando. «Por todo el bien que me han hecho en el pasado», pensó irónicamente. Una sensación de mareo la atravesó cuando dijo en voz alta:

—No necesito la magia para ser feliz.

Era la verdad.

Jason le puso la mano en la mejilla sonrojada y la acarició con la mirada.

—¿Qué necesitas para ser feliz? —preguntó—. Dame la lista más larga que se te pueda ocurrir. No descansaré hasta que lo tengas todo.

—Es una lista muy corta —dijo.

—Dios mío, espero que yo aparezca en ella.

Justine meneó la cabeza como si su comentario le resultara absurdo.

—Tú eres la lista.

Jason la atrajo hacia sí y la abrazó durante un largo rato, al tiempo que besaba sus labios, sus mejillas, su cuello; que acariciaba su piel.

—Justine —dijo finalmente, y retrocedió lo justo para poder verla—. ¿Cómo descubriste lo que estaba pasando ayer por la noche? Me alegro de que lo hicieras, pero... No quería que tuvieras que pasar por nada de todo eso. Estaba intentando protegerte.

Justine frunció el ceño, algo que no le resultaba nada fácil puesto que la felicidad danzaba en cada uno de los nervios de su cuerpo.

—Hablaremos de ello más tarde —respondió—. Me prometiste que no volverías a hacer nada a mis espaldas...

—Lo siento. Había circunstancias atenuantes que me obligaron a hacerlo.

—Sigues metido en un lío.

—Lo sé. Cuéntame cómo lo descubriste.

Justine le contó la súbita y controvertida visita de Marigold de la forma más pragmática que pudo, mientras Jason escuchaba en silencio.

—Ella no me quiere —concluyó Justine, e intentó parecer impasible.

Jason la estrechó contra su ardiente cuerpo e intentó darle todo el consuelo que pudiera necesitar. Su mano rozó su espalda desnuda.

—El hecho de que ella no pueda —dijo—, no tiene nada que ver contigo. La primera vez que nos vimos te quise sin siquiera intentarlo.

—Yo también te quiero.

Jason siguió confortándola y acariciándola hasta que el abrazo empezó a parecer algo más lascivo que reconfortante.

—¿Sabes qué? —dijo él, pensativo, mientras su mano se escurría por debajo de la sábana—. Todo se ha precipitado en esta relación, no veo la razón para ralentizarla ahora. Más tarde te lo preguntaré de la manera adecuada, pero Justine, cariño, tendrás que casarte conmigo. —Jason hizo una pausa—. No es una orden, por cierto. Es una súplica imperativa.

—Matrimonio —repitió Justine, anonadada—. ¡Oh, dejémoslo correr de momento! Es demasiado temprano.

—De momento ya compartimos el alma —señaló Jason—. Ya que estamos, podríamos empezar a hacer la declaración de la renta conjunta.

Justine soltó una risa melancólica, sabiendo que una vez que a Jason se le metía algo entre ceja y ceja, se mostraba implacable.

—Ni siquiera soy capaz de imaginarme cómo funcionaría la logística en este caso.

—La logística es sencilla. Matrimonio a tope, las veinticuatro horas del día, siete días a la semana; viviremos en la misma casa y compartiremos todas las noches en una misma cama. Pasaremos la mayoría del tiempo en la isla, pero de vez en cuando te trasladarás una semana a San Francisco conmigo. Contrataremos un director para que eche una mano en el Artist's Point cuando tú estés fuera.

—Pero no puede hacerlo cualquiera —protestó Justine—. Normalmente, los huéspedes de una posada esperan recibir un trato cálido y cercano, como si visitaran la casa de un amigo.

—Contrataremos un director cálido y cercano. Le pediré a Priscilla que nos busque uno.

—No quiero ninguna ayuda de Priscilla.

—¿Sigues molesta con ella porque me ayudó a tomar prestado el *Triscaideca*?

—A robarlo. Y sí, en este momento la quiero lo más lejos que sea posible de mí.

—No fue culpa suya. Fue el demonio quien la obligó a hacerlo.

—Sí. —Justine soltó una carcajada y le arrancó la sábana—. Pero tú eres mi demonio.

—Y tú eres mi preciosa brujita.

—Una bruja sin magia —apuntó ella, pero sonrió cuando él la subió a su regazo.

—Hay magia en cada trocito de ti —le dijo—. Por fuera y por dentro.

—Demuéstralo —le pidió Justine con la voz ronca, y cerró los brazos alrededor de su nuca.

Ambos sabían que Jason Black no era un hombre que se echara atrás ante un reto.